Frigyes Karinthy

Die neuen Reisen des Lemuel Gulliver

SF UTOPIA

Frigyes Karinthy

Die neuen Reisen des Lemuel Gulliver

Zwei phantastische Kurzromane
im Stile von Jonathan Swift
nebst einer freimütigen
Korrespondenz
an Herbert George Wells

Verlag Das Neue Berlin

Originaltitel: Utazás Faremidóba (1916)
Capillária (1921)
Aus dem Ungarischen von Hans Skirecki

Die Übersetzungen wurden nach folgender Ausgabe angefertigt: *Karinthy Frigyes: Utazás Faremidóba Capillária · Kötéltánc.*
Szépirodalmi Könyvkiado, Budapest·1976

Mit einem Nachwort von Károly Szalay

ISBN 3-360-00256-3

Die Reise nach Faremido

Gullivers fünfte Reise

Erstes Kapitel

Der Verfasser blickt auf seine bisherigen Abenteuer zurück. Der europäische Weltkrieg bricht aus, und der Verfasser geht als Wundarzt an Bord des Linienschiffes Bulwark. In der Nähe von Essex sprengen die Deutschen das Schiff in die Luft. Der Verfasser und der Schiffskommandant fliehen mit einem Hydroplan. In letzter Sekunde wird der Verfasser von einem wundersamen Flugzeug gerettet und unversehrt in Faremido abgesetzt

Der Leser wird gewiß verwundert sein, daß ich trotz so vieler trauriger Erfahrungen und trotz meines festen Vorsatzes, nie wieder auf Reisen zu gehen, im Juli neunzehnhundertvierzehn dennoch meine Frau und meine Kinder verließ, um auf dem Linienschiff Bulwark als Wundarzt eine Fahrt in die Ostsee zu unternehmen. Manch einer wird mich der Wankelmütigkeit bezichtigen, mußte ich doch bereits nach meiner ersten Reise und glücklichen Flucht aus Liliput einsehen, daß ein wahrer englischer Untertan gut daran tut, niemals die Grenzen unseres grenzenlos geliebten Vaterlandes zu überschreiten, da ihm dies nur grund- und zwecklose Verbitterung einbringt, ganz zu schweigen davon, daß er irgendwann doch einmal in seine heißgeliebte Heimat zurückkehren muß. Meine späteren Reisen nach Brobdingnag, Laputa und dem Land der Houyhnhnms bestärkten mich nur in dieser Einsicht, wie sich der Leser sicherlich zu erinnern vermag, denn wäre ich (und ich denke hauptsächlich an meine letzte abenteuerliche Reise) nach meinen Besuchen in Laputa und Lagado seßhaft geworden, so wären mir viele schreckliche und tödliche Gefahren erspart geblieben; ich möchte nur an das um ein Haar verhängnisvoll verlaufene

Abenteuer erinnern, als ich aus Verzweiflung darüber, daß ich gewaltsam nach England zurückgebracht werden sollte, vom Schiff ins Meer sprang, was mich fast das Leben gekostet hätte.

In eine solche Lage wäre ich nie geraten, wenn ich zu Hause geblieben wäre.

Um meine scheinbare Wankelmütigkeit zu rechtfertigen, brauche ich nur auf die flammende und grenzenlose Vaterlandsliebe zu verweisen, die jeder englische Untertan in seiner Seele trägt, auf seine Bereitschaft, Leben und Vermögen für das Vaterland aufs Spiel zu setzen. Im Sommer neunzehnhundertvierzehn forderte die österreichisch-ungarische Monarchie von der serbischen Regierung Genugtuung, weil diese durch Söldlinge meuchlings den Thronfolger des Landes hatte töten lassen. Natürlich konnte es die Ritterlichkeit unseres geliebten Vaterlandes und Rußlands nicht hinnehmen, daß ein so starker und mächtiger Staat wie die Monarchie ein so schwaches und hilfloses Völkchen angreift, das nicht einmal genügend Kraft besitzt, seinen Gegner in offener Schlacht zu töten, und deshalb genötigt ist, ihn heimtückisch von hinten anzufallen, wenn es ein wenig morden möchte. Um also den Frieden Europas zu sichern, erklärte mein Vaterland Deutschland, diesem Hemmschuh der Kultur, der die Welt unablässig bedrohte, den Krieg. Zudem söhnte es sich mit Rußland aus, da es hoffte, dieses werde seinen alten Feind Japan zu Hilfe rufen, was ja auch geschah.

Selbstverständlich empfand es unter diesen Umständen jeder Engländer als seine Pflicht, sein widerrechtlich und unerwartet angegriffenes Vaterland zu verteidigen, zumal wir unser großartiges Heer und unsere unbesiegbare Kriegsflotte schon seit zehn Jahren auf diesen Krieg vorbereiteten, wie jedermann wußte. Auch ich meldete mich unverzüglich als Wundarzt; ich vermochte weder meiner unsteten und abenteuerischen Natur, die mich immer wieder in neue Unternehmungen getrieben hat, noch der unauslöschbaren und unwiderstehlichen Vaterlandsliebe, die jedem englischen

Untertan innewohnt, sobald er sein Leben und sein Blut für die gemeinsame Sache opfern soll, Widerstand zu leisten. Bestärkt wurde ich in meinem Entschluß schließlich noch durch den Umstand, daß mich, den Schiffsarzt der Reserve, eine dringende Einberufung zu meiner Truppe beorderte und ich wußte, daß man mich, sofern ich mich nicht freiwillig meldete, vor ein Kriegsgericht stellen und wahrscheinlich füsilieren würde.

Nachdem ich mich gemeldet hatte, wurde ich dem Linienschiff Bulwark zugeteilt, das die Aufgabe hatte, in der Nähe von Essex die Küste zu schützen und gegebenenfalls Angriffsaktionen der Flotte zu unterstützen. Mein Kommandant, Sir Edward B . . ., ein vortrefflicher und gebildeter Mann, schloß bereits in den ersten Tagen Freundschaft mit mir und teilte mir viele interessante und militärisch wichtige Einzelheiten aus dem Privatleben des Flottenbefehlshabers mit. Unser Schiff geriet anfangs nicht in die Feuerlinie, sondern nahm an der französischen Küste Verwundete auf und beförderte sie nach Essex. Als Wundarzt sammelte ich überaus interessante und lehrreiche Erfahrungen für die Förderung meines Berufes: Namens meiner Kollegen kann ich entschieden behaupten, daß es nichts gibt, was die prachtvolle Wissenschaft der Chirurgie in dem Maße voranbringt wie ein solcher moderner Krieg, der mit seinen unzähligen Waffen, den Gewehren, Maschinengewehren, Granaten und Mörsern, den in der Luft zerplatzenden Bomben, den zugespitzten Kugeln und vergifteten Pfeilen dem gelehrigen Wundarzt zu seiner Erbauung zahllose Fälle liefert, wie sie interessanter und neuartiger gar nicht sein könnten. Ich selbst beobachtete nicht weniger als vierunddreißig äußere und innere tödliche Verwundungen und Krankheiten, die bisher in keinem medizinischen Nachschlagewerk angeführt waren und mit deren Aufzeichnung ich, wie ich ohne Bescheidenheit sagen darf, der ärztlichen Wissenschaft einen nicht geringen Dienst erwiesen habe. Es gab da zerbrochene Knochen und zerfetzte Lebern, es gab herausgepreßte Eingeweide und eingedrückte Augen. Einem Mann waren Gesicht und Brust auf die Größe eines Fasses aufgebläht, weil eine Kugel seinen Kehlkopf durchbohrt hatte und die Luft halb in die Lunge und halb unter die Haut eingedrungen war, und einem anderen war der linke Arm abgefault, weil ihm ein Granatsplitter an der rechten Schulter die Arterie zerstört hatte. Es gab in großer Vielfalt Schuß-, Schnitt- und Stichwunden sowie einige bemerkenswerte und aus physiologischer Sicht sehr bedenkenswerte Fälle, die die dynamische Stärke des menschlichen Gebisses mit dem Ausmaß der chirurgischen Erkrankungen der Halsmuskulatur in Verbindung bringen ließen. Obgleich genaugenommen nicht zu meinem Fach gehörig, notierte ich mir auch mehrere interessante nervenpathologische Beobachtungen; so kam mir beispielsweise ein japanischer Soldat unter die Hände (wie man weiß, haben wir zur Errettung der europäischen Kultur auch Japaner zu Hilfe gerufen), der auf dem Schlachtfeld verrückt geworden war – er litt an der fixen Idee, er wisse, wofür er kämpfe.

Unser Schiff kreuzte bis Ende November vor den englischen Küsten – ich möchte den Leser nicht mit Einzelheiten langweilen. Am zweiundzwanzigsten November traf eine Depesche mit dem Befehl ein, die Bulwark solle ihre Verwundeten an Land absetzen, ihre Besatzung auf Gefechtsstärke auffüllen und sich vor das von den Deutschen besetzte Dixmuiden begeben. Wir nahmen siebenhundert Mann und ausreichend Munition an Bord und stachen am vierundzwanzigsten November bei dichtem Nebel in Richtung auf die belgische Küste in See. Obgleich wir mit Scheinwerfern gegen den Nebel angingen, irrten wir ein wenig nach West-Südwest, also zur englischen Küste hin, von unserer Route ab. Am fünfundzwanzigsten November gewahrten wir Lichtsignale, die wir jedoch nicht entziffern konnten. Unsere Scheinwerfer machten ein Schiff aus. Wir öffneten die Luken vor den versenkten Geschützen und alarmierten die Mannschaft. Alle nahmen ihre Plätze ein, und der Erste Offizier befahl gerade Volldampf voraus, als ein schreckliches Getöse das Deck erschütterte: Das Schiff war auf eine Mine gelaufen. Wildes Entsetzen breitete sich aus, die Männer verloren völlig den Kopf und drängten sich verzweifelt zu den Rettungsbooten. Mich hatte der Druck der Explosion von der Kommandobrücke geschleudert, wo ich mich gerade mit dem Kapitän unterhielt, und ich verlor für einige Augenblicke das Bewußtsein. Als ich zu mir kam, hatte sich das Schiff bereits stark zur Seite geneigt, und es war rasch im Sinken begriffen. Die Mannschaft zerrte fluchend und eigensüchtig an den Halteketten der Boote, alle Plätze waren besetzt, um mich kümmerte sich niemand. Ich sah, daß ich verloren war, und ich verfluchte voller Verzweiflung den Augenblick, der mich auf dieses Schiff geführt hatte. Doch da kam der Kommandant zu mir gekrochen und bedeutete mir, ich solle ihm folgen. Mühsam bewegten wir uns über die Schräge bis zum Achterdeck, wo der Kommandant einen Verschlag öffnete und mich aufforderte, schnell hineinzugehen. Ich erblickte ein riesiges Flugzeug, das mit einem Schwimmwerk ausgestattet und startbereit war, der Motor war bereits angelassen. Wir sprangen auf die Sitze, der Kommandant ergriff den Handhebel, und im nächsten Augenblick glitt der Hydroplan auf das Wasser hinaus. Die Schraube begann zu rotieren, einige Kilometer bewegten wir uns über die Wasserfläche dahin, dann hoben wir plötzlich ab und schwebten in den Nebel hinein. Als ich zurückblickte, sah ich nichts mehr von dem Schiff; unter mir blinkten undeutliche Lichter durch den Dunst. Es war schneidend kalt, und bald verschwand alles um uns herum, nur undurchdringlicher, dichter Nebel, der sich nicht etwa lichtete, sondern noch verstärkte, umgab den Hydroplan. Der Motor lärmte so laut, daß an ein Gespräch nicht zu denken war, deshalb hatte ich keinerlei Ahnung, wohin und in welcher Höhe wir flogen. Bedrückt saß ich auf meinem Platz, und von Zeit zu Zeit raubten mir die Kälte und die rasch strömende Luft das Bewußtsein, so daß ich bis zum heutigen Tage nicht weiß, ob wir uns drei Stunden in der Luft befanden oder einen halben Tag. Ich erinnere mich lediglich, daß mir auf einmal etwas Feuchtes auf das Kinn rann; als ich hinfaßte, waren meine Finger blutig, und da bemerkte ich, daß Blut auch unter meinen Nägeln hervorsickerte und mein Atem aussetzte. Um uns herum schien der Nebel jetzt weniger dicht, und ein unnatürliches, dunkelgraues Licht lag zwischen den Tragflächen. Ich begriff nun, daß wir uns in einer Höhe befanden, wo die Luft bereits ganz dünn ist. Erschrokken griff ich nach dem Arm des Kommandanten, doch er reagierte nicht; ich beugte mich vor und blickte ihm ins Gesicht, es war reglos und starr, seine Augen glasig, aus den Nasenlöchern rann Blut. Die Hände waren krampfhaft an das Höhensteuer gepreßt. Arges Entsetzen befiel mich, und ich stieß ihn zur Seite; er kippte schwerfällig nach links, und sein Kopf nickte vor. Ich streckte über seinen Kopf hinweg beide Arme nach dem Steuer aus, doch ich fühlte bereits, daß es mit mir zu Ende ging. Da huschte etwas über uns hinweg; als ich hochblickte, gewahrte ich durch den sich lichtenden Nebel einen riesenhaften, vogelähnlichen Apparat. Ich wollte rufen: Ich ergebe mich! (denn mein Geist verwirrte sich, und ich bildete mir ein, über mir fliege ein gegnerisches Flugzeug), aber ich brachte keinen Ton heraus. Dann hatte ich das Gefühl, als höbe mich etwas aus meinem Sitz, und gleichzeitig drang mir eine merkwürdige, liebliche Musik ins Ohr. Mir fielen die Augen zu.

Als ich sie wieder öffnete, umgab mich schwarze Nacht, der Himmel über und unter mir war voller Sterne, ich erkannte den Großen Wagen, und eine tiefe Beruhigung erfüllte mich. Ich lag auf etwas Weichem, und mir war, als hielten mich zähe, kräftige Seile fest, die mir jedoch keinerlei unangenehmes Gefühl bereiteten. Zu beiden Seiten vernahm ich, einem Rauschen gleich, regelmäßige und wohltönende Klänge, und aus einem Hahn schien ein kühlender, duftender Saft auf meine Stirn zu fließen. Ob wir uns fortbewegten oder stillstanden, vermochte ich nicht festzustellen, ebensowenig, wie lange dieser Zustand währte; dann auf einmal sah ich ein lichtes, grünes Landschaftsbild mit der launischen Einzeichnung von Flüssen und Bergketten. Anfangs schienen sie sich über mir zu befinden, dann waren sie unter mir, und wir senkten uns still zu ihnen hinab. Eine Weile schwebten wir über einem hellgrünen, lächelnden Wäldchen, dann tauchte eine blumenreiche Lichtung auf, die immer größer wurde, und ich spürte, daß wir ihr näher kamen. Nun wurde mir bewußt, weshalb ich mich so glücklich fühlte: Schon seit ungefähr einer Stunde tönte ein Akkord um mich herum, so lieblich und klar, daß ich in diesem Klang zu schwimmen und zu baden vermeinte wie in kühlem Öl; ich begann zu beobachten und bemerkte, daß sich diese Musik aus vier einfachen Tönen heraus wiederholte, und die hinreißende Anmut der Musik ergab sich eher aus der Farbe und Weichheit dieser Töne als aus ihrer Abfolge; ich verstehe ein wenig von der Musik, als Kind mußte ich Klavier spielen, und so konnte ich bald feststellen, daß diese vier Töne so aufeinander folgten: f, d, e, c, nach dem Doremifasolasido der Tonleiter also: Fa-re-mi-do. In diesem Augenblick landeten wir.

Zweites Kapitel

Die Apparatur, die den Verfasser beförderte, legt ein erstaunliches Selbstgefühl an den Tag. Ein sonderbares Gespräch. Menschenähnliche Bäume. Das Schloß

Ich erwachte aus meiner Benommenheit, öffnete die Augen und blickte um mich. Vor mir lag in strahlendem Sonnenschein eine wunderschöne Landschaft: auf der einen Seite ein sanft ansteigender Berghang, zur Linken ein glitzernd sich dahinschlängelnder Fluß mit bläulichgrünem Gesträuch an den Ufern. Eine einfache Eisenbrücke ohne Geländer führte über den Fluß, und zu einer fernen Waldung verlief ein weißer Weg, den beiderseits seltsam geformte Bäume säumten. Dieser Weg schien sehr lang, er verlor sich in bläulichem Dunst, und dort, wo er den Wald erreichte, vermeinte ich zwischen den Bäumen eine Art Tor- oder Gewölbebogen zu erkennen. Die gesamte Landschaft mit der Sonnenscheibe darüber, die hier zweimal größer war, als ich sie bisher gesehen hatte, wirkte unwahrscheinlich, märchenhaft und fremd und war mir gleichzeitig doch unbegreiflich vertraut, als befände ich mich nicht zum erstenmal in dieser Gegend. Hierüber dachte ich später oftmals nach, und ich fand heraus, woher ich diesen Landstrich kannte: Ich hatte ihn im Traum aufgesucht, nicht nur einmal und vor allem in meiner Kindheit; es war dies ein Traum, der mir in großen Zeitabständen unvermutet wiederzukehren pflegte; anfangs, in der Kindheit, stand ich am diesseitigen Ufer des Flusses und sah sehnsüchtig zum Wald hinüber, woher eine unbekannte, liebliche Musik erklang; später dann träumte mir, ich ginge über die Brücke und weiter den weißen Sandweg entlang.

Auch während meiner soldatischen Ausbildung träumte ich so; mit einem Kalb auf dem Rücken marschierte ich auf den Wald zu; ich wußte, daß mich dort etwas Gutes erwartete, erfrischende Ruhe und Entspannung, doch es wollte mir scheinen, als würde ich niemals dort ankommen.

Jetzt jedoch war all dieses handgreifliche Wirklichkeit, ich war wach und verspürte Durst. Als ich mich zu bewegen versuchte, fühlte ich einen festen Druck an den Hüften, zugleich wurde ich von irgendeiner Kraft aus dem Sitzen hochgehoben und ein kurzes Weilchen durch die Luft geschwenkt. Erschrocken blickte ich hin: Um den Leib lag mir ein schmaler Metallring, der, einer zugreifenden Hand ähnelnd, in einem nach oben sich verdickenden Metallarm endete. Im folgenden Augenblick hob mich dieser Arm noch höher, dann senkte er mich langsam und stellte mich auf die Erde, etwa drei oder vier Meter von dem Apparat entfernt, in dem ich gesessen hatte; hierauf ließ der Arm mich los und zog sich zurück. Ich blickte in die Höhe und gewahrte eine nie zuvor gesehene Vorrichtung oder Maschine. Zu beschreiben vermag ich sie nur in den gröbsten Umrissen, denn ich brächte es vielleicht nicht einmal fertig, mittels einer Zeichnung ein klares Bild von ihr zu vermitteln, obgleich ich danach noch viele ähnliche Apparaturen zu sehen bekam. Verständlicherweise war es mein erster Gedanke, ich stände einem ganz neuartigen, unendlich komplizierten Flugzeug gegenüber, dessen Rumpf, anders als bei den bisherigen, mit silbernen Flügeln an beiden Seiten senkrecht auf dem Boden stand. Dieser Rumpf jedoch war von einer überaus merkwürdiger Gestalt: zuoberst ein eiförmiger Goldblock, am Scheitel abgeflacht, ungefähr wie ein sehr regelmäßiger, stilisierter Menschenkopf, wie ihn Bildhauer zur Verzierung von Bauwerken verwenden, an der Stelle der Augen zwei runde, glänzende Glaslinsen, hinter denen ein rötliches Licht glimmte. Unter diesen Linsen ragten zwei rohrförmige Gebilde aus dem Kopf, und unter ihnen befand sich eine längliche, schön geformte Öffnung, verdeckt von einer goldenen Platte, die sich im Gleichmaß hob und senkte. Der Leib dieser Apparatur glich einem Schild, ebenfalls aus Gold verfertigt, und zeigte sehr hübsche Edelsteinintarsien; um die Bauchgegend lag ein Metallring. Die Vorrichtung stand auf zwei nach unten sich verjüngenden, formvollendeten Stützen, die in einem komplizierten Rädersystem endeten; die Räder konnten sich frei bewegen, die Apparatur vermochte sich mit ihrer Hilfe in der Luft und auf dem Boden fortzubewegen, wobei sie sich flink drehten.

Die Arme der Apparatur waren die Flügel, doch darüber hinaus ragten noch weitere schmale und biegsame Metallarme unterschiedlichster Ausführung aus dem Leibe; einer von diesen war es gewesen, der mich aus dem Flugapparat gehoben hatte.

Trotz ihrer Kompliziertheit erweckte die ganze Apparatur irgendwie den Eindruck großer Einfachheit und selbstverständlicher Zweckmäßigkeit; man merkte, daß alles an ihr stimmte und in wundersamem Einklang zusammenwirkte; darüber hinaus aber weckte sie ein nicht ausdrückbares Wohlempfinden, das nicht im Zusammenhang stand mit dem Eindruck, sie sei ein unvergleichliches Meisterwerk der rentablen und perfekten Technik, sondern das sich unabhängig hiervon einstellte – ich kann mich nicht anders ausdrükken, und meine Worte werden dem Gesehenen nur annähernd gerecht, wenn ich sage, daß diese Apparatur *schön* war, wobei ich unter dem Schönen mehr verstehe, als wenn wir das Wort beispielsweise auf ein Gemälde oder eher noch auf eine Frau anwenden. Ich bin nur ein einfacher Wundarzt und in der Kunst der Worte wenig bewandert, doch ich entsinne mich, daß mir in jenen Augenblicken Attribute höchster Entzückung in den Sinn kamen, wie sie verliebte Jünglinge in den Minuten der Ekstase erfinden. Vielleicht befand ich mich nicht in normalem Zustand, zumal mir noch die zuvor vernommenen Akkorde in den Ohren klangen und der Apparatur eine seltsame Kraft entströmte, die alle meine Sinne in angespannter Erstarrung hielt und bei der es sich um ein unsichtbares elektrisches Wärmebündel irgendwo zwischen Hitze und strömender Elektrizität handeln mochte.

Aus dem Innern der Apparatur drang ohne Unterlaß ein wohltuendes Tönen, und plötzlich senkten sich die Flügel zu Boden. Ich verspürte ein Kitzeln im Gesicht, und aufblikkend bemerkte ich, daß die beiden Glaslinsen auf mich gerichtet waren. Zugleich hob sich der eine Arm, berührte mich und zog sich wieder zurück. Während ich überlegte, wer der Mensch sein mochte, der die Apparatur von innen her betätigte, bewegte sich an deren Kopf eine Klappe, und neuerlich erklang in unaussprechlicher Lieblichkeit die Musik, die ich vorher schon vernommen hatte, jetzt jedoch nicht in den Noten fa-re-mi-do, sondern in einer anderen, tiefen und zum Ende hin ansteigenden Folge, die ich leider mit den Tonzeichen der chromatischen Skala nicht genau ausdrücken kann, die jedoch ungefähr so lautete: g, a, a, gis, g, gis. Diese Melodie hörte ich mehrere Male hintereinander, während die Augen mich unverwandt anstarrten. Die Töne weckten seltsame Empfindungen in mir: als sprächen sie mich in einer unbekannten Sprache an, die keinen Text kennt. Ich stand wie starr vor Verwunderung, schließlich öffnete ich den Mund und wiederholte, erst ungeschickt, dann annähernd richtig, mehrere Male die Tonfolge. In diesem Augenblick brach die Musik ab, die Apparatur bewegte sich nicht, und es war, als beobachtete sie mich angespannt. Ich wiederholte die Töne nur lauter. Die Apparatur trug drei andere Töne vor, auch diese sang ich nach. Nun griff ein anderer Arm nach mir, um mich zu betasten. Hierauf wiederholte sich dieses Spiel noch mehrfach und jeweils mit anderen Tönen. Plötzlich hörte ich ein sanftes Rauschen, die Flügel begannen zu surren, ich verspürte einen Luftstrom an meinem Gesicht, und im nächsten Augenblick stieg die Apparatur in die Höhe, kreiste ein paarmal über meinem Kopf, schwebte dann auf den Fluß zu, immer höher, wurde kleiner und verschwand schließlich über dem Wald. Benommen blieb ich noch einige Minuten stehen, dann sah ich mich um.

Zartes Gras bedeckte den Platz, wo ich stand, darunter sehr weicher, nachgiebiger Boden. Plötzlich wurde mir meine verzweifelte Situation auf das schärfste bewußt, du befindest dich an einem unbekannten Ort, sagte ich mir, wo du ratlos und hilflos zugrunde gehen wirst, weil du nicht weißt, ob du dich in feindlichem oder aber in befreundetem Gebiet befindest. Zudem bedrückte mich das Schicksal meiner Kameraden, wußte ich doch nicht, ob der eine oder andere von der Bulwark entkommen war und somit berichten konnte, ich und der Kommandant hätten das sinkende Schiff in einem Hydroplan verlassen, in welchem Falle man vermutlich steckbrieflich nach mir suchen würde, und falls ich mich nicht meldete, würde man mich wohl zum Deserteur erklären und vor ein Kriegsgericht stellen.

Dann wieder überlegte ich, wo es so vollkommene Apparaturen gebe, dort seien sicherlich auch die Menschen von ungewöhnlicher Art und hochentwickeltem Verstand, so daß sie meine mißliche Lage verstehen würden. Ich wußte nur nicht, wo ich die Stadt oder das Lager fände, woher diese Flugapparatur stammte; daß es mich nicht nach Deutschland verschlagen hatte, war mir klar, denn unsere ausgezeichneten Spione hätten es unbedingt gemeldet, wenn der gegnerischen Armee derartige Maschinen zur Verfügung ständen. So verließ ich mich also auf mein gutes Glück, ich legte meine Waffen in das Gras und bereitete mein Taschentuch für den Fall vor, daß ich mich in feindlichem Gebiet befände, damit ich mich gemäß der Haager Landkriegsordnung unverzüglich der Person ergeben könnte, der ich zuerst begegnete.

Nun schritt ich in die Richtung des Flusses, wobei ich eifrig Umschau hielt, ohne jedoch nur eine lebende Seele zu erblicken. Nachdem ich ungehindert die Brücke überquert hatte, beschloß ich, den weißen Weg zur Waldung hin einzuschlagen. Ich näherte mich der ersten Baumgruppe am Rande der Allee. Plötzlich erschrak ich, blieb stehen und griff unwillkürlich nach meinem Taschentuch. Für einen Augenblick wollte mir scheinen, als sei der Baum, dem ich mich am nächsten befand, gar kein Baum, sondern ein Lebewesen. Aus zwanzig Schritt Enfernung konnte ich deutlich seine ganze Gestalt erkennen, sie erinnerte mich entschieden an die eines Menschen, wenngleich sie ungewöhnlich wirkte. Statt der Haut bedeckte braune Rinde den Körper, die beiden Beine wurzelten im Erdreich, und zwischen den ausgestreckten Armen bildeten fremdartige Blätter ein Laubzelt über dem Kopf. Der Kopf war niedrig und gedrungen, das braune Rindengesicht mir zugewandt. Als ich mich von meiner Überraschung erholt hatte, vermeinte ich zu begreifen, daß ich vor einer eigenartigen Statue oder einer scherzhaften Schöpfung der Gartenbaukunst stand: Es konnte sich nur um einen Baum handeln, der zu einer solch menschlichen Gestalt herangezogen worden war – eine Eigenart wohl dieses Landstriches. Erleichtert trat ich nahe an das merkwürdige Gewächs heran und betastete es. Ja, es war eine Rinde, doch eine weichere als bei den gewöhnlichen Bäumen, und bei meiner Berührung sickerte ein rosafarbener Saft aus ihr. Ich erschrak wiederum ein wenig, als der Baum zu zucken begann, und trat zurück, doch dann beruhigte ich mich. Ich sah, daß die beiden beinförmigen Wurzeln fest im Boden steckten und sich nicht fortbewegen konnten. Dennoch hatte das Ganze etwas Menschenähnliches, wie ich wiederholen muß, und selbst Gesichtszüge waren zu erkennen: die Augen ganz leer und trocken, aber die Nase fast regelmäßig, und der eingewachsene Mund in den beiden Winkeln traurig und bitter nach unten gekrümmt. Dieses Baumgesicht hatte etwas unendlich Bedrücktes, Verzweifeltes an sich, mir fiel unwillkürlich der verwunschene Wandersmann der Märchen ein. Als ich genauer hinsah, bemerkte ich, daß der Mund zuckte, als wollte er etwas sagen; da bemächtigte sich meines Herzens ein unbegreifliches Mitleid, und ich schrie laut und klagend auf. Der Baum antwortete mir aus seinem Innern heraus mit einem ohrenzerreißenden, betäubenden Knarren, die ausgebreiteten Arme zuckten wie im Krampf, dann wurde er wieder still. Ich vermochte mir meine plötzliche und unverständliche Niedergeschlagenheit nicht zu erklären, aber ich vermeinte, ich würde sein leer und ohnmächtig hallendes Geknarr nicht noch einmal mit anhören können. Rasch wandte ich mich um und ging weiter; da bemerkte ich, daß die anderen Bäume dem ersten ähnelten, es waren Menschenbäume von kleinerem und größerem Wuchs, mit ausgebreiteten Armen und bitteren, alten Gesichtern. Ich fühlte mich sehr unwohl und beschleunigte meine Schritte, ohne aufzublicken, aber ich war mir gewiß, daß die ganze Allee, durch die ich ging, aus solchen Bäumen bestand.

Die Bäume wurden spärlicher und verschwanden schließlich, vor mir lag in weitläufigen Windungen ein mit feinem weißem Staub bestreuter Weg; wiederum überkam mich die seltsame Erinnerung, daß ich diesen Weg schon einmal im Traum gegangen war. Wo der Weg in den Wald mündete, stand, wie ich bereits von ferne vermutet hatte, in der Tat ein Triumphbogen, der von beachtlicher Höhe war. Erleichtert nahm ich wahr, daß die Bäume des Waldes nicht mehr Menschen glichen; allerdings hatte ich auch solche Bäume noch nie gesehen: Eine üppige Krone aus fleischigen, fast runden Blättern beschattete den Weg, und jedes dieser Blätter schien zugleich eine Frucht zu sein. Nur fühlte ich mich tatsächlich verwirrt, und ich begann zu fürchten, ich erlebte dies alles nur im Traum; der Weg, der in den Wald führte, war dunkel, und ich sorgte mich, ich könne mich verirren. Unruhig sah ich mich um, da erblickte ich zwischen den Stämmen hindurch wieder Sonnenlicht, und eilig lief ich in diese Richtung. Einige Minuten später trat ich aus dem Wald und hob geblendet die Hände vor das Gesicht.

Vor mir lag eine riesige, regelmäßig geformte Hochebene. Eine prachtvolle, aus roten Steinen gebaute Treppe führte in den Hintergrund, wo ein gewaltiges Gebäude den Horizont verdeckte. Die Treppe führte zum Frontportal dieses Gebäudes, das gleichfalls riesenhafte Portal, das in der Höhe kaum weniger als vierzig Meter messen mochte, stand offen. Die ganze Front war eine einzige, halbkreisförmige Mauer mit monumentalen Säulen zu beiden Seiten; nie hatte ich großartigere und imposantere Meisterwerke der Baukunst gesehen. Doch etwas anderes fesselte von der ersten Minute an noch stärker meine Aufmerksamkeit: Vor dem Portal standen zwei Gestalten, die in Form und Größe gänzlich der Apparatur glichen, die mich hierher gebracht hatte.

Drittes Kapitel

Einige Worte an den Leser. Der Mensch und die Maschinen. Die Bewohner von Faremido. Der Verfasser wird mit den Pflanzen verglichen

Der Leser, durch Reisebeschreibungen ohnedies sehr verwöhnt, mag nach dem Lesen des vorigen Kapitels vielleicht unzufrieden und ungeduldig konstatiert haben, daß er von dessen Gegenstand kaum etwas begriffen hat und schon gar nicht verstand, welche Bewandtnis es mit jenen sonderbaren Apparaturen und erstaunlichen Gewächsen hat, die von mir im übrigen nur recht lückenhaft beschrieben werden konnten, zumal es sich um Erscheinungen handelt, wie sie meines Wissens bisher kein Reiseschriftsteller in seinem Tagebuch vermerkte.

Ich bitte dich inständig, lieber Leser, daß ich zum einen als schlichter Wundarzt kein Künstler der Worte bin, wie ich bereits erwähnte, und mich deshalb möglicherweise unvollkommen ausdrücke, und daß zum anderen die Phänomene, die ich im zweiten Kapitel beschrieben habe, für mich in den ersten Minuten, als ich ihnen gegenüberstand, ebenso überraschend und unverständlich waren. Doch ich bitte dich um Geduld und Vertrauen, und ich verweise mit aller Bescheidenheit auf die Schilderung meiner vier vorangegangenen Reisen, auf denen ich des öfteren unbegreifliche Dinge vermerken mußte; welchen Sinn und welche Bedeutung sie besaßen, stellte sich immer erst später heraus. Jedenfalls dürfte es der Leser am leichtesten haben, der meine vier vorangegangenen Reisebeschreibungen (nach Liliput, Brobdingnag, Laputa und zu den Houyhnhnms) kennt, die von Jonathan Swift herausgegeben wurden.

Dennoch möchte ich, um mich kurz zu fassen, die Lehre vorausschicken, die während meines Aufenthaltes in Faremido später in mir heranreifte und die ich, wäre ich nicht von den Werken der Metaphysiker des zwanzigsten Jahrhunderts verdorben und angesteckt worden, schon lange vor Faremido hätte ziehen müssen, um nicht überrascht zu sein über die Dinge, die mich in diesem Lande erwarteten.

Als die Menschen zum erstenmal auf der Erde erschienen, gab es, wie sich feststellen läßt, noch keine Maschinen, keine Kunst und Wissenschaft. Damals entsprang alles, was die Menschen taten, noch natürlichen Bedürfnissen: Sie kleideten sich, weil es kalt war, und sie verfertigten Äxte, um leichter Holz schlagen zu können. Hiernach kamen die Wissenschaften und Künste auf, deren Zweck es bekanntlich war, dem Menschen einerseits bei seinen schweren Arbeiten zu helfen und andererseits seine Begriffe und Vorstellungen von den wahrgenommenen Erscheinungen zu ergänzen. Zum Heben schwerer Gegenstände erfand man den Flaschenzug, zur näheren und genaueren Untersuchung der gesehenen Erscheinungen das Zeichnen und Schreiben.

Mit den Jahrhunderten wurden Wissenschaft und Kunst naturgemäß immer vollkommener; großartige Maschinen unterstützten den Menschen bei seinen Verrichtungen und vervielfachten seine Möglichkeiten, und die flüchtig wahrgenommenen zeitlichen und räumlichen Erscheinungen wurden in ihrer gänzlichen Bedeutsamkeit mittels immer vollkommenerer Statuen, Gemälde und dichterischer Werke festgehalten.

Schließlich waren wir soweit, daß die Maschinen dem Menschen nicht nur in allen Dingen halfen und seine Kraft vervielfachten, sondern sie verrichteten die Tätigkeiten auch viel perfekter, als der hinfällige Mensch es je vermocht hätte. Ebenso drückten die Künste – durch Bilder, Plastiken, Bücher und Musikwerke – die Symptome des Lebens, Formen und Farben, Geschichte und Gefühle, in solcher Vollendung aus, daß das wirkliche Leben an Findigkeit, Schönheit und Ausdruckskraft weit hinter ihnen zurückblieb.

Was folgte hieraus? Maschinen und Werke übertrafen den Menschen, und bald mußte der Mensch, wollte auch er vollkommen sein, die Maschinen und Werke, die einst ihn nachgeahmt hatten, selbst nachahmen. Den stärksten Einfluß auf die Entwicklung unseres Charakters übte die Kultur aus: Romane, Dramen, Dichtungen. Unsere Formen wurden von der Kunst vorgeschrieben. Als ich einmal in Budapest weilte, sah ich einen Näschereienladen, der sich als »Automat« bezeichnete; man warf oben einen Kreuzer hinein und nahm unten durch eine Öffnung die Süßigkeiten in Empfang. Im Innern dieses Automaten saß ein Mensch, in seine Hand fiel die Münze, und er schob das Naschwerk aus der Öffnung. Dieser Mensch hatte unbewußt erkannt, daß die Mitmenschen den Maschinen mehr Vertrauen entgegenbringen als einander, und mit Arglist wollte er glauben machen, auch er sei eine Maschine.

Es kam so weit mit den Menschen, daß sie für ein Gemälde, das eine nackte Frau darstellte, zehnmal mehr zahlten als für die Frau, die dem Maler Modell gestanden hatte; sie verweigerten also dem Menschen die Hochachtung, die sie seinem imitierten, rekonstruierten Abbild entgegenbrachten. Ich entsinne mich meiner Empörung kurz vor meiner Reise nach Faremido, als die barbarischen Deutschen die Kathedrale von Reims bombardierten – aber ich nahm nur flüchtig zur Kenntnis, wie viele Menschen dabei den Tod fanden. Wir alle wissen doch, wie begeisternder die Nachricht wirkt, wir hätten ein, zwei Schiffe oder fünf, sechs Geschütze des Gegners vernichtet, als jene, fünf- oder sechstausend gegnerische Soldaten seien getötet worden. Fünf Geschütze sind uns fünftausend Menschenleben wert, und für die anderen ist der Verlust ebenso groß. Hätte ich schon damals nüchtern hierüber nachgedacht, dann hätte ich in Faremido nicht verspätet aus meinem eigenen Schaden klug werden müssen. Ich hätte längst begriffen, daß der Mensch stets mehr als sich selbst das von ihm Erschaffne schätzt und in allem Tun danach trachtet, auch sich selbst zu schöpfen, von neuem und vollkommener, um dann aufzuhören, zu sein wie eine überflüssig gewordene Tonform, in die man das Erz gegossen hat. Ich hätte das schon erkennen müssen, als die Kinobilder erfunden wurden und ich beobachten konnte, daß die Menschen wie närrisch in die Lichtspieltheater liefen, wo ihnen das Gesicht des Schauspielers, den sie für dasselbe Geld lebendig auf einer altmodischen Bühne agieren sehen könnten, nun flimmernd auf der Leinwand vorgezeigt wird. Tatsächlich wäre der Mensch von Anfang an nur allzugern in Teilen und im Ganzen ein viel vollkommeneres Wesen geworden; dafür benötigte er das Mikroskop und das Teleskop, das Lichtbild und die Röntgenstrahlen, das Automobil und das Flugzeug.

Wie gesagt, hätte ich mir all dies nüchtern durch den Kopf gehen lassen, so wäre mir deutlich geworden, wie ich bei den Bewohnern Faremidos mehr Respekt und Hochachtung vor meinem heißgeliebten Vaterland hätte wecken können. Sie hätten eingesehen, daß die Bewunderung, die mich geradezu überwältigte, als ich am Ende des Waldweges jenes prächtige Gebäude erblickte, allein schon ein hinreichender Beweis dafür sei, daß ich trotz meiner menschlichen Schwächen würdig wäre, unter ihnen zu leben und vielleicht dereinst ihnen ähnlich zu werden. Doch voreingenommen und dumm, wie ich war, hielt ich noch lange an der Annahme fest, ein solches Bauwerk habe nur durch menschliche Hand entstehen können.

Nun stand ich dort und sah mich benommen um; da bewegte sich die eine der Apparaturen, die vor dem Gebäude standen, und näherte sich mir in sanftem Hüpfen. Ich erkannte sie wieder, sie hatte mich hergebracht und jenseits des Flusses mich selbst überlassen. Ich hörte die mir bekannte Tonfolge, woraufhin sich einige weitere Apparaturen in Bewegung setzten und herbeikamen. Sobald sie mich im Kreise umgaben, erklang um mich herum ein richtiggehendes Konzert; diese merkwürdigen Maschinen musizierten. Mich ängstigte, daß ich nirgendwo Menschen aus Fleisch und Blut sehen konnte, zudem begann auch die Natur nach ihren Rechten zu verlangen, ich verspürte Hunger und Müdigkeit. In der Hoffnung, mich irgendwie doch verständlich machen zu können, sprach ich in verschiedenen Sprachen zu ihnen und empfahl mich ihres Erbarmens und Verständnisses an. Da sie aber immer nur mit musikalischen Gebilden antworteten, horchte ich wiederum genauer hin, und als ich einige Folgen herausgefunden hatte, die sich mehrfach wiederholten, trug ich ihnen diese Töne vor. Sobald ich dies tat, trat überraschte Stille ein, danach schienen sie, die Metallarme zueinander ausstreckend, zu beraten. Während ich sie verzagt musterte, fiel mir auf, daß sie sich durchaus nicht völlig glichen: Es gab da Geflügelte und Ungeflügelte, solche mit viereckigen und andere mit runden Köpfen, die verwendeten Metalle waren von unterschiedlicher Farbe; doch in der Körperhaltung ähnelten sie einander sehr, und sie stimmten auch darin überein, daß sie allesamt komplizierte, unendlich empfindsame, präzise Apparaturen zu sein schienen.

Darüber machte ich mir noch meine Gedanken, als ein Metallarm nach mir langte und mich in die Luft hob; ich erblickte eine riesige Glaslinse, die von irgend etwas über mich gehalten wurde, und hinter der Linse schien mich funkelnd und aufmerksam ein gigantisches Auge anzustrahlen. Der Arm, der mich erhoben hatte, bewegte gemächlich meinen Kopf hin und her, und ich konnte mich des unbehaglichen Gefühls nicht erwehren, man studiere mich wie der Käfersammler ein seltenes Insekt unter seiner Lupe. Dann wurde ich wieder auf die Erde gestellt und losgelassen. Nun ergriff mich die Apparatur, die mich gerettet hatte, an der Hand und begann mich zu führen, was ungefähr so ausgesehen haben mag, wie wenn ein Vater sein kleines Kind das Gehen lehrt: Langsam und vorsichtig schritt die Maschine neben mir her, und wo der Weg uneben wurde, hob sie die Räder, während diese auf glattem Untergrund langsam und behutsam rollten. Immer wieder wandte sie mir ihren golden schimmernden Kopf zu, und aus den strahlenden Augen strömte bläuliches Licht auf mich herab. Als sie plötzlich zu singen begann, hatte ich das entschiedene Gefühl, diese

Töne seien an mich gerichtet und in diesem Lande spreche man mittels der Musik miteinander. Als ich das begriff, bemühte ich mich, ihr begreiflich zu machen, daß mir daran gelegen sei, diese Sprache zu erlernen, und indem ich auf den Palast deutete, gab ich zu verstehen, ich wüßte gerne, wie dieses Gebäude genannt werde. Rasch erkannte sie, was ich wünschte; sie gab diese Töne von sich: mi, fa, re, und ich wiederholte sie sogleich. Darüber freute sie sich offenkundig, und nun zeigte sie von sich aus auf die Gegenstände und nannte sie bei ihren Namen, die ich nachsprach. Dann deutete sie auf sich selbst und sang: so-la-si, und wie mit einer weit ausholenden Geste über den ganzen, weiten Horizont: fa, re, mi, do, wie ich es bereits gehört hatte, als ich hierher gebracht worden war. So erfuhr ich den Namen des Landes: Faremido. (Ich bitte den Leser, er möge die Originalworte stets singend aussprechen, denn nur so haben sie einen Sinn.)

Wir hatten inzwischen die Allee erreicht, durch die ich kurze Zeit vorher geschritten war. An einem der menschenähnlichen Bäume blieb meine Apparatur stehen, umfaßte sanft meine Hüfte und setzte mich neben dem Baum nieder, dann trat sie ein Stückchen zurück, hob den Metallarm über den Kopf und betrachtete uns prüfend und vergleichend. Neuerlich überkam mich ein Gefühl des Unbehagens: Es war, wie wenn ein Botaniker zwei Pflanzen vergleicht, um sich ihrer Verwandtschaft zu vergewissern.

Viertes Kapitel

Weltanschauungen. Der Verfasser ahnt allmählich, welcher Art die Wesen sind, zu denen es ihn verschlagen hat. Die Solasi. Einige Worte über die Solasi-Fabrik

Alles, was ich dem Leser bislang verständlich zu machen versucht habe, verstand ich selbst erst nach langen Tagen und Wochen; immerhin ahnte ich in den Augenblicken, als ich vor dem menschenähnlichen Baum stand und erkannt hatte, daß mich die wundersame Apparatur, einer der Bürger Faremidos, mit diesem verglich, voller Schaudern Möglichkeiten, von denen ich vorher nie zu träumen gewagt hätte. Wundersame Abenteuer, die auf früheren Reisen meine Sinne oft genug verblüfft hatten, hatten mich bei allem Respekt vor den herausragenden Philosophen und Logikern, insbesondere jedoch vor den Naturwissenschaftlern meines innig geliebten Vaterlandes, immerhin zu gewissen Bemühungen veranlaßt, Fakten und Realitäten zur Kenntnis zu nehmen, die um keinen Preis in deren Weltanschauung passen wollten; ich weiß, daß ein ernsthafter Naturforscher sich bei der Aufstellung seiner Theorien nicht von solchen Geringfügigkeiten beeinflussen lassen darf, wie etwa einer Tatsache oder Erscheinung, die der Theorie diametral widerspricht.

Zwar blieb ich bei meiner Weltanschauung, doch nahm ich zur Kenntnis, daß mich das Mißgeschick in ein Land oder einen Erdteil oder vielleicht auf einen Himmelskörper verschlagen hatte, wo die über die Natur herrschenden Wesen, die Bewohner, den Menschen nicht nur unähnlich waren, sondern auch nicht als Lebewesen im irdischen Sinn betrachtet werden konnten, denn obgleich sie sich aus eigener Kraft bewegen und zielbewußt handeln sowie in der Gemeinschaft gewisse Gesellschaftsformen bilden, bestehen ihre Körper an keiner Stelle aus der Materie, die nach unserer Auffassung einzig möglicher Träger und einzige Voraussetzung des Lebens ist und die man gewöhnlich als organische Substanz bezeichnet. Diese Lebewesen, die Solasi (wie sie sich in ihren Tönen selbst nennen), setzen sich aus anorganischen Elementen zusammen, aus Eisen, Gold und vielfältigen anderen Metallen und Mineralien, darunter mehrere, die unserer anorganischen Chemie unbekannt sind. Dazu, daß diese leblosen Stoffe dennoch beweglich und aktiv sind, bemerke ich, daß wir ähnliche Bewegungen bei unbelebter Materie durchaus kennen, nur nicht in so ausgeprägter Weise und nicht in solcher Harmonie, denn die Wärmeausdehnung der Körper und ihr Zueinanderstreben infolge der Anziehungskraft rufen gleichfalls Bewegungen hervor; was ich bereits damals ahnte, wurde mir später zur Gewißheit, daß nämlich das Leben der Solasi von solch einfachen und primitiven Kräften wie dem Licht, der Wärme, der Elektrizität und dem Magnetismus gelenkt wird. Die großartige und geheimnisvolle, komplizierte Kraft, die wir voller Andacht als Lebenskraft oder Vitalität bezeichnen und die den Kern der organischen Zellen teilt und vermehrt – diese Kraft ist den Solasi nicht bekannt, und erstaunlicherweise bedürfen sie ihrer auch nicht, wie ich später begriff; sie betrachten sie als eine weniger wertvolle, in gewisser Hinsicht krankhafte und widernatürliche Form des Seins, untauglich dazu, die Seele, die eine Verdichtung der Naturkräfte in der Materie und zum Verständnis und vielleicht zur Verbesserung der Natur berufen ist (und welche wir als menschliche Seele, als menschlichen Verstand bezeichnen), diese Seele also und diesen Verstand glücklich, harmonisch und vernünftig zu machen. Das Verstandesorgan der Solasi, ihr Gehirn, besteht aus anorganischen Stoffen und ist ein Gemenge eines quecksilberartigen, flüssigen Metalls und eines mir unbekannten Minerals. In diesem Gehirn werden die von uns Gefühle und Gedanken genannten Bewegungen nicht von jener unbekannten Lebenskraft, sondern von bekannten und kontrollierbaren Kräften hervorgerufen, nämlich von Wärme und Elektrizität. Ob diese Gefühle und Gedanken wertloser sind als die unsrigen, entzieht sich meiner beschränkten Einsicht; ich bemerkte mit der Zeit lediglich, daß sie sich nicht wesentlich von den Produkten unseres organischen Verstandes unterscheiden, wohl aber sehr viel verfeinerter und intensiver sind, was jedoch niemanden überraschen darf, beobachten wir doch auch auf der Erde, daß die aus organischen Stoffen erbauten Maschinen in einer Zeiteinheit mehr und Besseres produzieren als die menschliche oder tierische Arbeit. Die Verknüpfung von Vorstellungen vollzieht sich bei den Solasi erheblich schneller und präziser als bei uns, und was ihre Gefühle und Leidenschaften anbelangt, so ist es wohl kennzeichnend, daß sie schon zur Mitteilung einfachster Gedanken sich jenes Mittels bedienen, das wir nur verwenden, wenn wir unsere höchsten und kompliziertesten Gefühle ausdrücken wollen: der Musik. Im übrigen mag es durchaus sein, daß Gedanke und Gefühl bei ihnen nicht so streng voneinander getrennt sind wie in unserem Verstand.

Dem Leser wird einleuchten, daß mein erster Gedanke, als ich dies alles zu ahnen begann, der war: Wie entstehen denn diese Wesen, da doch die Form der Vermehrung, wie sie bei uns wirksam ist, in ihrem anorganischen Leben gegenstandslos ist? Sehr bald schon erhielt ich eine Antwort auf meine Frage. Der Solasi, der mich an dem menschenähnlichen Baum niedergesetzt hatte, winkte mir, nachdem er voller offensichtlicher Verwunderung gehört hatte, daß ich einige seiner Töne nachahmen konnte, mit seinem einen Arm (wir wollen vorerst von Armen sprechen), ich solle ihm folgen. Eilig schritt ich neben ihm her, wobei ich bemerkte, daß er sich größte Mühe gab, seine Schritte meinem an diesen gemessen geradezu schleichenden Gang anzupassen. Es war ungefähr so, als führte ein Automobil einen Menschen über das Land. Trotzdem erreichten wir bald den Eingang des großartigen Gebäudes, das mich schon einmal aufs höchste erstaunt hatte. Über dem Portal bemerkte ich diesmal goldene Zeichen oder Buchstaben; später brachte ich in Erfahrung, daß diese Zeichen in der Schrift, die dort üblich ist, so-la-si-mi-re bedeuten, was in ungefährer Übersetzung Solasi-Fabrik oder Solasi-Werkstatt bedeutet.

Sobald ich die elliptische Schwelle überschritten hatte, drang mir ein eigentümliches Rattern und Poltern ans Ohr, und während wir durch einen Marmorkorridor gingen, verstärkte sich das Getöse noch. Eine Tür aus flexiblem Glas öffnete sich, und vor uns lag eine gewaltige, in weißem Licht schwimmende Halle. Es nähme allzuviel Zeit in Anspruch, wollte ich über das unbeschreibbare, höchstens umschreibbare Durcheinander berichten, das mich in dieser Halle empfing; mit Zeichenpapier und Zeichengerät könnte ich den Anblick vielleicht anschaulicher wiedergeben. Lange, parallel angeordnete Steintische waren überhäuft mit tausenderlei phantastischen Geräten, Instrumenten, Retorten, Hähnen, Gläsern, Metallen, Lötkolben, Schrauben, Hebeln, Waagen, Behältnissen, Schweißapparaten, Flüssigkeiten, Rohren, Generatoren, Drähten, Achsen, Rädern, Rotoren, Zangen, Pinzetten und Bohrern. Ein Großteil von ihnen befand sich, lautlos von einer unsichtbaren Stromquelle angetrieben, in rhythmischer Bewegung, mit schwindelerregender Schnelligkeit rotierten glänzende Scheiben im Licht, pfeifend flitzten Riemen und Drähte auf und ab, Stahlbänder vibrierten, Winkelstücke sausten am Tischrand entlang. Hier und da schwebten rote, violette und blaue Lichter und Flammen, in großen Behältern brodelten, zugedeckt und frei, zähe Flüssigkeiten.

Im ersten Augenblick bemerkte ich kaum, daß in diesem scheinbaren Chaos Solasi arbeiteten, sind diese Wesen eigentlich doch von gleicher Gestalt wie die Maschinen und Instrumente, die ich sah. Als sich meine Augen ein wenig an den Anblick gewöhnt hatten, sah ich an den Tischen in gleichförmigen Abständen Solasi unterschiedlicher Größe stehen, sie waren ganz in ihre Arbeit versunken. Ich erkannte sie an den ovalen Goldköpfen und den beiden glänzenden Glaslinsen in der Stirn. Aus ihren Körpern ragten Arme und Hebel über die Tische, die allerlei Teile richteten und zusammenfügten, über Flammen Ketten verlöteten und den Eindruck weckten, als wären hier emsige Uhrmachermeister am Werke. Der Solasi, der mich führte, trat nun zu dem, der uns am nächsten stand, dieser unterbrach sein Tun für einen Augenblick, und sie begannen miteinander zu musizieren. Dabei wendeten sie mir beide ihre Gesichter zu; ich erriet, daß sie über mich sprachen. Verlegen und voller einer mir selbst unbegreiflichen Scham blickte ich zur Seite und begann die auf dem Tisch liegenden Gegenstände und Bauteile zu mustern.

Auf dem Tisch häuften sich konkave und konvexe Linsen, in einer Flasche befand sich offenbar ein durchsichtiger Klebstoff. Am Tischrand ein bereits zusammengesetzter Apparat; als ich ihn näher in Augenschein nahm, kam er mir nicht ganz unbekannt vor. Er hatte große Ähnlichkeit mit einem kleinen, sehr präzisen fotografischen Apparat, nur war er rund, und beiderseits und hinten hingen Stahldrähte herab, vorn wies er eine glänzende, konvexe Linse auf, hinter der sich die dunkle, kugelförmige Kamera befand. Mir war klar, daß dieser Apparat auch ähnlichen Zwecken dienen sollte, gleichzeitig aber glich er auch einem großen, exorbitanten Augapfel. Freilich, fiel mir ein, wir wissen ja, daß die fotografische Kamera eigentlich nichts anderes ist als ein rekonstruiertes menschliches Auge, und sie funktioniert auch wie dieses, doch während das Menschenauge nicht vervollkommnet werden kann, läßt sich die Kamera so konstruieren, daß sie die Lichterscheinungen hundertmal schärfer und schneller reproduziert als das Auge; man denke nur an die empfindlichen Kinofilmaufnahmen, die von den Bewegungserscheinungen hundertmal mehr erfassen als unser Auge.

Ein Blick auf das Gesicht des Solasi überzeugte mich, daß er das herstellte, was auch er benötigt: nämlich Augen. Nun war mir klar, wie diese merkwürdigen Wesen oder Apparaturen entstehen. Sie produzieren sich selbst aus Metallen und Mineralien, und im Körper untergebrachte Kraftquellen (elektrische Akkumulatoren, Dampf, Gas) setzen den fertigen Solasi in Bewegung.

Auf den ersten Blick mag diese Art der Vermehrung schwerfällig und umständlich scheinen, wenn man sie mit der vergleicht, die bei uns gebräuchlich ist, und manch einer wird sie auch als weniger vergnüglich empfinden; doch man muß anerkennen, daß das Verfahren der Solasi zuverlässiger und gewissenhafter ist. Der Solasi, der seinen Gefährten erschafft oder zusammenbaut (ich spreche von Gefährten, denn von Kindern, von Söhnen oder Töchtern kann ich nicht reden, da die Solasi eingeschlechtig sind und zudem jeder von nicht nur zwei, sondern sechs oder sieben anderen produziert wird), kann alle Bestandteile eingehend auf ihre Eignung hin untersuchen und so zusammenstellen, daß sich keinerlei Fehler einschleichen können. Er tauscht die Substanzen aus, die die Gesamtfunktion beeinträchtigen würden, und bringt die Betätigungsvorrichtungen in vollendeten Einklang mit den einzelnen Organen. So kommt es, daß man bei den Solasi keinen Krüppeln begegnet, weder Lahmen noch Krummen, was übrigens auch dadurch zu erklären ist – und darauf werde ich später noch eingehen –, daß sich die Bestandteile des einmal fertiggestellten Solasi bei Störung oder Abnutzung jederzeit austauschen und ersetzen lassen, ohne daß sich die Harmonie und Individualität des Gesamten verändert. Ich werde dies noch näher erläutern, und zwar im Zusammenhang mit dem großen Unterschied, der zwischen den faremidonischen Wesen und uns hinsichtlich der Begriffe der Geburt, des Lebens und des Todes besteht.

Auch wäre es verfrüht, zu berichten, von welcher Vielfalt und Beschaffenheit die Organe waren, deren Herstellung ich verfolgen konnte, während ich neben und zwischen den Tischen umherging; ein Großteil dieser Organe war mir nicht nur ihrem Zweck, sondern auch ihrer Konstruktion nach gänzlich unbekannt und entzog sich meinem damaligen Wissen. Ich vermerke nur, daß ich hinter dem letzten Tisch auf einem Podest einen völlig fertigen Solasi reglos stehen sah, um den sich Arbeiter drängten, die ihn anscheinend gerade mit den Fortbewegungselementen ausstatteten, die man auf der Erde als Motor bezeichnet: Durch eine Öffnung gossen sie eine Flüssigkeit in ihn hinein, und unten schraubten sie etwas fest. Im Weggehen hörte ich noch, wie es im Innern des Solasi zu summen begann, und zurückblickend beobachtete ich, wie er langsam den Kopf hob und um sich schaute.

Fünftes Kapitel

Der Verfasser erlernt die Sprache der Solasi. Ein kleiner Exkurs über die äußere und innere Betrachtungsweise. Die Erkenntniskunde. Kranke Solasi. Einige Worte über die »Sphärenmusik«

Zu langwierig wäre es, in zeitlicher Ordnung die Geschehnisse der Monate vorzutragen, die zwischen meiner Ankunft in Faremido und dem Tag vergangen waren, da ich mich des Abends mit dem Bewußtsein zur Ruhe begeben konnte, ich könnte mich, wenn auch radebrechend und ungeschickt, in der Sprache der Solasi ausdrücken und verstände im Großen und Ganzen das, was sie sagten. Es mag übrigens sein, daß diese Studien eine längere Zeit in Anspruch nahmen, als ich damals glaubte: Die Unmenge neuer Eindrücke sog sich meinem Gehirn mit so fieberhafter Eile ein, daß es mir gar nicht in den Sinn kam, die Zeit zu messen, zumal die Zeitmessung dortzulande nach ganz anderen Gesetzen erfolgt. (In Faremido dauert ein Tag zwei- bis dreimal vierundzwanzig Stunden.) Ferner fesselten gerade diese Eindrücke in solchem Maße mein Interesse, daß ich das, was mir in der ersten Zeit meines dortigen Aufenthaltes widerfuhr, nur flüchtig und nur undeutlich aufnahm, so daß ich vorwiegend die vielen Lehren im Gedächtnis behielt, die ich ziehen konnte, während alles, was sich auf mein physisches Leben bezog, gar nicht bis in mein Bewußtsein vordrang. Ich vermeinte zu verstehen – und ich bemerkte dies auch an mir selbst –, daß der Verstand, der berufen ist, wie wir meinen, die Dinge zu erkennen, den höchsten und eindringlichsten Grad seiner Tätigkeit dann erreicht, wenn er gänzlich seiner selbst vergißt, um die Erscheinungen der äußeren Welt zu sammeln und zu ordnen. Darüber habe ich mich später oft mit meinem Herrn, Midore, unterhalten; als ich mich nämlich nach Kräften bemühte, ihm zu erklären, was wir unter dem Begriff des menschlichen Gehirns verstehen, war er außerstande, mir zu folgen, und sagte: »Es ist unmöglich, daß ein Instrument, welches sich aus ähnlich verdorbenen und zersetzten Stoffen zusammensetzt wie Ihr Körper (so bezeichnete er Fleisch und Blut, da die Solasi hierfür kein Wort besitzen), die Arbeit des Gehirns verrichten könnte, die darin besteht, den Zusammenhang zwischen den Dingen zu begreifen.« Als ich ihn, um seinen Irrtum zu korrigieren, aufklärte, daß sich auch unsere Denker darüber im klaren sind, daß es das Ziel des menschlichen Verstandes sei, die Welt zu verstehen, schüttelte er nur ungläubig den Kopf und fragte mich, wie unsere angeblichen Denker denn dabei verführen.

Froh und glücklich ergriff ich die Gelegenheit beim Schopfe, in fremder Ferne unserer menschlichen Gattung und vor allem den hochverehrten Philosophen meines angebeteten Vaterlandes Ruhm einzuheimsen. Auf die schnelle erwähnte ich nur die Werke vier oder fünf gelehrter Denker und umriß knapp deren Inhalt. Ich berichtete über den erfreulichen Aufschwung der Erkenntniskunde, die sich mit den Gesetzen des menschlichen Gehirns befaßt und feststellt, in welcher Reihenfolge und auf welcher Grundlage der Gedanke entsteht. Ich sprach über unsere großen Biologen, die die Tätigkeit unserer Organe untersuchen und auskundschaften, auf welche Weise die Erscheinungen auf unser Gehirn wirken. Ich erwähnte die Gelehrten, die das Wirken des menschlichen Gehirns als rein organische Funktion hinstellen, und die anderen, die annehmen, die geistige Tätigkeit sei einer mit keinerlei Materie meßbaren Kraft zuzuschreiben. Ich zitierte einige bedeutende Logiker, die das Entstehen von Gefühl und Gedanken mathematisch ableiten, und andere, die in metaphysischen Symbolen sprechen. Kurz skizzierte ich noch den heutigen Stand der Philosophie, und am Ende bemerkte ich triumphierend, wir ständen ganz kurz vor der Zeit, da man wisse, was unter geistiger Tätigkeit zu verstehen sei.

Midore hatte mich höflich aussprechen lassen, dann stellte er fest, ich hätte alles beantwortet, nur das nicht, wonach er gefragt habe. Denn für das Ziel seien das Mittel und das Instrument, womit wir es erreichen, gänzlich unwichtig. Wer ein Instrument untersuche, tue dies nicht, um zu erfahren, wozu es diene (davon müsse er ausgehen, das sei selbstverständlich, denn wenn er nicht wisse, wozu es diene, interessiere es ihn auch gar nicht), sondern allein deshalb, weil er feststellen wolle, ob es fehlerhaft sei oder aber fehlerfrei und brauchbar, und danach beginne er das Instrument anzuwenden. Er habe gefragt, ob wir imstande seien, unser Hirn zu dem Zweck zu nutzen, für den es erschaffen sei, und ich hätte geantwortet, umständlich und enthusiastisch, das Instrument sei uns bekannt, und wir könnten es sogar auseinandernehmen. Meinen Worten entnehme er, wir hätten Jahrhunderte hindurch nichts weiter getan, als unseren Verstand auseinanderzunehmen und wieder zusammenzusetzen, und als die größten Denker hätte ich diejenigen bezeichnet, welche die niedersten und geringsten Arbeiten verrichteten, die bei ihnen den Drehern obliege. Er habe gefragt, wozu wir unsere Vernunft nutzten und worüber wir nachdächten, und meiner Antwort sei zu entnehmen gewesen, wir täten nichts weiter, als uns pausenlos den Kopf über die Frage zu zerbrechen, worüber wir uns den Kopf zerbrechen könnten. Denn wenn er mich recht verstanden habe, dann hätte ich dies mit meiner Auskunft über die Erkenntniskunde sagen wollen. Das sei durchaus in Ordnung, denn ähnliche Krankheiten träten auch bei ihnen auf, und in der Solasi-Fabrik sei für solche Fälle eine spezielle Reparaturwerkstatt eingerichtet worden; es komme nämlich vor, daß die reine und richtig zusammengesetzte Flüssigkeit im Schädel (wir würden diese als das Hirn der Solasi bezeichnen) verderbe. Ich müsse selbst am besten wissen, wie verbreitet auf der reinen Erde das in Verfall und Zersetzung begriffene Material sei, das ich als organische Verbindungen bezeichne, und auf irgendeine

Weise nun gelange diese faulige, giftige Substanz in die Köpfe der Solasi und töte ihr Denkorgan ab. Dabei setze sich an der goldenen Wandung des Schädels eine schleimartige, undurchdringliche Schlacke ab, die die Klarheit der Augenlinsen störe, so daß die von außen kommenden Strahlen nicht das Gehirn erreichen könnten, sondern in der dunklen Schlacke gebrochen würden und auf solche Weise das wahre Bild der Dinge veränderten, was zur Folge habe, daß falsche Begriffe zustande kämen. Solcherart erkrankte Solasi seien daran zu erkennen, daß sich ihre Augen nach innen wendeten; ihren wirren und fiebernden Worten sei zu entnehmen, daß sie statt der Welt, die sie sehen müßten, das eigene Gehirn sähen und von diesem einfachen und unbedeutenden Instrument, das nur durch seinen Gebrauch etwas tauge, so sprächen, als wäre es selbst die Welt. Sie machten allerlei dumme und lächerliche Äußerungen und sagten beispielsweise, am Himmel gebe es grüne Tupfen und das Leben sei eine Flüssigkeit; sie behaupteten, der Raum sei eigentlich Zeit und in der Materie stecke Kraft, keine Materie; als eine wichtige unentschiedene Frage stellten sie es hin, ob wirklich ich wolle, was ich will, oder ob die Natur es wolle und ob man wollen könne, daß man will, und ob ich wisse, was ich denke, oder dächte, was ich weiß, ob das Bewußtsein mich zur Welt gebracht habe und eher dagewesen sei als ich oder ob ich das Bewußtsein hervorgebracht hätte, ob es Materie oder Kraft gebe und eine höhere, materielose Intelligenz denkbar sei, ob wir in Bildern dächten oder in unseren Gedanken phantasierten und so weiter. Interessant sei, daß bei dieser Krankheit auch die Tonbänder zerstört würden; statt der reinen und angenehmen vibrierenden Töne brächten die Kranken kratzende Geräusche hervor, Töne, die denen sehr ähnlich seien, die ich meinerseits als Sprache bezeichnet hätte und die für die Ohrmuscheln der Gesunden quälend und unerträglich seien. Er, Midore, habe einmal einen solchen kranken Solasi studiert und diese unartikulierten Geräusche analysiert, sie glichen auf das Haar denen, die entständen, wenn man Blei und Speckstein aneinander reibe. Bei diesen Worten versuchte Midore, diese krankhaften Geräusche nachzuahmen, und zu meiner größten Verblüffung brachte er ziemlich gut verständlich einen mir recht vertrauten Begriff hervor, nämlich »historischer Materialismus«.

Hiernach berichtete Midore, die Ursache dieser Krankheit sei schon seit langem bekannt und man könne sie sehr leicht heilen: man schütte in der Solasi-Fabrik das Gehirn des Kranken aus, vermische es mit bestimmten Reagenzien und filtere es durch eine bestimmte chemische Verbindung. Dabei würden die vergifteten Stoffe ausgefällt, und das Auge erhalte seine ursprüngliche Klarheit zurück; sei die Flüssigkeit jedoch allzu stark verdorben, gieße man sie einfach weg und nehme eine neue.

»Dies alles«, so schloß Midore, »habe ich nur erzählt, um zu beweisen, wie gut ich Ihren Vortrag verstanden habe; bei uns kommen ähnliche Geistesverwirrungen vor. Mich verwundert nur, daß Sie als die größten Denker der Menschheit gerade die kranken Geister bezeichnen, die selbst verwirrt sind. Ich gebe zu, daß das menschliche Gehirn, das von unbekannten Mechanikern gefertigt und geliefert wird, und zwar in unvollkommenem, primitivem Zustand, so daß es – wenn ich Sie richtig verstanden habe – jahrelang warten muß, bis es wenigstens so entwickelt ist, daß es benutzt werden kann, daß es also notwendigerweise Entwicklungsetappen durchmacht, in denen, da es selbst unvollkommen ist, auch das Gedachte und Produzierte unvollkommen ausfällt. Wenn wir nun annehmen, daß Sie die Wahrheit sagten, als Sie behaupteten, man strebe bei Ihnen danach, ebenfalls die äußere Welt zu verstehen, dann muß ich das menschliche Gehirn als eine Art Rohglas ansehen, aus dem ein Vergrößerungsglas hergestellt werden soll. Um das zu erreichen, muß das flüssige Glasmaterial so lange gefiltert und gereinigt werden, bis es völlig durchsichtig ist, so daß man beim Hindurchschauen den zu vergrößernden Gegenstand sieht. Bei Ihnen tut man jedoch das Gegenteil, man reichert die Flüssigkeit mit allerlei undurchsichtigen, groben Dingen an, mit solchen wie dem Bewußtsein, der Selbstkenntnis, dem Ich-Begriff, damit sie dunkler und dichter wird, weil man fürchtet, ein völlig durchsichtiges Gehirn könne, wenn es die Strahlen hindurchlasse, selbst verschwinden, weil es nicht sichtbar sei wie das Glas. Doch solche Befürchtungen sind gänzlich unbegründet, da ich ja das Vorhandensein und die Vollkommenheit des Vergrößerungsglases gerade daran erkenne, daß es mir die Außenwelt klar und deutlich sichtbar werden läßt.«

Bereits einige Zeit vor diesem Gespräch hatte mich Midore gefragt, wie es komme, daß ich als organischer Erdenmensch ihre Sprache hätte erlernen können. Ich erzählte ihm, daß auch wir die Musik kennen, aber nie daran gedacht hätten, daß man mittels Tönen konkrete Gedanken ausdrükken kann. Auf die Frage, wozu wir die Musik benutzten, erwiderte ich, daß wir mit ihrer Hilfe unsere Gefühle ausdrükken, und ich erklärte ihm eingehend den Unterschied, der bei uns zwischen Fühlen und Denken besteht.

Das verwunderte ihn sehr, denn da bei ihnen Gefühle und Gedanken eines sind, verstand er nicht, daß wir durch das ausgedrückte Gefühl nicht auch den Gedanken wahrnehmen, der dieses Gefühl hervorrief, und umgekehrt. Ich berichtete, daß auch wir diese beiden Dinge mitunter verbinden, indem wir unsere Gedanken mit Gefühl vortragen, und ich erzählte ihm von den Liedern, die zustande kommen, indem wir den gesprochenen Text mit musikalischer Begleitung verknüpfen. Auch das nahm ihn wunder. »Wie kann man«, so fragte er, »die klaren und alles vollkommen ausdrückenden Worte der Musik verständlich machen, indem man sie mit unartikulierten Geräuschen begleitet, die das Verständnis doch nur erschweren?« Ich ließ ihn wissen, auch bei uns habe es Leute gegeben, die die Musik an sich als ein ausdrucksvolles Mittel der Verständigung ansahen, woraufhin Midore meinte, diese Leute hätten vielleicht etwas von der Existenz der Solasi geahnt oder es wären ihnen möglicherweise einige faremidonische Worte zu Ohren gedrungen. Ich war drauf und dran, dieser phantastischen Vermutung zu widersprechen, doch plötzlich fiel mir die so oft verspottete und so oft bestrittene »Sphärenmusik« ein, von der einige schwärmerische Sternenforscher des Mittelalters schreiben, und ich schwieg.

Sechstes Kapitel

Der Verfasser erfährt, wie er nach Faremido gekommen ist. Der Dosire oder die Krankheit der Welt. Des Verfassers Entrüstung namens der menschlichen Gattung

Das erste, was ich meinen Herrn Midore fragte, sobald ich mich – wenngleich ungenau und unvollständig – in seiner Sprache verständlich machen konnte, war natürlich, welchem merkwürdigen Zufall ich es zu verdanken hätte, daß ich nach Faremido geraten sei, wo man auf mich gestoßen wäre, und wie man mich gefunden habe.

Wie mein Herr mir erzählte, durchstreifen die Solasi mit ihren von elektrischen Strahlen getriebenen Lungen (so nenne ich den Motor, den sie im oberen Teil ihres Rumpfes tragen) auf der Suche nach reineren und volleren Harmonien oftmals den Raum, und sie berühren auf ihren Reisen auch die Atmosphäre fremder Planeten und Sternsysteme. Als sein Freund Sido einmal die Lufthülle des Planeten Lasomi (so heißt dort die Erde) durchkreuzte, entdeckte er in dieser verwundert ein fast wie ein intelligentes Wesen aussehendes Gebilde, das in einer Höhe schwebte, in der nach allem, was die Solasi über Lasomi wissen, keinerlei Materie aufzutreten pflegt. Sido sprach das Gebilde an, doch es antwortete nicht. Als er darüber hinwegflog, gewahrte er im Innern des intelligent aussehenden Wesens zwei Dosires, der eine bewegte sich nicht mehr und war nicht mehr infektiös, wohl aber der andere. Da er die Form des Dosire interessant und neuartig fand, hob Sido ihn aus dem Gebilde, um ihn zum Zwecke einer mikroskopischen Untersuchung nach Faremido mitzunehmen. Dieser Dosire nun, sagte mein Herr, sei ich, man habe an mir seltsame Anzeichen einer Intelligenz bemerkt und studiere mich nunmehr als fami-dosire, als lebendige oder intelligente Krankheit.

Nachdem ich diese Worte mit der größten Verwunderung angehört hatte, fragte ich meinen Herrn ehrerbietig, was sie unter einem Dosire verständen und wieso sie glaubten, ich sei ein solcher, oder woher sie bisher von mir ähnlichen Wesen gewußt hätten, da ihre Beschaffenheit von der meinigen doch erheblich abweiche. Ich begehrte ferner zu wissen, was er unter infektiös verstehe, denn ich hätte ihn so verstanden, daß sein Freund irrtümlich das Flugzeug als intelligentes Wesen und mich, der ich mich darin befand, als etwas anderes angesehen habe.

Mein Herr berichtete, daß Lasomi, die Erde, den Solasi schon seit langem gut bekannt ist. Sie haben sie mittels Vergrößerungsgläsern bereits früh und sehr eingehend untersucht, und es gibt auf ihrer Oberfläche kaum etwas, das ihrer Aufmerksamkeit entgangen sein könnte. (Ich muß anmerken, daß er dieses Mal die volle Wahrheit sagte; später wurde mir ein solches Teleskop gezeigt, und auf die Erde gerichtet, konnte ich in verschiedenen Einstellungen nicht nur die Häuser, sondern auch die Menschen und alle ihre Dinge durch das Glas genauestens erkennen.) Sie stellten fest, daß es auf Lasomi keine intelligenten Wesen im faremidonischen Sinn gibt, was ihnen um so verwunderlicher scheint, als einige Stoffe, die für intelligente Wesen benötigt werden, wie Eisen, Gold, Quecksilber und zahlreiche weitere Mineralien, mit Hilfe der Spektralanalyse auch auf Lasomi zu entdecken waren. Demgegenüber sahen sie schon seit langem dort viele sich bewegende, also infektiöse Dosires, und zwar in unterschiedlichen Formen und in vielfältiger Beschaffenheit; es sei anzunehmen, meinte mein Herr, daß diese krankheitserregenden Keime die Lebensmöglichkeiten irdischer Solasis zerstört hätten, ja, das sei sehr wahrscheinlich, da es überall, wo ein intelligent aussehendes Wesen zu entdecken sei, eines aus Eisen oder Stahl, das von Elektrizität oder Wärme bewegt werde, in diesem Wesen oder in seiner Umgebung von Dosires, also Parasiten, wimmle.

Auf meine Frage, weshalb man auch mich für einen Dosire halte, verwies mich mein Herr lächelnd auf die merkwürdigen Gewächse, die mich am Tage meiner Ankunft so überrascht hatten und die ich als menschenähnliche Bäume bezeichnet habe. Seinem Bericht zufolge sind diese Bäume eine Abart der Dosires, sie schmarotzen schon lange von dem an sich gesunden Boden Faremidos und vergiften die zur Solasi-Herstellung erforderlichen einfachen und reinen Elemente. Sie sind von einer so speziellen Zusammensetzung, daß sie selbst von den dortigen Chemikern nicht analysiert werden konnte, die nur ihre zerstörerische und krankhafte Auswirkung kennen; wo ein solcher Dosire erscheint, zersetzt sich die Materie und entstehen übelriechende Säfte und unförmige, juckende Geschwüre. Unter dem Wort Dosire versteht man in Faremido allgemein Gift, infektiöse Substanz, Schmarotzer; gelangt ein solches Wesen zwischen die Teile eines Solasi, löst es dort Verwirrung und Krankheit aus, glücklicherweise ist es sehr leicht mit Hilfe verschiedener Säuren abzutöten und zu entfernen, zudem ist es selbst verderblich, eine kranke Krankheit, die sich durch die ätzenden und zerstörenden Stoffe, die sie hervorbringt, selbst vernichtet. Als ich, Gulliver, hierher kam, nahmen mich die Solasi unverzüglich durch ein Mikroskop genauestens in Augenschein, wie sie es schon mittels des Teleskops getan haben, als ich noch auf der Erde lebte, und sie stellten mit Bedauern fest, daß ich im Grunde genommen ein ebensolcher Dosire bin, wie sie vereinzelt im faremidonischen Boden vorkommen und zu Massen auf der Erde leben. Die Gelehrten ordneten mich unter den krankheitsverursachenden Bakterien ein, und Sido, dem meine Entdeckung zu verdanken war, gab mir den Namen Remisolami-Sidore, was in ungefährer Übersetzung einen Bazillus bedeutet, der Menschen imitiert, und einen Krankheitskeim meint, der als Schmarotzer Eigenschaften annimmt, die denen der lebenden anorganischen Wesen ähneln, um sich an diese heranmachen zu können; so gibt er Töne von sich und produziert in seinem kopfartigen oberen Teil einen Stoff, dessen Sekret, der Gedanke, äußerlich deren geistigen Produkten vergleichbar ist. Daß ich jedoch im übrigen ein Dosire bin wie die anderen auch, wird dadurch bewiesen, daß in meiner Zusammensetzung keinerlei wertvolle Stoffe, Metalle oder Mineralien, enthalten sind, woraus notwendigerweise geschlossen werden muß, daß ich eine Krankheit bin, also eine vergängliche Erscheinung (wie interessant, daß in der Sprache der Solasi die beiden Worte das gleiche bedeuten!), ein Krankheitserreger, der sich selbst aufzehrt. Die Richtigkeit ihrer Annahme, sagte man mir, hätte ich inzwischen selbst nachgewiesen: Man beobachtete, daß mich zu bestimmten Zeiten des Tages Ruhelosigkeit befiel, dann suchte ich einen solchen faremidonischen Dosire auf und riß von diesem einige Geschwüre (gemeint waren Früchte) ab, die ich durch Verschlingen vernichtete, so daß kein Zweifel bestehen konnte, daß ich zu jenen zweitrangigen Wesen gehöre, die sich nur kurzzeitig und nur auf die Weise am Leben erhalten können, daß sie einen ihnen ähnlichen Organismus vernichten, um dann von einer späteren Generation selbst vernichtet zu werden.

Dies alles erzählte mir mein Herr ganz nüchtern und gelassen, wobei die gesungenen Worte durch einen merkwürdigen Zufall sich zu einer so wundersamen Melodie fügten, daß ich, nachdem er mit dem Wort »Generation« wie mit einem verklingenden Akkord geendet hatte, noch minutenlang wortlos und wie bezaubert mit benommenen und süß erregten Sinnen dastand. Dieser Zauber löste sich nur langsam, bis ich dann entsetzt und entrüstet den Sinn der Worte und die ganze ahnungslose und böswillige Auffassung begriff, mit der er meiner menschlichen Gattung und so auch den Bürgern meines geliebten Vaterlandes ihren Platz in der Natur zuwies. Zugleich empfand ich Freude darüber, daß sich mir jetzt eine Gelegenheit bot, die unwahren und erniedrigenden Nachrichten, die über uns verbreitet werden, zu widerlegen und die rühmliche und über alles erhabene Souveränität unserer Gattung zu beweisen. Was sind diese Maschinen, diese Beißzangen und Phonographen mit ihren Schraubenhälsen und Spiralköpfen, so dachte ich hochmütig, im Vergleich zu dem großartigen Rätsel der Welt?

Ich bat meinen Herrn, mich geduldig anzuhören, bis in einigen Punkten Klarheit geschaffen sei. Was ich über diese Frage weiß, faßte ich kurz zusammen; ich begann mit Adam und Eva, doch recht maßvoll und bemüht, jede Weitschweifigkeit zu meiden, wobei ich mich streng an die Erkenntnisse der modernen Naturwissenschaften hielt. Ich erzählte ihm, wie öde und verlassen die Erde war – und ich beschrieb eine prähistorische Landschaft –, bevor das Leben auf ihr erschien: zuckende Lichter in den erkühlenden Dämpfen, sich ballende, noch formlose Metalle und Mineralien als kunterbunte Rinnsale unter dem kupferfarbenen Himmelszelt, feuerspeiende Vulkane und weiß aufsteigende Rauchwolken. Dann beruhigt sich alles, blaue Gewässer überfluten die Gefilde, lächelnd scheint die glühende Sonne herab, und ganz allmählich beginnt sich im seichten Wasser etwas zu regen. Seltsame, neue Formen entstehen: Das Leben hat Einzug gehalten. Über Jahrtausende versucht es sich in hundert und aber hundert Formen durchzusetzen, es nimmt die Gestalt des Fisches an, dann stattet es sich mit Flügeln aus und schwingt sich in die Luft, dann wieder hat es hundert Beine und viele Münder, und manchmal läßt es sich den Hals so lang wachsen, daß es die Früchte der Palmen erreicht, oder vor dem Munde bildet sich eine scharfe Schaufel heraus, damit es sich Nahrung aus dem Erdboden graben kann. Es nimmt eine riesige Gestalt an, um viele Nachkommen erzeugen zu können, oder messerscharfe Zähne, um sich zu verteidigen und die Art zu erhalten. Nach langem Experimentieren schließlich stimmt eine Form das Leben nachdenklich: ein Tier mit vier Beinen und runzligem Gesicht, unter struppigen Augenbrauen unruhig rollende Augäpfel. Im hinteren Kopfteil trägt es als Organ des Instinktes das Gehirn, das seine Gliedmaßen bewegt und alles verrichtet, was notwendig ist, damit unser Urahn, der Affe, am Leben bleibt; es schließt die Augen, wenn sie gefährdet sind, ohne es zu wollen. Dieses Tier wird vom Leben erwählt, es zur Vollkommenheit zu führen. Es muß vor allem das Organ des Instinktes entwickeln, damit das, was bisher unbewußt und mechanisch war, bewußt wird und der Selbsterkenntnis dient. Nach einigen tausend Jahren ist die Arbeit vollendet, in der Schädelhöhle bildet sich allmählich das neue Organ heraus, das des Bewußtseins, welches die äußeren und inneren Erscheinungen versteht und sich diesen nicht in schlafwandlerischer Unbewußtheit unterwirft, sondern sich ihnen im Fackellicht von Einsicht und Willen anpaßt. Nun steht der Mensch vor uns, das bewußte Leben, das alle Freuden des Seins zu empfinden versteht und die der groben und dummen Materie innewohnenden Kräfte unterjocht, um das Dasein jedes einzelnen so schön und so glückvoll wie möglich zu machen, auf daß er jauchzend dem blauen und fernen Himmel und der aufgehenden Sonne entgegenziehe.

Mein Herr hatte mir aufmerksam gelauscht; mir schien, daß ihn vor allem der erste Teil meines Vortrags interessierte, wenngleich ich die Wirkung eigentlich erst für den Schluß vorbereitet hatte. In Sorge, er hätte mich womöglich nicht richtig verstanden, wollte ich ihm die Einzelheiten erläutern, doch er winkte ab, und später entnahm ich seinen Worten erstaunt, daß er das Wesentliche meiner Worte mit tiefstem Verständnis erfaßt hatte und sich binnen weniger Minuten über die gesamte Frage ins klare gekommen war, während wir doch mehrere tausend Jahre benötigten, um sie zu begreifen. Ich will versuchen, seine Antwort im nächsten Kapitel zusammenzufassen.

Siebentes Kapitel

Die Erde als Solasi. Die kranke Welt. Midore sorgt sich um das Leben der Erde. Bewußtsein und Instinkt als zweiköpfige Mißgeburt

Die Überlegenheit und Sicherheit, mit der Midore in Beantwortung meiner Worte über die Geschichte der Menschheit sprach, überraschte mich nur am Anfang. Recht bald bemerkte ich, daß die Solasi mit dieser Geschichte aus ihren äußeren Erscheinungen ebensogut vertraut sind wie ich, und mir schien sogar, als kennten sie sie noch besser. Ich möchte kurz die brillanten Erkenntnisse zusammenfassen, die ich voller Verwunderung seinen Mitteilungen entnehmen konnte.

Ich erwähnte bereits, daß die Solasi über Vergrößerungsgeräte verfügen, mit deren Hilfe sie das Leben meines Planeten, der Erde, seit mehreren Jahrtausenden bis ins geringste Detail so untersuchen, wie wir es mittels eines Mikroskops mit dem Regentropfen tun. Aus Midores Worten erfuhr ich nun voller Verblüffung, daß sie die Erde einfach als einen primitiven und verkümmerten, zurückentwickelten, kranken Solasi ansehen, als ein ihnen ähnliches, anorganisches lebendiges Wesen, aus dem ebensolche Solasi hätten werden können, wie sie es sind, das jedoch vor ungefähr sechzigtausend Jahren von einer Krankheit namens Dosifera befallen wurde, infolge derer sich die Schmarotzer namens Dosire herausbildeten, die ich als Menschen und Tiere bezeichne und die vereinzelt auch in Faremido vorkommen. Den Erde genannten Solasi jedoch überfluten sie in solch ungeheurem Maße, daß er gänzlich verkümmerte und seine Genesung noch sehr lange dauern kann. Midore, der in seiner Zusammensetzung schon seit siebzigtausend Jahren in Faremido lebt, hat diesen Vorgang von Beginn an mit Aufmerksamkeit verfolgt und beobachtet, wie die Krankheit entstand und sich zu ihrer heutigen Form entwickelte. Da er sehe, so sagte er, daß mich der Fall interessiere, und meinen Worten entnehme, daß ich eine, wenn auch nur schwache Vorstellung von dem Geschehenen hätte, wolle er mir gerne seine Erfahrungen mitteilen, denn daß ich auch nur ein einfacher Dosire sei, schließe nicht aus, daß ich die Dinge bis zu einem gewissen Grade begreifen könne, habe er doch bereits in den ersten Monaten gewisse anorganische Stoffe in mein Gehirn einpflanzen können, die meiner Heilung bisher durchaus förderlich gewesen seien. Im übrigen handle es sich hierbei um eine experimentelle Frage, die ich erst später verstehen würde.

Hiernach berichtete Midore, daß er den Erde genannten Solasi in der Tat rund sechzigtausend Jahre lang untersucht habe; das Problem hätte ihn interessiert, und er hätte geahnt, daß dort etwas nicht ganz in Ordnung sei. Eine Zeitlang, so Midore, nahmen die Organe der Erde – Berge, Feuer, Wasser – eine erfreuliche Entwicklung. Einmal sah er jedoch mit Bedauern, daß an einer bestimmten Stelle (die er, als ich ihn näher befragte, genauer angab, und ich erkannte aus seinen Worten die Gegend zwischen Euphrat und Tigris) eine große Menge sehr kleiner Dosires entstanden war. Es gab dort wahrscheinlich zu wenig Wärme und Elektrizität. (Denn ich müsse wissen, sagte er, daß Wärme und Elektrizität, Licht und Schall für die Solasi das gleiche seien wie für uns das Blut.) Die Krankheit breitete sich rasch aus und erfaßte binnen kurzem das ganze Gebiet, das ich Asien nenne und das er als den Bauch der Erde bezeichnete. Damals war der Erde genannte Solasi noch hinreichend gesund, sich ihm in Tönen verständlich zu machen, und er beklagte sich auch über seine Krankheit, woraufhin ihm Midore den Rat gab, die erkrankten Stellen ein wenig anzuwärmen, denn beide hatten bald erkannt, daß der Dosire ein höchst jämmerlicher und hilfloser Schmarotzer ist, den schon eine geringe Erhöhung der Temperatur, etwa auf achtzig oder hundert Grad, tötet und vernichtet.

Doch die Erde befolgte diesen Ratschlag nicht, und die von mir Leben genannte Krankheit breitete sich immer mehr aus. Einmal unternahm Midore einen Versuch, ihr zu helfen, und mittels einer für diesen Zweck gedachten Vorrichtung sandte er Strahlen auf den Körper der Erde, um ihn zu heilen; die Strahlen setzten heißes Wasser aus dem Innern des kranken Körpers frei, und in diesem Wasser kamen Millionen der bakteriengleichen Dosires um. Schon schien es, als könnten sie gänzlich ausgerottet und der bedauernswerte Solasi Erde geheilt werden. Midore hatte sich sehr eingehend mit dieser Frage befaßt und mittels geeigneter Gläser die Wesensart, das Verhalten und die Lebensbedingungen der Dosires beobachtet, denn nur so schien ihm sein Vorhaben, die ganze krankheitserregende Gattung endgültig auszurotten, erfolgversprechend. Als das heiße Wasser hervorzusprudeln begann, ergriffen die Dosires entsetzt die Flucht und rannten kopflos auf der Erdoberfläche umher; zu jener Zeit mochten sie sich auf der Stufe ihrer Entwicklung befinden, die ich mit dem Begriff des Urmenschen oder Uraffen, also des Instinktwesens, verbinde. Diese Urmenschen nun, so behauptete Midore spöttisch, benahmen sich angesichts des heißen Wassers sehr merkwürdig, diejenigen, die nicht sofort den Tod fanden, liefen auf das freie Feld hinaus und rotteten sich dort wehklagend und zähneklappernd zusammen. Er sehe das Bild, sagte Midore, das sich ihm durch das Mikroskop dargeboten habe, noch deutlich vor sich: Aus dem Häuflein der umherhastenden, nach Atem ringenden Dosires sonderte sich ein gut entwickeltes Exemplar ab, lief zur Seite, riß jählings die Arme in die Höhe und deutete in die Höhe, dahin, woher Midore die vernichtenden Strahlen ausgesandt hatte und woher er jetzt durch das Mikroskop betrachtete. Ja, er zeigte geradewegs auf Midore, und nun wandten sich ihm all die anderen zu, fielen auf die Knie und begannen mit hocherhobenen Armen Rufe zu Midore hinaufzuschicken. Doch da quoll auch unter ihnen heißes Wasser hervor, und sie gingen allesamt zugrunde. Seither habe er, so berichtete Midore, diese Eigenart der Dosires, mitunter, wenige Minuten vor dem Tode, plötzlich die Gesichter nach oben zu wenden, dorthin, wo die Solasi wohnen, als erwarteten sie von da, woher die Vernichtung nahe, eine Hilfe, des öfteren beobachtet.

Mit der Zeit dann gab Midore diese Art der Heilbehandlung auf. Er hatte nämlich eingesehen, daß sie gar nicht vonnöten war: Der Dosire ist eine kranke Krankheit, die sich selbst vernichtet, und zwar mittels des Organs, das in der Regel im Kopf des Wesens seinen Sitz hat und von mir Instinkt genannt wird. Ihm schien es am vernünftigsten, abzuwarten, bis die Krankheit sich selbst richte. Einmal werden die Dosires, so meinte er, die ganze Erde bedecken und in körperlichem Sinn voll entwickelt sein, und dann wird das Organ des Instinktes alles in die Hand nehmen: Die Dosires fallen übereinander und damit über sich selbst her, die Vernichtung setzt ein, die Krankheit beginnt zu sterben. Anscheinend wollen sich die Dosires am Leben erhalten, indem sie einander auf die vielfältigste Weise auffressen, was natürlich nicht lange gutgehen kann, wie ja auch jeder Organismus zugrunde gehen muß, der seine lebensnotwendigen Stoffe nicht von außen, nicht aus einer ihm ähnlichen Welt bezieht und seinen Zwecken gemäß umwandelt, sondern der sich von innen her aufzehrt, immer und immer wieder. Ein Boot kann man auch nicht von innen her vorwärtsbewegen, sondern nur von außen her, mit Hilfe der Ruder; ebenso bleibt das Boot des Lebens stehen, wenn ihm ein Ruder fehlt, das im echten Leben wurzelt. Mit anderen Worten: Midores Befürchtung, die schmarotzerischen Dosires würden die arme Erde zerstören, sie vertilgen und so über sie triumphieren, erwies sich als übertrieben; die Dosires benutzten die Erde lediglich dazu, aus ihr hervorzukriechen, um sodann, dank ihres Instinktorgans, übereinander herzufallen.

So konnte er also, was das Schicksal der Erde, dieses leidenden Solasi, betraf, ganz beruhigt sein, wußte er doch daß die Dosires, sosehr sie sich auch ausbreiten mochten, zugrunde gehen würden, und dann würde die Erde genesen. Allerdings gab es eine Zeit, da er ernstlich erschrak und glaubte, die Krankheit nehme eine verhängnisvolle Wende; dies mag gewesen sein, als sich im Gehirn des von mir als Mensch bezeichneten Dosire plötzlich ein neues Organ zu entwickeln begann, das Organ, das ich als den Sitz des Bewußtseins angab. Dieses Organ hätte für die Erde in der Tat gefährlich werden können, verhalf es doch dem Dosire namens Mensch zu der Erkenntnis, daß es der Lebenserhaltung weniger dienlich ist, wenn das Leben sich selbst vernichtet, vielmehr muß es mit allen Fähigkeiten und Kräften und mit ganzem Willen danach trachten, das für seinen Erhalt Benötigte aus der anorganischen Erde zu gewinnen und daraus Vollkommenes zu erschaffen. Die Entwicklung dieses Organs setzte im Gehirn ein, innerhalb des Instinktorgans, und Midore mußte befürchten, es werde nach seiner vollen Herausbildung das Instinktorgan unterdrücken, überflüssig machen und seinen Platz übernehmen, sodann das Wesen des Seins erkennen und angesichts der Unvollkommenheit und Hinfälligkeit des organischen Körpers diesen durch anorganische, beständige, der Vernichtung nicht ausgesetzte Stoffe, also durch Metalle und Mineralien, ersetzen. Damit gelänge dem Dosire letztlich ein Sieg über den Tod, das heißt, er hörte auf, eine Krankheit zu sein, eine vergängliche Erscheinung.

Ja, dies war ernstlich zu fürchten. Mit Hilfe des Bewußtseins begannen die Dosires zu arbeiten, sie bohrten in der Erde und formten sie, sie machten sich ihr Blut zunutze, um Wärme und Elektrizität zu gewinnen, und sie wurden immer stärker. Schon vermochten sie aus harten Stoffen Flügel herzustellen, so daß sie, die winzigen Würmer, gefährlich den unsterblichen Solasi zu gleichen begannen. »Eine Zeitlang«, so setzte Midore hinzu, »hegte ich ernstlich Sorge, der Dosire werde sich mittels des Bewußtseins Materie und Tod untertan machen, bis ich eines Tages einen kleinen Dosirekörper genauestens untersuchte, indem ich ihn zerlegte und das bedrohliche kleine Gehirn unter dem Mikroskop untersuchte. Danach war ich beruhigt. Meine Vermutung, das Organ des Bewußtseins habe jenes des Instinktes vernichtet, erwies sich als falsch. Das unvollkommene Gehirn des winzigen Wesens leidet an einer unheilbaren organischen Krankheit. Diese Gattung kann nicht überleben, sie ist zum Untergang verurteilt, denn ihr organisches Leiden ist ein tödliches, und es wird die gesamte Gattung über kurz oder lang ausrotten. Wissen Sie, was geschehen war? Das Bewußtseinsorgan, das dem Instinkt entsprungen war und dessen Aufgabe es gewesen wäre, in voller Entwicklung den Platz des Instinktes einzunehmen, hatte sich infolge irgendeines dummen Zufalls vom Instinkt entfernt, es begann im vorderen Gehirnteil isoliert zu wachsen, während sich gleichzeitig in der hinteren Schädelsphäre ungestört und gemächlich auch der Instinkt weiterentwickelte. Die Ärzte sprechen in vergleichbaren Fällen von einer Bauchhöhlenschwangerschaft, die sowohl der Mutter als auch dem Kinde den Tod bringt. Zwei Organe im Dienst konträrer Ziele, das eine sucht das Leben, das andere den Tod. Dieses Fehlers wegen ist jeder Mensch eine zweiköpfige Mißgeburt und zum Untergang bestimmt, sobald die beiden Hemisphären, die des Instinktes und die des Bewußtseins, auf einer gewissen Entwicklungsstufe aneinandergeraten und einander erwürgen wie zwei Samenkörner in einer und derselben Furche. Zwei Hände, die eine erbaut, die andere zerstört; die eine hält sich fest, um vom Sturm nicht weggerissen zu werden, die andere zerreißt das Ankertau; die eine bedeckt den Körper, damit er nicht friere, die andere entblößt ihn!«

Bei diesen Worten legte Midore einen seltsamen ovalen Gegenstand vor mir nieder; unter einem Glas blinkte ein grünlichviolettes Licht auf. Durch das Licht hindurch sah ich zuerst nur einen undeutlichen Dämmerschein, dann erblickte ich in endloser Ferne, doch klar und deutlich, eine weitläufige, tiefe Flur. Minuten vergingen, bis ich sie erkannte: Es war die Ostsee, von wo ich ein Jahr vorher im Hydroplan diese Reise angetreten hatte. Ich sah englische und deutsche Schiffe im Gefecht miteinander. Aus meiner Höhe vermochte ich bis auf den Grund des Meeres zu schauen; soeben versank, von einem Torpedo getroffen, eines unserer großen Schiffe, langsam verschwand es hinter dem grünen Teppich und sank still schwankend wie eine schwere Blase in die Tiefe, um dann auf dem glänzenden Sand Ruhe zu finden.

Achtes Kapitel

Der Verfasser entschuldigt sich, daß er von seiner Reise nur einen kurzen Abriß geben konnte. Midore führt den Verfasser auf einen Berg, wo ihm wundersame Erkenntnisse zuteil werden. Der Verfasser kehrt in seine Heimat zurück und trifft seine Familie bei bester Gesundheit an

Ich hätte über alles, was ich in Faremido gelernt habe, dicke Bände und hundert Musikwerke schreiben können, doch was herauskam, ist nur ein kurzer Abriß, den ich kaum jemals wieder aufgreifen werde. Die Lehren, die mir dort in Wind und Sturm, in der körperlosen Musik von Wärme und Elektrizität zuteil wurden, vermag ich in ihrer endgültigen Wahrheit hier auf Erden nicht zu erklären, denn die einzige Sprache, in der ich sie ausdrücken könnte, ist bei uns nicht mehr als ein fremdartiges und unverständliches Gestammel, das wir als das Mystikum der Musik bezeichnen und von dem wir nicht mehr verstehen als ein Schlafender von dem Gespräch derer, die an seinem Bett wachen. Bleibe also die Erinnerung an meine Reise nach Faremido in Worte gekleidet, bleibe sie ein ungeordnetes, verworrenes Fragment, ein bescheidenes Signal, ein rußiger Sternensplitter im Museum, all denen, die es glauben, zu bekunden, daß es einen Menschen gab, der an den Ufern jenes Sternes weilte.

In wenigen Worten nur und wie allein für mich selbst möchte ich nun meinen letzten Tag in Faremido und meine Rückkehr zur Erde aufzeichnen.

Eines Tages nahm mich Midore, mein Herr, auf einen hohen Berg mit und hieß mich, ich solle mich zu ihm setzen. Wohin ich auch blickte, in der Ferne breitete sich ein endloses Meer aus, ein Meer, das keinen Horizont hatte, sondern rundum mit dem Himmel verschmolz, als ragte einzig der Berg, auf dem wir saßen, aus dem unendlichen Raum empor.

Da überkam mich, während ich so neben meinem Herrn saß, wieder das gleiche Gefühl wie damals, als ich ihn auf Faremido zum ersten Mal erblickt hatte, und ich verspürte die Wonne vollendeter Schönheit, wie sie der Künstler empfinden mag, wenn er seinen liebsten Menschen aus Fleisch und Blut in Marmor meißelt, doch bleibender als Fleisch und Blut und seiner Schönheit würdiger. Mich befiel eine seltsame, nicht quälende, sondern eher wohltuende Traurigkeit. Ich sann über all das, was mir Midore über das organische Leben als Krankheit erzählt hatte, nach, und ich wollte nicht länger mit ihm streiten. Mir fiel das chaotische, phantastische Panorama von Elend und Leid, Krankheit und Mord, Todesröcheln und Tod, Blut und Gejammer, Schrekken und Finsternis, Furcht und Lüge und widersprüchlicher, unheildrohender Sehnsüchte ein, das bei uns von allen Wissenschaftlern als die Geschichte des Lebens bezeichnet wird. Und wenn ich nun in Midores Gesicht blickte, das unseren irdischen Begriffen nach aus toter und lebloser Materie, aus Gold und kaltem Gestein bestand und aus dem mir – ich sah es – der schönste Rhythmus, die zweckmäßigste Beweglichkeit, das leuchtendste Licht, die reinste Wärme und der lieblichste Klang entgegenstrahlten, da mußte ich klar und deutlich spüren, daß ich mich geirrt hatte und mit mir aller menschlicher Verstand. Ich begann zu schluchzen, und stammelnd und stotternd sprach ich zu Midore über meine Zweifel und meine Bekehrung, niederkniend flehte ich ihn an, mich von meinem wertlosen und dummen Leben, das nur Krankheit und Last ist für mich und für alle, zu erlösen.

Verzweifelt rief ich, ich wolle nicht jenen schmerzerfüllten, verdorrten Bäumen an der Allee ähnlich werden, wenn auf der Erde das kranke Leben absterbe und das wahre Gesetz des Seins mit Wärme und Kraft, Magnetismus und Licht die Macht antrete. Ich erinnerte Midore daran, auch mein erbärmlicher und kranker Körper enthalte reine, edle Stoffe: anorganische Substanzen, Quarz und Kohle und

Wasser, Midore möge mich also vernichten, mich verbrennen, mich in einer Retorte filtern und mir entziehen, was etwas tauge, um es nach seinem Können zu verwenden, für Auge oder Mund oder Ohr eines Solasi, das übrige aber möge er in die Winde verstreuen, damit es sich nie mehr vereinige. Oder wenn er dies nicht tun wolle, möge er mir etwas hinzufügen, mich in etwas baden, das mich zu Stein macht und erstarren läßt (verstehen und vermögen die Solasi doch alles, denn sie leben seit vielen Millionen Jahren, und die Natur hat keine Geheimnisse vor ihnen), damit ich nicht qualvoll sterben müsse als Strafe dafür, daß ich zur Welt gekommen bin.

Midore lächelte und wies mich auf seine gütige und gelassene Art darauf hin, daß ich mich falsch ausgedrückt hätte, als ich behauptete, die Solasi hätten alle Geheimnisse der Natur gelöst. Das hätten sie nicht nötig, seien sie doch selbst das Geheimnis der Natur. Der Solasi sei die Natur in Person. Und um das zu begreifen, benötigte ich in der Tat ihren Verstand, der aus klarem, durchsichtigem, unwandelbarem Material bestehe und von unmittelbaren Kräften betätigt werde, dafür genüge mein dampfendes, von Blut getriebenes, zu jeder Fäulnis und Verderbnis reifes Gehirn nicht. Mein Wunsch nun, er möge meinen Körper heilen und verwenden, sei sehr logisch und richtig, und er entnehme ihm, daß ich begänne, etwas vom Wesen des Seins zu ahnen. Über die Angelegenheit lasse sich reden, handle es sich doch um einen einfachen chemischen Prozeß; man müsse Reagenzien benutzen, Filter und Schwelöfen, in denen die Oxydation stattfinden könne. Dafür allerdings sei mein Körper in seiner gegenwärtigen Form noch nicht reif; wenn er diese Arbeit jetzt an mir vornehme, verursache er mir unnötige Schmerzen, die sich vermeiden ließen, da in kurzer Zeit, die wir zehn oder zwanzig Jahre nennen würden, dieser Prozeß von allein einsetze, und dann müsse ich nicht deswegen leiden. Mit welchen Störungen und Qualen der Prozeß einhergehe, könne er mir leicht beweisen, er habe eine Flüssigkeit bei sich, die, in mein Nachhirn injiziert, meinen Verstand für einige Minuten ein wenig läutern und meine Sinnesorgane für die Erscheinungen ein wenig empfänglicher machen könne.

Midore nahm eine gläserne Spritze hervor und stach sie mir in den Hals; ich fühlte, wie die kühle Flüssigkeit in meine Adern drang. Für einige Augenblicke verdunkelte sich alles um mich herum, dann weckte mich immer lautere und immer triumphalere Musik. Davon, was ich in diesen wenigen Minuten fühlte und erlebte, vermag ich in Worten wirklich nur ein sehr wirres Bild zu vermitteln. Es war dies die Musik mannigfacher, ganz verschiedener und doch harmonischer Instrumente; Midore zeigte mir diese, jedes einzelne, und binnen weniger Augenblicke bekam ich zu sehen, was noch nie ein menschliches Auge geschaut hatte. Ich sah die Wärme, wie sie in bunten und wogenden Bächen mich umfloß und meinen Körper einhüllte; ich sah das Licht, wie es nahte, von einem Gegenstand zum nächsten hüpfend; ich sah die Anziehungskraft, wie die Körper Fühler und Arme aus sich stießen, einander berührten und betasteten und aufeinander zu gingen. Doch wichtiger als all dies war das, was ich jetzt durch meine Sinne begriff: daß alles, was ich nun mit meinen Augen sah, schon vorher in mir und in jedem Menschen gelebt hatte, Jahrtausende hindurch, daß es diese handgreifliche und einfache Welt war, die wir als unausdrückbar, als überirdisch und als übermenschlich bezeichneten, obwohl es sie doch gab in uns und um uns; nur unsere Sinne, diese stumpfen und unvollkommenen Instrumente, gaben unserem Verstand kein Bild davon. Wie jemand, der durchs Dunkle tappt und beim Anblick der Sonne vor ihr niedersinkt, um sie Gott zu nennen, so nannten wir Gott jenes Wesen, das nun vor mir stand und das nichts anderes ist als das, was ich hätte werden müssen, wenn ich in gute Hände geraten wäre, und was ich werden mußte, wenn ich mich selbst richtig begriffe und meinen Körper von der verderblichen Materie läuterte. Ich blickte Midore in die Augen, und da gewahrte ich, daß es diese Augen gewesen waren, die ich von der Erde aus gesehen und als Sterne bezeichnet hatte, ein vollendetes, vom Verstand erschaffenes Instrument, und ich ergriff seine Hände, und da überkam mich ein Gefühl wie einst in der Kindheit, als ich nachts schreiend erwachte, weil eine kalte und feuchte und fremde Hand meinen Arm umklammerte, und meine Eltern kamen herbeigelaufen, beschwichtigten mich lachend und zeigten mir, daß es meine Hand gewesen war, auf die ich mich im Schlaf gelegt hatte, so daß sie ganz betäubt wurde.

Als ich dies alles begriff, regten sich Verwirrung und Unruhe in meinem Herzen, und ich schrie laut: »Aber warum denn nur? Warum?« Und: »Warum mußte es so kommen, warum haben wir dieses klare und schlichte Wort der Sphären nicht gleich verstanden?« Doch niemand gab mir Antwort, und allmählich ließ die Wirkung der Zauberflüssigkeit nach, die Musik der Elemente um mich herum wurde immer leiser, und einem Vorhang gleich senkte sich ein Nebelschleier vor meinen Blick.

Da gab ich Midore recht: Mein Körper und mein Geist sind noch nicht reif genug, daß ich mich ohne Schmerz und Traurigkeit von ihnen trennen könnte, um einem besseren Zweck, einer reineren Harmonie entgegenzustreben. Ich fragte ihn, was ich denn tun solle, und er riet mir, zur Erde zurückzukehren und das Leben der Menschen zu leben, bis man mich hier oben für tauglich befände, dem erwähnten chemischen Prozeß unterworfen zu werden. Er versprach, man werde mich mit den großartigen Instrumenten unablässig beobachten, solange ich mich auf der Erde befände, dies solle mir zur Beruhigung dienen, falls ich nach all dem hier Gesehenen verzagen wolle. Diese Worte fügte Midore hinzu, weil ich ängstlich und kleinmütig jammerte, wie ich denn fürderhin die Gesellschaft der Menschen und Tiere ertragen solle – den ganzen Dosire, der mir, als ich ihn durch die faremidonischen Instrumente betrachtete, so verhaßt geworden war. Auf meine Frage, wie die Heimreise vonstatten gehen solle, lächelte mein Herr und meinte, ich könne mich ganz auf ihn verlassen.

Schmerzenden Herzens und mit hoffnungslosem Kummer

in der Seele verabschiedete ich mich noch am selben Tag von den Solasi, deren Bekanntschaft zu machen ich das Vergnügen gehabt hatte. Mein Herr half mir auf den Sitz einer Apparatur und gab mir ein Pulver ein, damit ich einschliefe und der Beschwernisse der langen Reise nicht gewahr würde. Als ich aus tiefem Schlaf zu mir kam, lag ich allein an einem felsigen Ufer, und mein Herr war nicht mehr da. Ich sah mich um und begriff, daß ich mich wieder auf der Erde befand; wie ein ferner, wunderbarer Traum schwebte in Zeit und Raum die Erinnerung an Faremido. Da senkte ich den Kopf in den harten Staub und weinte bitterlich.

Am selben Abend noch fand mich ein norwegischer Bauer. Ich erfuhr, ich befände mich nahe bei Helsingfors auf neutralem Territorium und hätte nichts zu befürchten, bevor ich die Grenze erreichte; ob ich von dort aus mittels eines Reisepasses in meine Heimat gelangen könne, sei sehr zweifelhaft, denn England, das mit Deutschland im Krieg stehe, betrachte die Neutralität Hollands sehr argwöhnisch. Der Bauer zeigte sich sehr verwundert, daß es mich nicht im geringsten interessierte, welche Entwicklung der Weltkrieg in den anderthalb Jahren genommen hatte, welche Gebiete die Gegner einander abjagten, wieviel Menschenleben sie verloren oder gefangennahmen, wie viele an Seuchen zugrunde gingen, wie viele Flugzeuge abgeschossen und Städte bombardiert wurden, wie viele Heerführer Auszeichnungen erhielten und wie viele ihrer Ämter enthoben wurden.

Ich möchte den Leser nicht mit den Einzelheiten meiner Heimreise langweilen und will auch nicht berichten, wie schwer ich mich an die mir unerträglichen Formen des Umganges mit den Dosires gewöhnte. Anfangs hielt man mich für verrückt, wenn ich abwehrend und erschrocken zurückwich, sobald man mir die Hand bot oder ein Lebewesen sich meinem Körper näherte, die Ärzte stellten eine Idiosynkrasie fest; wie sollten sie auch wissen, daß ich mir angewöhnt hatte, das Leben als eine infektiöse und stinkende Krankheit zu betrachten, deren jede Berührung tödliche Gefahren in sich birgt? Ich stritt mich nicht mit ihnen; friedfertig und geduldig harre ich des Tages meiner Befreiung, voll und ganz meinem Herrn vertrauend, der mir versprochen hat, mich zu sich zu nehmen, sobald er meinen Körper dieser Ehre für würdig befinde. Inzwischen blicke ich zuversichtlich und mit heimlicher Freude mitunter zum blauen Himmel empor, und mir ist, als läse ich aus seinem gütigen, warmen Blick, den die Menschen Sonne nennen, Aufmunterung heraus, die nur mir gilt: er erinnere sich noch meiner und werde mich nicht vergessen.

Meine Reise nach Faremido dauerte, mit irdischem Maß gemessen, insgesamt fast anderthalb Jahre. Am achtzehnten Januar neuzehnhundertsechzehn war ich in Helsingfors gelandet, und zwei Wochen später, am zweiten Februar, traf ich in Redriff ein, wo ich meine Frau und meine Kinder bei bester Gesundheit vorfand.

Capillaria
Gullivers sechste Reise

Wie sollten sich Mann und Frau verstehen können?
Beide wollen doch etwas anderes –
der Mann die Frau, die Frau den Mann.

Brief an H. G. Wells, den Dichter von *Short History of the World* und gelehrten Autor von *First Men in the Moon*

Lieber H. G. Wells,
ich möchte Sie bitten, aufmerksam diese kleine Satire zu lesen, die ich in zerrüttetem Seelenzustand und unter beschwerlichen Lebensumständen vor einigen Jahren geschrieben habe. Bei uns, in dem kleinen Land Ungarn, wurde sie von Kritik und Publikum mit gemischten Gefühlen aufgenommen – um das zu verstehen, müßten sie meine merkwürdige schriftstellerische Laufbahn und Einstellung kennen. Ich habe sie unlängst noch einmal gelesen, da sie vielleicht in Deutsch und vielleicht auch in Englisch erscheinen wird, und da fiel mir ein, daß ich dringend mit Ihnen über diese Arbeit sprechen müßte. Ich sage gleich, warum erst jetzt und nicht früher, nicht schon, als ich sie schrieb, und warum ausgerechnet mit Ihnen.

Ich wollte dieses Buch nicht schreiben, ich schrieb es zögernd und mit Widerstreben, lieber hätte ich damals einen sorglosen Roman, ein heiteres Bühnenstück oder schöne Gedichte geschrieben, um mich und andere zu trösten. Auf die Gedanken und Einfälle, von denen es handelt, war ich nicht stolz, ich hätte sie lieber verjagt und vergessen und aus mir vertrieben – ich bin nicht gern ein gehaltvoller Mensch, ich möchte ein lebendiger Mensch mit Inhalten sein, die sich alle Augenblicke erneuern. Aber diese Gedanken und Einfälle waren nun einmal da, und eines winterlichen Nachmittags, beim Kaffeetrinken, zu zweit natürlich, wollte ich einer netten und charmanten und ziemlich gebildeten Dame alles über Capillaria erzählen, um sie zu unterhalten; wäre es mir gelungen, hätte ich sie niemals aufgeschrieben. Aber etwas ging schief, die Dame hörte anfangs zu, dann wurde sie zerstreut, dabei ging es auch um die Liebe. Später sprang sie sogar auf, irgendeine Freundin sei ihr eingefallen, die sie anrufen müsse. Als sie zurückkam, bat sie mich zwar höflich, fortzufahren, aber ich war aus dem Konzept geraten, ich empfand das alles als unerheblich und unzeitgemäß und redete nicht weiter davon. Zudem mußte sie auch bald gehen. Doch ich behielt diese Gedanken und Einfälle in mir, und später erwähnte ich sie flüchtig einem Freund. Mit Männern verhält es sich anders, er diskutierte und argumentierte; ich verstummte rasch, als ich merkte, daß er von etwas ganz anderem sprach. Und da ich immer wieder in den Fehler verfiel, daß mich die Person, mit der ich redete, mehr interessierte als das Thema, worüber wir redeten, hörte ich auch damit auf. Auf diese Weise rang ich mich mit saurer Miene zu dem durch, was man Literatur nennt: allen gleichzeitig etwas zu erzählen, was im übrigen niemand hören will. Das Buch erschien, ich erwartete Diskussionen, Widerspruch, Meinungen. All dies blieb aus – einige eitle und müde Kritiker schrieben ein paar Dummheiten, von schwärmerischen jungen Leuten bekam ich wirre Briefe, in denen sie nachzuweisen versuchten, nur sie verständen mich, weil sie noch tüchtiger seien als ich. Die Frauen drohten mir scherzhaft mit ihren Fingerchen, dann trat Ruhe ein.

Jetzt, vor dem Druck der deutschsprachigen Ausgabe, habe ich *Capillaria* nochmals durchgesehen. Und befruchtet von dem Ich, das ich vor drei Jahren war, befiel mich eine sonderbare Erregung und Unruhe, ich bekam Herzklopfen, ich war einer Ohnmacht nahe. Genau so war es, glauben Sie mir – mir fiel auch sogleich, und nicht zufällig, eine Passage aus Rousseaus *Bekenntnissen* ein. Der Einsiedler aus Genf berichtet, wie er auf einem einsamen Spaziergang – er ging gern zu Fuß, falls Sie sich erinnern – über die merkwürdigen Widersprüche des Zusammenlebens der menschlichen Gesellschaft nachgrübelte. Plötzlich kam ihm eine Erleuchtung, indem er einen einfachen Zusammenhang erkannte, und er mußte stehenbleiben, in der Nähe wuchs ein Birnbaum, an ihn lehnte er sich. Und halb in Ekstase, mit aussetzendem Puls und Hirn, entfaltete sich ihm in der blendenden Klarheit mathematischer Gesetze eine erste Skizze seiner Entdeckung. »Als ich zu mir kam«, schreibt der strenge Puritaner, »sah ich nur, daß meine Weste ganz feucht war von meinen herabrinnenden Tränen und daß ich seit drei Stunden an einer Stelle stand.« So entstand der *Contral Social,* das Werk, ohne welches – Sie wissen es – die bislang einzige erfolgreiche Revolution der Gesellschaft, die französische, vielleicht später ausgebrochen wäre.

Mir fällt nicht ein, die Bedeutung meiner Ideen an denen Rousseaus oder die der Rousseauschen an den meinen zu messen; wir haben wirklich wenig gemeinsam. Aber ich kenne diese Erregung; sie erfaßte mich mit elementarer Kraft, als ich meine Arbeit gelesen hatte, Capillaria. Was ich dabei dachte und mir flüchtig zurechtlegte, war schlichter und bescheidener als das, wovon Capillaria handelt – und es reicht doch hinaus über Capillaria und über das, worüber ich jetzt in diesem Buch sprechen werde. Wenn ich ein Buch darüber schriebe, trüge es den genügsamen Titel *Der zweigeschlechtliche Mensch oder der Geschlechtervertrag.* Ich beeile mich einzugestehen, daß es mir mit diesem zweigeschlechtlichen Menschen ebenso geht wie seinerzeit mit Capillaria – lieber würde ich das alles einem netten, klugen Mitmenschen des anderen Geschlechts erzählen, aber heute weiß ich, er würde mir nicht bis zum Ende zuhören, also wird mir nichts anderes übrigbleiben, als es aufzuschreiben oder aber zu vergessen. Da ich guten Grund habe, letztere Möglichkeit mehr zu fürchten als erstere, da ich ferner hoffe, Besseres zu tun zu finden, als eine Grundsatzstudie mit dem Titel *Der zweigeschlechtliche Mensch* zu schreiben, und da ich nicht den Ehrgeiz habe, zu den Bahnbrechern der großen Ehe- und Liebesrevolution zu gehören, möchte ich, daß von der Erinnerung an diese Stunde wenigstens soviel erhalten bleibt, wie genügt, dieses mein Buch *Capillaria* zu rechtfertigen und zu verteidigen und zu erklären und es der Person zugänglich zu machen, deren Meinung ich schätze.

Es war die Rede von Meinungen, von Gedanken, von der Wahrheitssuche, von Begriffen und von richtigen Formulierungen: ich mußte an Sie denken. Was Sie und Ihresgleichen dort in England tun – damit sage ich Ihnen sicherlich nichts Neues –, das ist äußerlich einer Sache sehr ähnlich, die hier in Europa schon einige Male passiert ist – das erste Mal vielleicht nicht in Europa, sondern nur für Europa, in Alexandria, und das letzte Mal in der zweiten Hälfte des achtzehnten Jahrhunderts, in Paris. Die Pariser bezeichneten sich bereits ganz bewußt als *Enzyklopädisten*: sie wußten, Grundlage des großen Werkes der Entfaltung ist die *Analyse* – die ungeheuerlich verworrenen Begriffskomplexe, deren falsche Verknüpfung sich im praktischen Ergebnis, den grauenhaften öffentlichen Zuständen, zeigt, müssen aufgelöst, auseinandergenommen und, wenn es anders nicht geht, zerschlagen werden, man muß die klaren, einfachen Begriffselemente ausfindig machen, damit dann alles auf natürliche, gesunde Weise wieder zusammengesetzt werden kann. Nach ihrer halb und halb verrichteten Arbeit überwucherten neuerlich Unkräuter den Garten – es kam das neunzehnte Jahrhundert, es kam Napoleon; die Grundbegriffe wurden nicht vom still sinnenden Herz und Verstand, sondern von den durch die Schrecken aufgewühlten Nerven durcheinandergewürfelt. Das Resultat: Hegel und Darwin, Marx und Metternich. Allgemeine Wehrpflicht, Weltkrieg, totgeborene Revolution: ein Jahrhundert, von dessen Genies die Psychologie samt und sonders nachgewiesen hat, daß sie *wahnsinnig* waren – und niemand fand sich, der die Frage *so* gestellt hätte: *Was für ein schändliches, teuflisches Jahrhundert muß das gewesen sein, daß seine Genies wahnsinnig wurden!*

Jetzt nehmen Sie in London, einige Schriftsteller, die eingestellte Arbeit, wenn auch nicht bewußt, wieder auf. Die zimperliche deutsche Ästhetik bezeichnet sie, es klingt wie ein herablassendes Lob, als *Intellektualisten* – irgendwie sollen Sie aus den heiligen Hallen der Literatur verwiesen werden mit der Begründung, Sie gäben sich, wenn Sie bei Laune seien, mitunter auch mit der Klärung von Begriffen ab und seien damit des Ranges und Amtes mit Inspiration schöpfender Künstler unwürdig geworden, die natürlich den Großen Spiegel, in welchem die Wirklichkeit sich wiedersieht, unter Umgehung des zentralen Nervensystems mittels der peripheren Nerven und höchstens noch des Bauches erschaffen. Und wennschon! Dann stellt sich halt heraus, daß die Literatur *gar nicht Kunst ist – was tut's!* Wenn nicht Kunst, dann ist sie sicherlich mehr als Kunst und repräsentiert den ganzen Menschen, mit Haut und Haaren, mit Herz und Verstand, mit Augen und Ohren und allem Drum und Dran. Ganz im Gegensatz zum *echten* Künstler, der immer nur ein Organ vertritt: der Maler das Auge, der Musiker das Ohr, der Bildhauer den Tastsinn, der Dichter das Herz, der Philosoph den Verstand. Mögen sie stolz sein auf das Anathem; ich sage, wie's ist. Wenn der Herrgott doch einmal, denn er hat die Zeit, Zeit zu haben, die Erde besucht und einen Abgesandten zu sich beordert, damit er über die schlimmen Dinge des Menschen berichte, dann wird dieser Abgesandte doch wohl der Schriftsteller sein – Maler und Musiker, Dichter und Philosoph werden ihn auf seinem Weg nur begleiten, um ihn zu verdolmetschen, um mit Gleichnissen den Universellen Gedanken zu illustrieren, der zerstört und erschafft.

Zerstört und erschafft und zerreißt und verbindet, durch die Zeit und durch den Raum hindurch. Während ich Ihnen, in einem kleinen Budaer Kaffeehaus sitzend, dies schreibe, legt mir der Zeitungsjunge die neueste Ausgabe auf den Tisch; auf der ersten Seite lese ich in großen Buchstaben: Chamberlain will nach Verhandlung mit Beneš dem Parlament eine Gesetzesvorlage über die Verfassung der Vereinigten Staaten von Europa unterbreiten. Ich weiß nicht, was es bedeutet, was davon stimmt, was daraus wird, ich weiß nicht, wie ich, zertretenes, geschlagenes, gebeuteltes, gequältes Kind eines zertretenen, geschlagenen, gebeutelten, gequälten Landes, mich gegen die Gedanken erheben soll. Ich habe keine Hoffnung und keine Angst, ich glaube nicht an die Ehrlichkeit und Ernsthaftigkeit des Vorschlages. Eins aber ist klar: Wenn nichts sonst aus ihm wird, so soll er wenigstens den bleibenden Nutzen und Erfolg haben, mir einen geeigneten Übergang zu meinem Anliegen zu verschaffen. Denn in dem Chaos der Vielfalt großer Gemeinschaften und Zugehörigkeiten steigt mir plötzlich die beruhigende Vision einer Gemeinschaft auf, die kleiner ist als alle anderen, als Europäertum, Staat, Land, Heimat, Nationalität, Rasse und vielleicht auch Familie, also enger und tiefer, die schon vorhanden und auch ohne jede Verfassung vereinigter Staaten mit einheitlichem Gesetz und einheitlicher Verfassung gültig ist: Die Gemeinschaft der an die Kontinuität des Lebens glaubenden und in ihr denkenden Schriftsteller überall in Europa und der Welt. Das Gesetz dieser Gemeinschaft ist diktiert von gemeinsamer Freude und gemeinsamem Kummer – ihre Bürger haben eine Pflicht: das Gute und Richtige und Schöne zu wollen und zu suchen gegen das Schlechte und Falsche und Häßliche. In Raum und Zeit sind Lebende und Tote die Glieder dieser Gemeinschaft, sie machen, sie bauen die Große Enzyklopädie, blind mitunter, verbitternd, aufbauend und wieder einreißend – hätten Sie Capillaria schon gelesen, ich würde melancholisch hinzusetzen: wie den Bullok-Turm Halvargo.

Ich entsinne mich gut eines Ihrer Pläne, der Neuen Bibel – es gab anscheinend eine Zeit, da Sie sich die Enzyklopädie so vorstellten. Nun denn – betrachten Sie diesen meinen Brief als die Ermahnung eines bescheidenen, aber zuvor erwähnter Gemeinschaft angehörenden Interessenten, der, wenn nicht anders, so wenigstens mit dieser Ermahnung an der Arbeit teilnehmen möchte: Passen Sie auf, die Zeiten sind so, daß diese Bibel unvollständig, mit entscheidenden und unersetzlichen Lücken zustande käme, wenn nur Sie, die Engländer, sie machen wollten! Auch bisher schon haben die englischen Enzyklopädisten – die englischen Schriftsteller, derzeit vielleicht gerade mit Ihnen an der Spitze – tiefe Schneisen in das Babelsche Durcheinander verworrener Begriffe geschlagen; sie umrissen in großen Zügen den Rahmen des Werkes, befaßten sich mit Vergangenheit und Zukunft und auch mit der Gegenwart, erträumten eine neue Historie und ersannen neue Utopien, studierten die Politik und die Gesellschaftsphilosophie: naiv, mit interessiertem Blick, mit der frischen Lust des Kinderherzens eines Cartesius, nahezu ganz frei. Sie schrieben unzählige schöne, kluge und vor allem anständige Bücher über den Menschen, jedes mit seinem Resultat geeignet, ein Fachwort in der Großen Enzyklopädie zu erklären, das sich an alle wendet, an alle Menschen des Erdballs, weil nur aufgenommen wird, was beständig und allenthalben menschlich ist, dem Menschen zugewandt und ihm verständlich.

Aber, bei Gott, meine Herren, es gibt ein Gebiet, eine Kategorie der Erscheinungen, wenn man so will, von der Sie die englischen Schriftsteller – die englischen, meine ich, nicht die schottischen und die irischen – einfach nichts verstehen, in der Sie sich nicht anders bewegen als ein Seehund auf dem Festland, für die Sie kein Gefühl, keinen Blick und kein Herz haben und nicht einmal wissen, daß Ihnen dies fehlt – Sie halten, wie die Bewohner des Diderotschen »Landes der Blinden« die Ursache der Farb- und Lichteindrücke, das Leiden und die Ruhelosigkeit, die diese Erscheinungen auslösen, für ein Hirngespinst, für Wahnsinn, für eine Krankheit. Ob der Grund für diese Blindheit das Klima, das besondere Temperament, das von absonderlichen und hochmütigen staatlichen und gesellschaftlichen Gesetzen unterdrückte, verkümmerte Interesse liefert oder vielleicht wirklich die sprichwörtliche und von den Iren und Schotten so oft verspottete falsche Scham (hypocrisy), weiß ich nicht. Wie soll ich es erklären, wie Ihnen verständlich machen, was ich meine? Ich versuche, ein Bild vor Ihnen aufzustellen. Ein Spiegelbild, das Ihres psychischen Antlitzes, aus dessen für Sie unsichtbaren weißen Flecken Sie zumindest quantitativ auf die Bedeutung dieses von Ihnen unbeackert gelassenen Feldes schließen können. Ich greife mir aufs Geratewohl ein paar englische Bücher – zwei oder drei, die besten, erstklassige, repräsentative Werke, Romane. Wohlgefällig ergötze ich mich bei dem einen an der stillen, tiefen Weisheit und an dem einfühlsamen Verständnis für alles, was menschlich ist; beim zweiten reißt mich der Mut mit, mit dem es der grausamen Wahrheit des Lebens ins Auge schaut; das dritte begeistert mich und beflügelt mit der bestechend genauen Schilderung wundersamer Möglichkeiten und noch verwunderlicherer Wirklichkeiten und mit dem üppigen und stets alles voll ausleuchtenden Reflektor der Ideenassoziation meine Phantasie. Ich lese und genieße – und auf einmal kommt die Blindheit. Bei allen dreien gleichzeitig und gegenüber der gleichen Erscheinung, fast im selben Augenblick.

Im Roman tritt eine Frau auf.

Und in diesem Augenblick beginnt der englische Schriftsteller zu meckern, sein ernstes, nachdenkliches, liebenswürdiges Gesicht verzieht sich zu einer komischen Grimasse, er wiegt sich in den Hüften, er hört und sieht nicht, er erzählt abgestandene Witze, er führt einen Bärentanz auf. Man traut seinen Augen nicht: Man blättert um, und statt eines prachtvollen Landschaftsbildes voller rauher Schönheit, hingeworfen etwa auf die Leinwand eines Jack-London-Romans, grinst uns eine Ansichtskarte entgegen, ein miserabler Öldruck, eine Schokoladenreklame. Der Autor entschuldigt sich: Schuld daran ist das bezaubernde Lächeln einer blonden Frau.

Lieber H. G. Wells, verstehen Sie mich nicht falsch, das Lächeln der blonden Frau finde auch ich bezaubernd, und ich danke Gott und der strahlenden Sonne, daß sie neben anderem auch dies erschaffen haben. Aber was für ein Zauber ist es, der aus Geigengewein und Orgelgedröhn ein billiges, ohrenzerreißendes, abgestandenes Drehorgelgemecker macht? Mit diesem Zauber müßte es sich umgekehrt verhalten.

Was ist geschehen, wie kam es, daß es so gekommen ist?

Sollten die Deutschen doch recht darin haben, daß Sie Rationalisten und nur in der Dialektik stark sind, aber sogleich erstarren und auf komische Weise hilflos werden, wenn Sie der Wind der Geheimen Tiefen des Lebens anpustet?

Nein, nein, sie haben ganz bestimmt nicht recht. Denn die blonde Frau tritt auch bei ihnen auf, an der entsprechenden Stelle, und der Zauber stellt sich auch bei ihnen ein, mit dem Unterschied allerdings, daß uns statt der Ansichtskarte im gleißenden Mondlicht diesmal eine Wachsfigur aus dem Gruselkabinett eines Rummelpanoptikums verblüfft. Dieselbe blonde Frau hat jetzt schwarzes Haar, ihr Lächeln verströmt satanische Hexerei, von ihren Händen tropft Blut, ihre Augen flackern unheildrohend – sie ähnelt auffallend einem Feldwebel im Weiberrock, der im Nahkampf gerade fünzig Kosaken niedergemacht hat und mir jetzt am liebsten die Nase abbeißen würde.

Das alles ist sehr hübsch, und der Philosoph nickt: Aha, das bedeutet also, daß die Frau Satan und Engel in einer Person, daß das Frauentier bitter und süß ist.

Aber was soll ich mit dem Schokoladenengel und dem Feldwebel anfangen, was soll ich tun, der ich weder Satan noch Engel bin, sondern ein lebendiger Mensch, und der ich mit einer lebendigen . . .

Nein, halten wir für einen Augenblick inne: Was eigentlich möchte ich?

Das wußte ich noch ziemlich genau in meiner Kindheit (an die ich mich zufällig sehr gut erinnere), bevor ich nämlich den Doppelspiegel der Wirklichkeit kennenlernte, den Schokoladenengel und den Feldwebel, also das Frauenbild des neunzehnten Jahrhunderts. Die Wirklichkeit sah ich nicht doppelt, sie war etwas sehr Faßliches und Kompaktes; ich nannte sie so: *ich,* und darunter verstand ich etwas sehr Bestimmtes, obgleich ich mangels naturwissenschaftlicher Kenntnisse damals noch nicht wußte, wie dieses Etwas über den Einzeller und das *missing link* möglich geworden ist. Deshalb wahrscheinlich war mir auch nicht bekannt, daß ich ein Säugetier bin, lebendgebährend und den Nachwuchs aus meinen Brüsten nährend. Meine erste unangenehme Erfahrung bestand darin, daß Verwandte ein kleines Mädchen mitbrachten, mit dem ich sehr gut ausgekommen wäre, wenn man uns zu zweit gelassen hätte. Wir hätten gespielt und uns amüsiert – wären wir immer zu zweit miteinander geblieben (verzeihen Sie mir die Ungehörigkeit), dann wären wir vermutlich ohne Darwin und Haeckel von allein dahintergekommen, daß wir Säugetiere sind, lebendgebährend und den Nachwuchs aus den Brüsten nährend. Und nichts wäre dabei gewesen, wir wären beide gleich froh gewesen, einander Freude bereiten zu können, wir wären uns deswegen weder in die Haare geraten, noch hätten wir einander unterkriegen wollen; es wäre daraus, wie ich mich und sie kenne, nichts Abstoßendes geworden. Das kleine Mädchen hätte sich weder zu einem Schokoladenengel noch zu einem Feldwebel entwickelt, sondern wir hätten gemeinsam die Engel geliebt und den Teufel gehaßt – das Mädchen wäre ein mir wenigstens so ähnlicher wie von mir verschiedener teurer, lieber, freundlicher Partnermensch geworden, und ich hätte niemals Capillaria geschrieben, sondern schöne Gedichte für dieses Mädchen, und ich hätte ihm das Flugzeug erfunden und das Radio und den kategorischen Imperativ ohne äußeres Zutun, und das Mädchen hätte mir den Mohnstrudel erfunden und das Capricekissen und Gott und das Jenseits ohne äußeres Zutun.

Ich kann nichts dafür, ich bin heute noch davon überzeugt, daß es genau so gekommen wäre, wenn es keine Verwandten gäbe. Aber es gab Verwandte, und die Verwandten bestanden darauf, daß ich aufstand und meinen Platz dem

»kleinen Fräulein« überließ und ihm in den Mantel half, den es auch alleine anziehen konnte. Und sie sagten: Schämst du dich nicht, was bist du denn für ein Kavalier, weißt du nicht, daß man zu den Frauen höflich sein muß? Und sie lachten dazu. Und in diesem Augenblick begann ich das kleine Mädchen zu hassen, und ich hatte recht, wenn ich es haßte, denn im selben Augenblick begann es sich zu zieren und machte sich auf dem Stuhl breit und erwartete, daß ich ihm in den Mantel half, den es auch alleine anziehen konnte. Ich haßte das Mädchen von diesem Augenblick an, weil man mir sagte, ich solle sanft zu ihm sein, weil es schwächer sei – und ich dachte sofort daran, wenn ich ihr eine Ohrfeige verpaßte, fiele sie vom Stuhl; aber kann sie mir eine Ohrfeige verpassen und mich demütigen nur deshalb, weil ich aus Höflichkeit nicht zurückschlagen kann?

Später freilich erfuhr ich, daß es nicht der einzige Grund für die Höflichkeit ist, daß die Frauen schwächer sind. Doch das änderte wenig an der Sache. Und immer wieder, wenn wir uns begegneten, ob sie sich nun mir näherte oder ich mich ihr: es hatte sich etwas zwischen uns gezwängt, irgendein Trugbild, das ich nicht verscheuchen konnte. Ich lernte viel und lehrte viel, sie aber lernte nichts und lehrte nichts, und trotzdem konnte ich sie weder besiegen noch ihr unterliegen; aber immer wieder scheiterte ich vor ihr und vor mir selbst, wenn ich die Fehde mit ihr aufnahm. Ich bewältigte die schweren Fragen, machte mir die Natur untertan und rang die Instinkte in mir nieder. Ich peitschte den Willen auf und öffnete die verborgenen Schubfächer. Vergebens; gegen die Frau hilft nichts, außer daß ich mich als Mann gebe. Dabei bin ich doch wirklich mehr, nicht wahr? Und zwischendurch meldeten sich immer wieder die Verwandten und ermutigten mich und erklärten mir, was ich mit ihr tun solle. Der eine Verwandte empfahl mir die Romantik – das schmeckte mir nicht, darin lag zuviel hinterlistige Schmeichelei, mir wollte nicht in den Kopf, wieso sie rätselhafter oder weniger rätselhaft sein sollte als ich. Ein anderer, ein deutscher Verwandter, drückte mir eine Peitsche in die Hand – ich warf sie angewidert weg, was sich damit hätte erzwingen lassen, brauchte ich nicht. Ein dritter, ein französischer Vetter, riet mir, ihr ins Gesicht zu schauen, sie aber nicht anzurühren – ich solle sie mir eingehend aus der Nähe betrachten, die Enttäuschung werde nicht auf sich warten lassen. Aber ich wollte nicht enttäuscht werden, ich besaß keine Neigung, etwas auseinanderzunehmen, was ich nie mehr würde zusammensetzen können. Und die ganze Zeit über stand sie dort, mir gegenüber lächelnd, einmal als Schokoladenengel, dann wieder als Feldwebel, aber ganz gelassen in beider Gestalt, abwartend, wozu ich mich entschlösse, auf wen ich hörte. Ich verlor die Geduld und wandte mich meinem vierten Verwandten zu, einem Juden, der wies durchgeistigten Gesichtes zum Himmel, vergiß das alles, sagte er, es ist des nach Gottes Bild erschaffenen Menschen nicht würdig. Am besten geh in die Wüste, um die Versuchung loszuwerden. Das war der schlechteste Rat. Ich fühlte mich schrecklich unter den mystischen Asketen, alle waren sie vor den Frauen geflüchtet, und nach kurzem Zusammensein stellte sich heraus, daß ihre Lebensweise, ihre Einstellung, ihre Weisheit, ihre gesamte Weltauffassung viel stärker davon beeinflußt war, daß sie die Frau nicht brauchten, als die meine davon, daß ich sie brauchte. Mir erging es mit der Entbehrung so wie dem Gautama Buddha: Mein gemarteter Körper schwitzte zermarterte Weisheit. Mit ihr oder ohne sie – auch in der Wüste machte sie mir Ärger, bis ich gewahr wurde, daß ich, mager und verdorrt, viel gespenstischer wirkte als sie, das Gespenst, vor dem ich geflohen war; aus der Wüste zurückgekehrt, bemerkte ich rasch, daß ich das Gespenst war, nicht sie. Die Verwandten redeten ohne Unterlaß auf mich ein, was es mit der Frau auf sich habe, wozu sie gut sei, wie man mit ihr umspringen müsse; und als ich völlig verwirrt und verbittert mit ihnen brach, weil ich begriff, daß sie das Verhältnis zwischen uns beiden nicht zurechtrücken konnten, das sie schon in unserer Kindheit zerstört hatten: da wandte ich mich auf kürzestem Weg zu der Frau und streckte die Hand zur Versöhnung aus. Sie nahm sie nicht mehr an, sie wandte sich schmollend ab oder musterte mich spöttisch – vielleicht war sie beleidigt, vielleicht verachtete sie mich wegen meiner Dummheit, daß mir das nicht früher eingefallen war! –, oder vielleicht hatte sie mich inzwischen vergessen, sich selbst überlassen, während ich um sie kämpfte, und bei sich selbst das Glück findend, das ich ihr nicht zu bieten vermochte?

Nun begann ich zu ahnen, daß an allem Übel die Verwandten schuld waren, die verwandten Seelen, meine Mitmänner, die sich zwischen uns drängten, mich irreführten und sie verdarben. Meine Sache mit der Frau war unser beider Angelegenheit gewesen, in sie hätte sich niemand einmischen, von ihr hätte niemand wissen dürfen. Im Augenblick der Geburt, bevor ich noch das Licht der Welt erblickte, schon hier auf Erden und noch im Drüben, flüsterte uns ein schalkhafter Engel etwas ins Ohr, ein Geheimnis, das ich nur einem, nur einer einzigen verraten darf, dereinst, jener gewissen, der er es auch zugeflüstert hat; passen wir nur gut auf, daß außer uns beiden niemand davon erfährt! Und ich machte mich auf den Weg mit dem Geheimnis, ich wußte noch nicht, wer diese einzige und gewisse sein würde, ich wußte nur, sie würde mir ähnlich sein – und ahnte nichts von dem häßlichen Streich und daß sich der dreiste Engel ins Fäustchen lachte –, ich ahnte nicht, daß er es anderen ebenso zugeflüstert und sie ebenso in die Irre geführt hatte – und andere, diese anderen, redeten auf sie und auf mich ein über Liebe und Sexualität, über den Geschlechterkampf, über scheußliche und rätselhafte und wesentliche Unterschiede zwischen uns beiden, über Pole, die sich nie begegnen, über die Zweiheit, die die Welt teilt, über Mannesatome und Frauenatome – und die Frauenfrage, unabhänig von der Liebe. Wer sich aufrichtig an sein eigenes Frühlingserwachen zu erinnern vermag, der findet unter seinen Erinnerungen die erste Entmutigung, den ersten Widerwillen, den Keim der ersten Verletzung der Lebenssehnsucht: stinkende zersetzende Würmer und Schneckenschleim im allerersten Rosenkelch, bevor der sich noch vor ihm öffnete – diese Würmer und dieser Schneckenschleim waren die Entdeckung, daß auch andere das Geheimnis kannten, von dem er geglaubt hatte, nur er wüßte darum.

Und dennoch, dies war nicht reine Eifersucht. Ich zürnte nicht denen, die rein und geradlinig wünschten, was auch ich mir wünschte, sondern denen, die hinterhältig und auf Umwegen, vielleicht aus Neid, mir die Liebe demolierten und kaputtmachten und beschmutzten, bevor ich nach ihr greifen konnte, denen, die ich mit gutem Grund beschuldige, sie hätten das Geschenk Gottes, die reinste Essenz verfälscht und gepanscht – nicht dem Ritter, der im weißen Mantel kommt, um für seine Geliebte das Schwert zu zükken, sondern den Zwei Greisen, die mit bebenden Bärten und triefenden Augen von ihrem Versteck aus die badende Susanna belauschten, um sie, einander zuzwinkernd, objektiv »abzuzeichnen« und die Zeichnung heimlich zu verbreiten, was auch Susanna nicht verborgen bleiben konnte. Diese beiden Greise saßen dann Gericht über Susanna, bevor sie zu Wort kommen konnte – sie machten die »Frauenfrage«, sie bestimmten das »Naturbild der Frau«, in jedem Jahrhundert anders, aber stets so, wie der ausgezeichnete Brehm ein spezielles Haustier zeichnet. Und im Abendlicht der aufeinanderfolgenden Jahrhunderte nahm inmitten immer unruhigerer Ahnungen in mir allmählich der Verdacht Gestalt an, daß hier an der Reihenfolge etwas nicht stimmt. Die zu Beginn des Jahrhunderts mehr oder minder gut gezeichnete Susanna wurde zum Ende des Jahrhunderts der Zeichnung immer ähnlicher, die die beiden Greise verfertigt hatten: Diese Zeichnung konnte gar nicht so falsch und verzeichnet, schief und widersinnig und unkenntlich sein, daß ich in der Susanna des ausgehenden Jahrhunderts, wenn ich ihr dann begegnete, nicht erschrocken und mit aussetzendem Herzen genau das Abbild ihres Originals, der Zeichnung, wiedergefunden hätte. Ich will sie nicht beim Namen nennen, die Zwei Greise des neunzehnten Jahrhunderts, die ein wenig verspätet, doch niemals früh genug die Susanna-Nora und die Susanna-Satanella und die Dorian Gray und die Franziska gemalt haben, diese unwahrscheinlichen Bildnisse, über die die als Erbe des vorangegangenen Jahrhunderts auf uns überkommene lebendige, graziöse kleine Manon so herzhaft lachte; – ich stelle nur fest, daß jener geschminkte, glattrasierte, behoste und gestiefelte Jockei mit seinem spöttischen Lächeln und seinen funkelnden Augen, der als Frauenideal Erster im Geschlechtswettlauf des letzten Jahrhunderts wurde, das von den ausgesprochen männlichen *Satan* und *Faun* und *Krampus* inspirierte Bild mit erschreckender Ähnlichkeit bestätigt, das um die Mitte des vergangenen Jahrhunderts von den Aposteln des vor dem *Dämon* Frau sich gruselnden Frauenhasses gemalt wurde.

Bild und Modell gleichen sich aufs Haar, und das Kind unseres Jahrhunderts blinzelt verunsichert zum einen und zum anderen, welches denn das Original, welches der Spiegel sei, welches er umarmen müsse, um sich nicht der Gefahr auszusetzen, gegen Glas anzurennen. Und der dritte Greis, der nicht zeichnet, sondern nur weise nickt, zuckt mit verlegenem Lächeln die Schultern: Hier, auf der anderen Zeitungsseite, wo auf dem Titelblatt die Vereinigten Staaten von Europa angekündigt sind, überreicht Herr Pirandello einem Journalisten sein Resümee: *Die Frau ist eine Illusion.*

Oscar Wilde, Ihr großes Talent, verweist mit nachlässiger Geste auf die Wechselwirkung der Lebenskunst – die Wechselwirkung ist auf eine vielleicht etwas komplizierte, aber viel tiefere und realistischere Weise wahrer, als irgendwer von uns es sich vorzustellen wagte. Realistischer und traumhafter und mehr als eine Wechselwirkung; es scheint, es geht in dieser Welt um nichts Geringeres als darum, daß alles, was der Mensch sich vorstellt, auch geschieht, ganz wie im Traum. Unter dem Eindruck dieser beklemmenden Ahnung hatte ich also allen Grund, gegen die Zwei Greise zu rebellieren, die sich Susanna böse und häßlich und unnütz dachten.

Bis mir dann, als ich Capillaria las, die Erleuchtung kam. Ich erkannte, daß die beiden Greise nicht schuld waren – es nicht sein konnten, denn, zum Donnerwetter, schließlich sind auch sie nicht bärtig zur Welt gekommen. Auch sie waren einmal jung, und wenn ich mir's recht überlege, hat der junge Troubadour, der vor dem Fenster seine kleine Serenade klimpert, statt hineinzusteigen – es gibt solche alten Esel –, zu Susannas Entartung im gleichen Maße beigetragen wie die beiden.

Stotternd und mich räsupernd und nach vielen Umschweifen nehme ich jetzt Anlauf, Ihnen meine Entdeckung zuzuflüstern; ich weiß genau, wenn man ein spontanes Gefühl in Worte kleidet, kann es auf ein kleines Attribut, auf die Zeichensetzung, auf die relative Stellung zweier Worte ankommen, ob das entdeckte Schießpulver als lächerliche Banalität oder aber als originellste Wahrheit der Welt eingestuft wird. Ich weiß nicht, ob die Erlösung der Welt, die geistige Nahrung zweier Jahrtausende, das Neue Testament, eine endgültige Lösung unseres Moralgesetzes ist – ich, der ich ein Sprechender Mensch bin, betrachte es als exaktere, klarere, allgemeinere und vollständigere Formulierung der im Alten Testament und im Buddhismus enthaltenen Wahrheiten, und damit schätze ich seine Bedeutung keineswegs geringer als der Papst. Doch wer nur darauf achtet, daß das, was er ausspricht oder niederschreibt, wahr sei, der weiß nicht, was es heißt, die Wahrheit mehr als alles sonst zu lieben: Die Wahrheit ist nicht aussprechbar, und die Aufrichtigkeit ist noch nicht die Wahrheit – im Labyrinth der Worte nähern wir uns dessen innerster Kammer, wo sie wohnt.

Meine Entdeckung besteht nämlich darin, daß der Mensch zweigeschlechtlich ist.

So seltsam es klingt, diese Tatsache ist noch nicht mit mathematischer Genauigkeit konstatiert worden. Ich füge sogleich hinzu, daß ich nicht vom *zweigeschlechtlichen Menschen* im Sinne der physischen und psychischen Analyse spreche, nach welcher wir alle männliche und weibliche Eigenschaften haben. Und ich spreche nicht davon, daß die höheren Tiere zweigeschlechtlich sind. Denn daß das Pferd zweigeschlechtlich ist, lebendgebärend und den Nachwuchs aus den eigenen Zitzen nährend, wußte ich. Ich wußte es auch vom Schwein und vom Affen. Daß jedoch der Mensch ebenso zweigeschlechtlich ist wie das Pferd oder das Schwein, muß ich heute energisch von mir weisen, da ich weder lebend geboren noch an meiner Brust genährt habe.

Dazu habe ich auch gar keine Lust, und allen Anzeichen nach werde ich bis zu meinem Tode derlei nicht tun – doch ich bin ein Mensch, und nur ich bin es, König Salomon zufolge.

Hier steckt ein Widerspruch, entweder hat sich Darwin geirrt oder König David, oder der Mensch ist auf irgendeine andere Weise zweigeschlechtlich. Zumindest nach dem heutigen Stand der Dinge. Der Mensch ist irgendwie zweigeschlechtlich, ohne wie die Tierarten zu einem zu verschmelzen, vielmehr behält er in beiden Geschlechtern seine Individualität.

Wenn ich allein im Zimmer bin, dann bin ich ein Mensch. Wenn eine Frau hereinkommt, dann werde ich zum Mann. Und bin in dem Maße ein Mann, wie die Eintretende eine Frau ist.

Meine Formulierung ändert sich also wie folgt: Der Mensch ist entweder Mann oder Frau. So betrachtet, sind die beiden Worte, Mann und Frau, nicht *Hauptworte,* sondern nur *Verhältnisworte.* Denn wenn sich eine Frau allein im Zimmer befindet – umsonst schmulen die beiden Greise, sie werden nichts anderes beobachten –, dann wird sie sich nicht anders verhalten als ich: sie ißt oder gähnt oder sinnt nach. Zur Frau wird sie, wenn ein Mann zu ihr ins Zimmer tritt. Aber wissen werden sie nur voneinander, wenn sie sich begegnen – und wenn sie sich begegnen, haben sie gleich auch ein Geschlecht. In der Praxis wird das Wort *Mensch* relativ.

In ihrer Endform lautet meine Entdeckung also: Es gibt keine Menschen, es gibt nur Mann und Frau.

Die Erfahrung bestätigt meine abstrakte Überlegung. In der Welt umherstreifend, habe ich Menschen im ideellen Sinn des Wortes noch nie gesehen; was ich sah, das waren entweder Männer oder Frauen.

Und je männlicher der Mann und je fraulicher die Frau, um so menschlicher nennen wir sie.

Sechstausend Jahre lang verstanden Philosophie, Literatur und Kunst, ja sogar die Soziologie, mit einer absonderlichen Hartnäckigkeit, deren Ursache die Entwicklungsgeschichte der Psychologie zu erkunden aufgerufen ist, unter dem *Menschen* unbewußt stets den Mann. Sie drückten die Gesetze des Denkens, die Richtschnur der menschlichen Ehre, die Rechte und Pflichten der Menschenwürde auf eine Weise aus, als müßten in der praktischen Anwendung alle diese Ideale nur im Leben des Mannes Geltung und Bestätigung finden. Wenn sie Beispiele für die menschlichen Ideale von Ehre, Recht und Pflicht suchten, wenn sie sie uns als Vorbild hinstellten, dann dachten sie sich den Menschen, auf den sie sich bezogen, ebenso als Mann, wie der erste Urheber des Gottesbegriffes sich Gott auf ganz natürliche Weise als Mann vorstellte, weil der Betreffende zufälligerweise ein Mann war und in seiner Zerstreutheit, da er sich in dieser Minute gerade allein befand, vergaß, daß es auch Frauen gibt auf dieser Welt.

Diesem ersten zerstreuten Mann folgten dann die weiteren – ein Narr macht zehn andere –, und die Zerstreutheit ist ebenso ansteckend wie das Gähnen. Sie taten sich zusammen und debattierten, und dabei gerieten die Frauen noch mehr in Vergessenheit, sie begannen auf Teufel komm raus die Produkte der Anschauung und des Willens, die Feststellungen der Erkenntnis und die Gesetze der Moral zusammenzuzimmern. Und jede Feststellung bekam Mannesgeruch und jedes Gesetz Mannesgewalt, die Frauen ließen sich gar nicht hineinquetschen. Die Frauen waren anderweitig beschäftigt, und die Gesetzesfertigung ging munter weiter. Bald stellte sich freilich heraus, daß das ganze Bauwerk nichts taugte: Die ersten primitiven Gesetze und Feststellungen waren nicht anwendbar. Der Mensch muß mutig sein, sagte das Gesetz – aber es zeigte sich, daß die Frau zum Beispiel nicht mutig sein muß und oftmals gar nicht mutig sein darf. Der Mensch muß stark und kräftig sein, sagte das Gesetz – und es ergab sich, daß die Frauen zum Beispiel schwach sein müssen. Der Mensch verdient sein tägliches Brot im Schweiße seines Angesichts, sagte das Gesetz – und es wurde deutlich, daß die Frauen zum Beispiel das tägliche Brot nicht im Schweiße ihres Angesichts verdienen. Der Mensch ist ein blutrünstiges Tier, sagte das Gesetz – und es erwies sich, daß die Frauen zum Beispiel nicht blutrünstig sind. Der Mensch erforscht die Geheimnisse der Natur, sagte das Gesetz – und es war nicht zu übersehen, daß die Frauen zum Beispiel nicht die Geheimnisse der Natur erforschen. Ach, sie hätten das ganze falsche Lexikon zerstören müssen, statt dessen konstruierten sie zur Rettung des alten Irrtums einen neuen Irrtum. Da die Feststellungen des Mannes als Menschen über sich selbst auf die Frau nicht anzuwenden waren, verstießen sie die Frau aus der inneren Welt des sich selbst durch sich selbst erkennenden Intellektes und sperrten sie in die äußere Welt hinaus, die wir dank der Erfahrung unserer Sinne vom Betrachten her kennen. Sie funktionierten die Frau in einen naturkundlichen Begriff um, sie teilten sie der äußeren Natur zu wie ein Phänomen oder eine Erscheinung, deren Geheimnis (die Frau als ein Rätsel! Entsetzlich!! Was zum Teufel ist denn dann der Mann?) der menschliche (alias männliche) Verstand zu lüften berufen ist. Und über kurz oder lang wurde zu einem natürlichen Grundprinzip dieser Philosophie die haarsträubende Hypothese, der Mann sei dazu bestimmt, das Wesen des doppelten Menschen zu verstehen, durch sich selbst von innen her, aber auch das der Frau, durch die Naturbetrachtung, von außen her. Das Endresultat ist bei Herrn Piradello in dem erwähnten Interview nachzulesen: *Die Frau ist nur eine Illusion.* Ja freilich, die äußere Welt ist trächtig, wenn ich will, und ist nicht trächtig, wenn ich will – es gab doch schon eine Philosophie, der zufolge es nur Menschen gibt, keine Welt. Sonderbar, daß die Permutation der Begriffe, es gebe nur eine Welt, aber keine Menschen, noch keinem einzigen Metaphysiker in den Sinn gekommen ist! Von mir hat jemand einmal gesagt: Sie haben so etwas Frauliches an sich. Ich antwortete ihm erschrocken: Vielleicht habe ich's von meiner Mutter geerbt, sie war nämlich eine Frau. Aber Herr Pirandello, eine Illusion, ein Schattenkind, denkt sich als Mensch, der von einer Frau träumt.

Jetzt kann ich es sagen: *Der alpdruckhafte Traum von Capillaria entsprang dem beunruhigenden Gefühl, erkannt zu haben, wie die Frau auf die Ausstoßung aus ihrer Gattung mit despotischer Willkür in der Gesellschaft reagierte und wie sie sich mit berechtigterem und gesünderem und erfolgreicherem Egoismus für den verschrobenen, unsinnigen, krankhaften Mannesegoismus rächte, der ihr das Glück und Sicherheit vermittelnde Gefühl verweigerte, sich im männlichen Partner als dem anderen Ich wiederzuerkennen.* Ich kann nicht anders, halte man mich für feige und ungeschlechtlich: Ich bin außerstande, darin, daß die Männer sich prügeln, morden und ruinieren, daß sie in schwerem Körper- und Verstandeskampf die zur Aufnahme der Lebensfreuden bestimmte Seele aus sich ausrotten, statt die Lebenssehnsucht zu pflegen, währenddessen sich die Frauen mit sich selbst und dem eigenen körperlichen und seelischen Wohlbefinden befassen – ich bin außerstande, darin ein beispielhaftes Symbol für menschlichen Edelmut, für Güte,

Tapferkeit, Selbstaufopferung, intellektuelle Überlegenheit und Stärke zu sehen. Nein, das Ganze gefällt mir nicht, ich vermeine etwas Scheinheiliges, Hinterhältiges, eine schmutzige und feige Unterwürfigkeit dahinter zu erkennen, etwas, das ich nicht auszudrücken vermag. Die modischen, die modernen Dramen sind angefüllt mit den erhabenen Gestalten großmütiger und edelherziger Ehemänner, die nach langem innerem Leiden der treulosen Gattin verzeihen, nachdem diese ihnen unaussprechlichen Kummer bereitet hat – sie verzeihen ihr, weil sie ihre Schwäche verstehen und weil sie sie lieben. Mir gefallen diese Dramen nicht, mir ist die Güte verdächtig, die ausschließlich schönen Frauen vergibt, nicht einmal durch Zufall weniger hübschen oder gar Männern. Mir ist die ganze Ritterzeit verdächtig, die pausenlos die Frauenehre des Menschen verteidigt, während zur gleichen Zeit sich niemand der Mannesehre des Menschen annimmt. Mir ist die Schwärmerei verdächtig, die den Männern die Liebe der Frau predigt und niemals den Frauen die Liebe des Mannes predigt und sich hinter der erlauchten Maske des Mutterschaftsideals verbirgt. Ich verspüre dahinter ein Elend, das mich abstößt wie jedes Elend.

Der europäische Mann leidet unter sexuellem Elend, unter sexueller Unterdrückung: das ist die ganze Grundlage des falschen Frauenkultes. Vergebens krächzt mir der Krähenvogel der naturwissenschaftlichen Romantik, der naturwissenschaftlichen Bigotterie ins Ohr, dies sei keine gesellschaftliche Erscheinung und kein Zeitsymptom, sondern ein ewiges Naturgesetz: der Mann sei notwendigerweise untergeordnetes Mittel der Frau im Dienste der Gattung, die Frau sei das Zentrum, um das sich die Welt drehe, die Frau sei die Achse, der Mann das Rad, die Frau sei Blüte und Kelch und Frucht, der Mann nur graues Staubgefäß, die Frau sei der Verführer, der Mann der Verführte, die Frau sei für sich selbst da, der Mann für die Frau, der Mann kämpfe um die Frau, die Frau aber nicht um den Mann, die Frau sei der Körper und der Mann die Seele, die Frau sei die Schönheit und der Mann die Kraft. Vergebens kommt er mir, um all dies zu beweisen, mit der Bienenkönigin und dem Ameisenweibchen und dem Nachtpfauenauge, anstatt wenigstens den Hahn ins Feld zu führen. Denn der Mensch ist keine Biene, keine Ameise und kein Nachtpfauenauge, was man auch tut, es läßt sich nicht mit der naturkundlichen Beschaffenheit des Menschen erklären. Denn jedem Beispiel aus dem Tier- und Pflanzenreich steht die Tatsache gegenüber, daß der Mensch so, wie er ist, mit allen seinen lebendigen gesellschaftlichen Relationen, eine determinierte, lebendige, sich wandelnde Realität ist. Und in seinen Wandlungen ist alles, was seit seinem Ursprung mit ihm geschah, sein gesellschaftliches Leben und Bewußtsein, sein vom tierischen Willen unabhängiger menschlicher Wille, seine Seele, seine Wünsche, Pläne, Freuden und Sorgen, ein ebenso ausschlaggebender Faktor wie die Gegebenheiten, die er mit seiner Tierabstammung geerbt hat. Ein Lieblingsbild der Naturkunde ist jene gewisse Eizelle, in der alles gegeben ist, das gesamte Leben der Gattung im kleinen bis zu ihrem Tode. Nun, in der Eizelle, aus der unsere Gattung herstammt, war doch nicht alles gegeben – so manches haben wir uns noch dazu erworben. Und wenn das der Großartigkeit unserer Tierbeschaffenheit nicht würdig ist, dann verzichten wir höchstens auf diese Großartigkeit und sind keine Tiere.

Wir sind keine Tiere, wir sind keine Tiermännchen und Tierweibchen, sondern wir sind Männer und Frauen. Und unsere Liebe ist nicht Zwang und Schicksal, sondern glückliches Erkennen des Glückes, das wir einander gewähren können. Und die Frau ist nicht nur Körper und der Mann nicht nur Seele, und die Frau ist nicht Verführer und der Mann nicht Verführter, und nicht Achse und Rad, und nicht Sonne und Mond, sondern sie sind umeinander kreisende Doppelsterne, Verführer und Verführter alle beide. Es gibt kein schönes und kein häßliches Geschlecht, sie sind gleich schön füreinander, wenn sie einander und sich selbst lieben, und sie kämpfen gleichermaßen umeinander, wenn nötig, und lassen es sein, wenn es nicht nötig ist. Wenn es aber nicht so ist, sondern umgekehrt, wenn Fluch und Unglück und Demütigung und Erniedrigung und Unterdrückung und Despotie und Elend herrschen, dann liegt das nicht an Natur und Schicksal, sondern an der Feigheit und Dummheit des einen und an dem Egoismus und Machtmißbrauch des anderen. Am schrecklichen sexuellen Elend und Unglück Europas ist nicht die Entartung der Frauenmoral schuld, sondern der selbstmörderische Verfall des Mannesselbstgefühls. Ich sage dies einem Mitmann, eine ungewöhnliche und unmännliche Sache, nicht wahr? – denn im allgemeinen reden Männer doch über Politik und Wissenschaft miteinander; eine so geringfügige und dumme Sache wie das Glück gilt als Nebenthema. Jawohl, ich bete die frauliche Schönheit begeistert an – und dennoch, glauben Sie mir: wenn ich mich auf der Straße nach einem jugendfrischen und lachenden Frauengesicht umdrehe, dann berührt mich nicht die ewige Eva und nicht die Verlockung meines Gegensatzes und Gegenpols, sondern die Verwunderung und Ehrerbietung und vielleicht auch der Neid, daß mein Mitmensch, mein Mit-Ich, der nach Gottes Bild erschaffene Mensch, tatsächlich Gott gleichen will: denn er lächelt und freut sich, daß er lebt. Wenn ich die Straße entlang gehe, kommen mir auch Männer entgegen, von deren Gesicht ich weder Freude noch Gott ablese; ihr trüber, bei Streit und Raub, bei ungern verrichteter, entwürdigender Arbeit und bei unbefriedigter Lüsternheit düster gewordener Blick streift mich argwöhnisch, ihr Gesicht ist schlaff und müde und abgehärmt und eingefallen von Weltkrieg, Revolution und Wirtschaftskrise. Ach, meint Herr Kovács, ein Mann muß nicht schön sein, es genügt, wenn er stark und kräftig ist – haben Sie etwa krankhafte Neigungen, daß Sie Schönheit von den Männern erwarten? Ich nicht, Herr Kovács, aber die Frauen, denken Sie nur, die Frauen haben solche krankhafte Neigungen. Und wenn auch keine Schönheit, so erwarte ich doch, daß sich Menschenwürde in ihren Gesichtern widerspiegelt, und ich schwöre Ihnen, daß diese menschliche, nicht männliche oder frauliche, sondern menschliche Würde im Ausdruck lächelnder Lebensfreude ähnelt; in dieser Zeit bin ich ihr fast nur in Kindergesichtern und Frauengesichtern begegnet, dort sieht man sie, leider nahezu nur dort – ein frisches und gesundes Frauengesicht, das der säuerliche Naturwissenschaftler nur als sexuellen Magneten und als Aushängeschild der Geschlechtlichkeit zu sehen vermag, weckt in mir den Verdacht, daß es dem nach Gottes Bild erschaffenen Menschengesicht ähnlicher ist als zum Beispiel das Ihre, Herr Kovács, das tiefe Gedanken und großartige Ereignisse ablesen läßt; vermutlich zieht mich nicht das Geschlechtliche zu ihm hin, sondern die Kraft, mit der Krankheit und Unglück sich von Gesundheit und Freude angezogen fühlen, unabhängig vom Geschlecht. Meinen Verdacht bestärkt die Tatsache, Herr Kovács, daß die schönen und gesunden Frauen auch einander besser gefallen als Sie ihnen – auf die auffällige Erscheinung in unserer bürgerlichen Gesellschaft ganz Europas, daß sich Frauen grenzenlos anfreunden und füreinander interessieren, daß sie einander in Mode und Gebräuchen nachahmen und daß sie einen Kult mit der Frauenfreundschaft betreiben, sollte man nicht mit dem überlegenen Abwinken des höherentwickelten Mannes oder mit dem hinterhältigen, wollüstigen Zwinkern des schnüffelnden Greises reagieren – wir sollten uns schämen, Herr Kovács, daß die Frauen sich nicht mit uns anfreunden, sondern miteinander.

Aber wie kommt es, daß der Frauenmensch des Jahrhunderts glücklicher ist als der Mannesmensch des Jahrhunderts?

Es ist einfach deswegen so, weil ihr kluger Egoismus seinen dummen Egoismus besiegt hat. Ausgestoßen aus der Gattung, infolge der Negierung ihres uns ähnlichen Ichs zu einem »Genußmittel« befördert und zum »Mittelpunkt der Liebe« erniedrigt, zog sie aus diesem Mißverständnis nicht die für sie nachteilige, sondern die für sie vorteilhafte Konsequenz. Wenn ich ein Genußmittel bin, dann bin ich halt ein Genußmittel, sagte sich die Frau und hütete sich, die einfa-

führung von sich warf, um die Frau mit ihnen auszustatten – wie ein Mann sich mit aller Welt verkracht, um eine Frau zu besitzen, während die Frau sich mit aller Welt verbündet, um einen Mann zu erobern. Und im Tausch gegen den Frieden und die Ruhe, die sie erlangte und in der ihre am eigenen Körper sich erfreuende und ihn beglückende Seele Zeit fand, sich zu entwickeln, ertrug sie gerne die Verachtung des Mannes und seine Anschuldigung, sie sei eigensüchtig und kleinlich und gebe sich nur mit den kleinen Freuden des Lebens ab – mit lauter Dingen, mit denen der Mann sich so gerne abgäbe, wenn er Zeit hätte.

Lieber H. G. Wells, ich stelle Ihre Geduld nicht mehr lange auf die Probe. Der kluge Grundgedanke Ihrer *History of the World*, die Menschengattung durchlebe ihre Kinderjahre – die seltsamen, bereits überflüssigen, zurückdeutenden Gesten unseres Säuglings-, ja Embryoalters seien in unseren Gewohnheiten und Instinkten deutlich erkennbar –, dieser Gedanke, diese Ahnung hat auch mich oftmals getröstet, zeigte es mir das Schlechte doch, das der Pessimismus als ewiges Verhängnis und unsterbliches Schicksal bezeichnet, als vorübergehendes Übel. Daß Blutopfer, Totem und Tabu noch heute in hundertfacher Gestalt in Blüte steht, bedeutet nicht unbedingt, daß dies ewige und unabänderliche Dinge sind, Zubehör der menschlichen Konstruktion – es kann auch bedeuten, daß wir noch sehr nahe bei der weit entfernt geglaubten Quelle sind, aus der sich, mit vielerlei Schlacke und Schmutz und Fruchtwasser vermengt, die *Form* entfaltet, um dann wahrlich bleibend und beständig und kennzeichnend für den Menschen zu sein. Bewegt man sich durch die Zeit, wird nicht allein die Zukunft, sondern wird auch die Vergangenheit immer klarer – wer weit in die Zukunft blickt, der blickt auch weiter in Vergangenes –, das sich verstärkende Licht des Bewußtseins wirft seinen Schein nach vorn und nach hinten: deshalb erinnert sich der Mensch von heute besser an seinen steinzeitlichen Vorfahren als der Bürger Roms, der diesem doch zeitlich näherstand. Die fortschreitende Erschließung der Vergangenheit ist ein entscheidender Beweis dafür, daß wir der Zukunft entgegengehen, daß wir uns entwickeln, daß mit uns etwas geschieht, daß wir uns einem fernen Bergrücken nähern, von dem herab wir gleichzeitig unsere Wiege und unseren Sarg erschauen und uns mit Auge, Herz und Verstand werden orientieren können. Bis es soweit ist, leitet uns der Kompaß eines undeutlichen Gefühls, ein eigenartiger Gleichgewichtsinstinkt, der uns sagt: dies ist gut, das ist nicht gut, hierbei werde ich mich wohl fühlen, dabei nicht, dies deutet nach oben, zum Leben und Erwachen hin, jenes nach unten, zu Schlaf und Tod.

Dieser Instinkt reagiert mit einem entschiedenen, schallenden *Ja* auf die Idee der Liebe und mit einem entschiedenen, schallenden *Nein* auf das modische Schlagwort vom Geschlechterkampf. Mag sein, daß Krieg führen muß, wer Frieden will – aber daß Liebe und Geschlechterkampf nicht identisch sind, bestreitet die Wahrsagerin des »uralten und ewigen Geschlechtsgesetzes« vergebens. Vielleicht ist dieses Gesetz gar nicht so ewig, wie es alt ist. Weder das Ewige noch das Alte ist klar zu sehen, doch es ist wahrscheinlich, daß der Mensch die Gestalt von Mann und Frau angenommen hat, um Lebensfreude und Liebe zu gewinnen, nicht aber, weil er keine andere Art und Fortpflanzung gefunden hätte.

Das wenige ist es im Zusammenhang mit der Frauenfrage, was uns zwei, uns Männer angeht; alles andere ist Männerfrage und gilt den Frauen.

Die Formulierung, daß der Mensch entweder Mann oder Frau ist, hat auch für den Mann einen großen Vorteil und einen großen Nachteil. Von Nachteil ist, daß der Mann seinen menschlichen Stolz schmälern muß – von Vorteil, daß ihm Gelegenheit geboten wird, sich selbst von außen her kennenzulernen, über die Sicht der Frau. Um den *Menschen* kümmert sich die Frau nur wenig; über den Mann – über uns – kann sie uns Nachrichten, kann sie uns ein Bild vom weiblichen Genius, der sich mit dem Mann als Objekt befaßt, vermitteln, wie wir selbst es uns niemals werden machen können, wie ja auch nie eine Frau, sondern immer nur ein Mann ein richtiges Bild von der Frau geben konnte. Aber nur dann, wenn wir gleichrangige Partner in der Liebe sind, wenn keine Seite der anderen den Krieg erklärt hinter dem Banner des *sacro egoismo*. In unserem verfallenden Jahrhundert führt diesen Krieg mit scheinbarem Erfolg die Frau, die den Mann nicht unterstützt, sondern ihn ausbeutet – aber sie wird ihn verlieren müssen, sobald der Mann den Fehdehandschuh aufnimmt und die Frau zu bekämpfen beginnt, nicht auf geistigem und wirtschaftlichem Feld, wo die Frau nicht kämpft, sondern auf ihrem ureigenen Gebiet, in der Kunst des Verführens und Lügens, mit Waffen also, die den ihren ähneln.

Dieser häßliche Kampf würde nur durch eine Revolution vermeidbar, die das sexuelle Elend offen aufdeckt. In dieser Revolution muß die Frau den Mann unterstützen: Sie muß die Losung vom Maskulinismus, von der Männeremanzipation, von der Befreiung des Mannes ausgeben. Nach der Revolution des täglichen Brotes muß die Revolution des täglichen Glückes, des täglichen Kusses folgen. Liebe ist Gefangenschaft, wenn der eine Partner den anderen beherrscht – und jede Frau soll es sich gut merken: Wir Männer preisen die Liebe und begeistern uns für sie, weil wir den Weg zur Freiheit in ihr sehen – und jede Frau sollte sich die unsterblichen Worte unseres Petőfi einprägen:

Freiheit und Liebe
sind all mein Streben!
Für meine Liebe
könnt' ich das Leben,
doch für die Freiheit
die Liebe selbst geben.*

Wie die beiden Greise uns Männern die Gestalten des Schokoladenengels und des Feldwebels, der Manon und der Nora aufzeigten, so biete ich den Frauen zwei Mannesfiguren an:

* Nachdichtung von M. Remané.

Petrucchio und Lohengrin. Welchen wollt ihr? Den für eure Eroberung für euch und mit euch kämpfenden pfiffigen und klugen Burschen, der, wenn nötig, verschlagener und verrückter und unberechenbarer und verlogener zu sein versteht als ihr und der sich eurer bemächtigt, rechtens, denn er wird die Macht nicht so mißbrauchen wie ihr – oder den geheimnisvollen Ritter im weißen Mantel, der für seine Ehre mit einem anderen Mann kämpft und keinen anderen Lohn erwartet, als daß ihr ihn als Lohn anseht, der euch aber gekränkt verläßt, wenn ihr seinen empfindsamen Mannesstolz verletzt.

Was also wollt ihr – Liebe oder Macht?

Das frage ich die Frauen des Jahrhunderts. – Sie aber grüße ich herzlich und voller Ehrerbietung und bitte Sie, meine Grüße auch Ihren Freunden zu übergeben.

Budapest, Juli 1925 Ihr ergebener
Frigyes Karinthy

Es erfüllt mich mit besonderer Freude, daß wiederum mir das Glück zuteil wird, Gullivers sechstes und bisher unveröffentlichtes Reisetagebuch herauszugeben und dem Publikum vorzulegen. Mein trefflicher Vorgänger in der Erforschung und Drucklegung der Gulliverschen Manuskripte und Nachlassenschaften, Jonathan Swift, publizierte vor zweihundert Jahren vier vollständige Tagebücher, die über Gullivers Eindrücke in Liliput, in Brobdingnag, in Laputa und im Lande der Houyhnhnms berichten. Vor nunmehr zwei Jahren entdeckte ich – leider nur als Fragment – eine Kopie des fünften Gulliverschen Originalmanuskriptes, das ich unter dem Titel *Die Reise nach Faremido* bearbeitet habe; die Freunde des vorzüglichen Reisenden und Liebhaber seiner sanften, gottesfürchtigen Ideen erinnern sich gewiß noch an dieses Buch, das, wenn mit den darin enthaltenen wenig bedeutsamen geographischen und völkerkundlichen Angaben auch nicht an den unsterblichen Werken eines Stanley oder Nansen oder auch Vámbéry meßbar, durch die brave und redliche Zuverlässigkeit der Beobachtungen sowie die flammende Vaterlands- und Menschenliebe, die alles überstrahlt, sicherlich jenen Werken zuzurechnen ist, welche jeder Pädagoge guten Gewissens als zur Belehrung und Wissensentfaltung der Jugend wie auch zur Förderung des sozialen Mitgefühls geeignet empfehlen kann – sind dies doch Tugenden, denen man in allen bislang bekannten Schriften Gullivers begegnet. Die nun folgende Reisebeschreibung, die von Capillaria, dem Land des weiblichen Geschlechts, handelt, zeichnet sich, wenn man von den darin enthaltenen Landschaftsschilderungen und den zwar nicht sonderlich anspruchsvollen, doch getreulichen und zuverlässigen topographischen und naturkundlichen Beobachtungen absieht, hauptsächlich durch warme und reine Zuneigung aus und ist somit eine gar nicht genug zu empfehlende Lektüre für alle, die nicht das haarsträubende und kunterbunt Phantastische suchen, sondern Schlichtheit und Aufrichtigkeit, mit welchen unser Autor die idyllische Schönheit des Familienlebens, die glücklichen Freuden des Verhältnisses zwischen Mann und Frau und all die weise von Mensch und Gott aufgestellten Gesetze preist, die es in der bestehenden Gesellschaft Mann und Frau ermöglichen, in edlem Einklang zusammenzuleben und die Fortentwicklung der rühmlichen Menschengattung zu fördern.

Frigyes Karinthy

Erstes Kapitel

Der Verfasser entschuldigt sich, daß er trotz seines festen Vorsatzes zum sechsten Mal auf Reisen geht. Er besteigt als Wundarzt die »Queen«. Das Schiff wird von den Deutschen angegriffen. Der Verfasser fühlt sich in verzweifelter Lage dem Tode nah und gerät unter seltsamen Umständen nach Capillaria

Der Leser wird sicherlich überrascht sein, daß ich mich trotz so vieler bitterer Erfahrungen und nachdem ich es nur den wundersamsten Zufällen zu verdanken hatte, daß ich in Redcliff mein verehrtes Vaterland und meine innig geliebte Familie wiedersehen konnte trotz meines festen Vorsatzes und des meiner geliebten Frau gegebenen Versprechens, mein Leben künftig in Frieden und Ruhe ihr und unseren Töchtern zu widmen, zum sechsten Mal entschloß, als Wundarzt an einer Reise teilzunehmen, deren Ausgang überaus ungewiß erschien.

Dies mag ihm um so absonderlicher vorkommen, als mich mein heißgeliebtes Weib nach meiner Heimkehr aus Faremido in vollem Bewußtsein ihrer Mutter- und Gattinnenpflichten von den vielfältigen Gefahren zu überzeugen versucht hatte, die mit meinen Unternehmungen einhergehen und die Gesundheit meines Körpers und selbst mein Leben so sehr bedrohen, daß ich, wie sie vermeinte, eines Tages ein für allemal außerstande sein würde, meinen Obliegenheiten als Familienoberhaupt, nämlich sie und unsere Töchter zu versorgen, nachzukommen.

Ich vermag diese vorbildliche Haltung meiner angebeteten Frau gar nicht genug hervorzuheben; sie war seinerzeit ein sehr schönes junges Mädchen gewesen, von vielen verehrt und als Ehegattin begehrt; sie aber erwählte großzügig mich, nachdem sie alle Möglichkeiten gegeneinander abgewogen hatte, verband ihr Los mit dem meinen und beschenkte mich mit der Freude, die ihre Liebe mir und ihr gewährte. Für keinen Augenblick ruhte sie, das Privileg der tugendhaften Gattin zu nutzen, das die heilige Aufgabe des Ehelebens bedeutet, indem sie mich mit allen Kräften anspornte, meinen Pflichten als Ehemann gerecht zu werden. Ihr ganzes Leben widmete sie dem obersten Auftrag jedes guten Eheweibes, den Gatten unablässig auf das hinzuweisen und zu dem zu drängen, was ihn vor allem auszeichnen muß: zu aufopferungsvoller Selbstlosigkeit gegenüber der Angetrauten und der Familie. Dieser Aufgabe und Pflicht ordnete sie alle sonstigen Gesichtspunkte und alle liederlichen Freuden unter; selbstlos und voller gläubiger Schwärmerei richtete sie ihr ganzes Trachten darauf, daß ich meinen Mitmenschen mit dem Selbstbewußtsein gegenüberträte, die dem von seiner Frau und seiner Familie entzückten und für sie alles hingebenden und auf alles verzichtenden Mann angemessen ist.

Daß alle Welt mich als diesen idealen Gatten und Mann verehre, war das ganze Bestreben meiner nur um mich besorgten Frau. Oftmals wollte ich in leichten Vergnügungen Vergessenheit suchen, wenn ich den Glauben verloren hatte, von Melancholie heimgesucht wurde oder von der schweren Arbeit, mit der ich meiner Familie den Lebensunterhalt sicherte, erschöpft war – ihr starker und selbstloser Wille rettete mich davor, daß meine Enkel von mir dereinst als von einem leichtsinnigen und garstigen Menschen sprechen, der sich nicht im geringsten um seine Angehörigen kümmerte. Sie wies mich darauf hin, hier und da und dort lasse sich noch ein wenig Geld verdienen, wenn ich mir Mühe gäbe. Sie ließ sich von mir begleiten, wenn Sie einen Hut oder ein Kleid kaufen wollte, um mit solchem Zierat vor meinen Freunden und ihren Freundinnen beweisen zu können, wie brav und gut ihr Gatte sei. Ohne Pause ermunterte und beflügelte sie mich zu Güte, Selbstlosigkeit und Selbstaufopferung, den schönsten christlichen Eigenschaften, und versuchte mir immer wieder Gelegenheit zu verschaffen, daß ich mich dieser Eigenschaften ihr gegenüber befleißigte. Des Morgens weckte sie mich, wenn ich faul und träge noch weiterschlafen wollte, und sie schickte mich arbeiten, wenn mich ziellose Träumereien heimsuchten; kurz, sie tat alles, meinen guten Ruf zu bewahren.

So erreichte sie mit der Zeit, daß ich als einer der anständigsten und zuverlässigsten Bürger weit und breit galt. Als die Deutschen mein heißgeliebtes Vaterland überfielen, das, in seiner Unschuld nicht vorbereitet auf solche menschliche Bosheit, gerade bemüht war, sich Griechenland einzuverleiben und sich mittels der Vertreibung des Königs von Transvaal einige deutsche Kolonien zu eigen zu machen, rief die Empörung über diese Unrechtshandlung alle redlichen Männer, und so auch mich, zu den Waffen. Die flammende Losung, unsere schwachen Frauen und Kinder müßten geschützt werden, ließ meinem angebeteten Weib Tränen in die Augen schießen, und als enthusiastische Tochter des Vaterlandes, für das sie alles zu opfern bereit war, zögerte sie keinen Augenblick, für dieses Ziel notfalls auch mein Leben hinzugeben. Sie ermunterte mich, so rasch wie möglich den Militärdienst anzutreten.

Anfangs leistete ich Garnisonsdienst in Liverpool. Mein Leben gestaltete sich zu dieser Zeit sehr schwierig; zum einen wurden meine Kräfte stark in Anspruch genommen von der Arbeit, in der ich selbstlos und unentgeltlich meinen Kameraden zu Hilfe eilte, die sich im Interesse des heiligen Zieles, der Verteidigung unserer schutzlosen Frauen gegen die Barbaren, zusammentaten, und zum anderen bereitete mir die Beschaffung des Lebensunterhaltes für meine Frau und meine Töchter immer größere Sorgen. Unverzüglich auf das Feld des Ruhmes zu eilen, davon hielt mich hauptsächlich die Befürchtung zurück, mein liebes Weib müsse dann mit der geringen und unzulänglichen Beihilfe auskommen, die der Staat den Angehörigen der Eingezogenen gewährte.

Meine verehrte Gattin, die eine solche Verletzung meines

Stolzes verständlicherweise mißbilligt hätte, fand schließlich eine Lösung, die vollauf meinem Selbstbewußtsein als Familienvater entsprach und mir meine ein wenig bereits erschütterte Gelassenheit zurückgab. Sie überredete mich, mein Leben bei einer gerade zu jener Zeit ins Leben gerufenen Gesellschaft versichern zu lassen; die Versicherung ging in Anbetracht des Umstandes, daß ich eine militärische Person war, nicht leicht vonstatten und wurde nur mittels einer sehr hohen Jahreseinzahlung möglich.

Die Beschaffung dieser Jahressumme erschöpfte mich in solchem Maße, daß ich mich 19 . . . freiwillig zum Einsatz im Felddienst meldete.

Als Wundarzt wurde ich dem Handelsschiff »Queen« zugeteilt, das die Aufgabe hatte, unter militärischem Geleitschutz den Handelsverkehr zwischen England und Amerika auf den gefährdeten Routen aufrechtzuerhalten, die durch die Patrouillenbereiche deutscher Unterseeboote verliefen.

So verabschiedete ich mich am Vormittag des sechsundzwanzigsten Juni neunzehnhundert . . . von meiner geliebten Frau, die in heftiges Weinen ausbrach, sich jedoch alsbald beruhigte und mich, wie es sich für die Gattin eines braven Soldaten gehört, auf meine Pflichten hinwies.

Am Nachmittag desselben Tages ging ich mit wenig Gepäck und Ausrüstung an Bord, wo ich vom Kommandeur des Schiffes die Anweisungen bezüglich meiner Aufgaben entgegennahm. Wir liefen bei günstigem Wind aus, löschten einige Tage später einen Teil unserer Ladung in der irischen Stadt G . . . und erreichten am dritten Juli offene See.

Einige Tage lang reisten wir ohne besondere Zwischenfälle. Am sechsten Juli befanden wir uns 13 Grad 27 Minuten und 1 Sekunde nördlicher Breite und 49 Grad 22 Minuten 36 Sekunden westlicher Länge. An diesem Tag übermannte mich, wie ich gestehen muß, eine unverständliche und liederliche Heiterkeit, die in krassem Gegensatz zur traurigen Lage meines geliebten Vaterlandes stand, was mir der Leser nur verzeihen kann, wenn ich ihm verrate, daß ich zuvor eine kleine Menge alkoholhaltiger Getränke genossen hatte. Ich war also guter Laune, und ich sang sogar, was ich nur eingestehe, weil ich entschlossen bin, alles so zu berichten, wie es geschehen ist, und das Geschehene nicht nach der Art der Reisenden zu beschönigen, die nur nach äußeren Effekten haschen. Am Nachmittag dieses Tages erhielt ich von meiner Frau eine Depesche, in der sie mich wissen ließ, es gehe ihr gut, ihr Kopfweh sei verflogen, sie habe sich sehr preisgünstig ein Paar Handschuhe gekauft, und mir werde auch nichts Schlimmes widerfahren, wenn ich gewissenhaft meine Aufgaben erfüllte.

Nachdem ich die Depesche gelesen hatte, fühlte ich mich wie vom Blitz getroffen, und Schrecken und Verzweiflung marterten mich. Denn mir fiel ein, daß ich versäumt hatte, in der vorangegangenen Woche die fällige Rate jener Lebensversicherung zu zahlen, die nach meinem Ableben meine angebetete Frau in den Genuß von zwanzigtausend Pfund Sterling versetzen sollte; diesen Betrag würde ich der Gesellschaft nunmehr erst in einer Woche zukommen lassen können, und falls mir bis zu diesem Zeitpunkt ein Unglück zustieße, wären alle bisherigen Einzahlungen verloren, und meine Frau erhielte keinen rostigen Penny. Ein wenig Trost fand ich schließlich in der Überlegung, daß in diesem Falle mein Geld bei der Versicherungsgesellschaft bliebe, die eine staatliche Einrichtung ist und sich im Besitz des teuren Staates befindet, für den ich bereitwillig Leben und Blut geopfert hätte, um seine schwachen und schutzlosen Frauen und Kinder zu beschützen.

Hin und her gerissen zwischen solchen Zweifeln und Ängsten, wachte ich in den zehnten Juli hinein, den Tag, der für mich unvergeßlich werden sollte. Am Abend dieses Tages lockte mich ein fürchterliches Geschrei an Deck. Unsere Leute liefen kopflos umher, der Kommandeur brüllte heisere Befehle. Ich erfuhr bald, unser Schiff sei vom Torpedo eines deutschen Unterseebootes getroffen worden, und zwar gänzlich unerwartet, da in diesen Gewässern – wir befanden uns soeben über einem der tiefsten Punkte des Ozeans – mit einem Angriff nicht zu rechnen gewesen sei.

Mir kam sofort die versäumte Versicherungszahlung in den Sinn, und vor meinem geistigen Auge sah ich meine geliebte Gattin mich vorwurfsvoll anblicken, so daß vor Schmerz auch ich in lautes Geschrei ausbrach. Schon sank unser Schiff, und ich fand nur noch Zeit, mit zwanzig anderen in ein Rettungsboot zu springen. Wenige Minuten später war die stolze »Queen« samt Ladung in den aufgepeitschten Wogen versunken.

Ich hoffte, ein Kreuzer würde uns aufnehmen, doch leider fand der Dämon des Unglücks Gefallen daran, dem Wermutsbecher meiner Leiden noch eine Krone aufzusetzen: Nach drei Stunden ließ ein gewaltiger Knall die Luft erbeben – unser Boot war auf eine frei treibende Miene gelaufen und zerbrach in Stücke. Ich wurde ins Wasser geschleudert. Eine Weile versuchte ich, mein Leben durch Schwimmen zu retten, und ich verfluchte bitterlich jenen Augenblick, da ich nach so vielen traurigen Erfahrungen zum sechsten Mal den Schritt ins Unbekannte gewagt hatte.

Auf einmal erfaßte mich ein Strudel, meine Kräfte ließen nach. Ein letztes Mal schlug ich die Augen auf, um Abschied zu nehmen von den sonnendurchschienenen Wolken des Himmels, die so friedlich in der Höhe dahinsegelten, dann breitete ich die Arme aus und übergab meinen matten Körper schweigend den Tiefen. Einige Augenblicke lang sank ich, sanft mich drehend, in dem durchscheinend grünen Naß abwärts – ich erinnere mich, wie ich mit ganz naiver Verwunderung das komisch aufgesperrte Maul eines flachen roten Fisches gewahrte, der gegen meine Nase stieß und gleich erschrocken zurückwich. Auch ich öffnete den Mund, um den Tod entgegenzunehmen, ich sperrte ihn – so merkwürdig es klingen mag, es ist die Wahrheit – ein paarmal weit auf, als wollte ich rasch von den Fischen noch lernen, wie man unter dem Wasser lebt und atmet.

Danach verlor ich offenbar das Bewußtsein, und ich weiß nicht, ob dieser Zustand Minuten oder Stunden anhielt, jedenfalls glich er voll und ganz dem Tode.

Zu mir gekommen, fühlte ich mich von etwas Lauem und

Weichem umgeben, und als ich gewahrte, daß ich am Leben war, nahm ich an, man hätte mich aus dem Wasser gefischt und an Deck irgendeines Schiffes gezogen. Doch als ich die Augen öffnete, sah ich über mir zu meiner größten Verblüffung nichts als dichtes, grünes Wasser, durch das nie vorher beobachtete Fische, Schlangen und Echsen huschten; ich hob einen Arm und nahm den Widerstand des Elementes wahr. Meine Ohren störte ein sonderbares Rauschen und Sausen; ich ertastete das eine mit den Händen und fühlte an seiner Stelle eine runde, vielleicht handgroße Büchse oder Scheibe, die wie eine Muschel an der Schläfe haftete. Am anderen Ohr machte ich ein gleiches Gerät aus. Staunend wurde mir bewußt, daß ich ganz regelmäßig und ruhig durch den Mund atmete.

Ächzend setzte ich mich auf. Da vernahm ich ein Rauschen neben mir, und zur Seite blickend, gewahrte ich im blassen und weichen Hintergrund des durchscheinenden Nasses, fast zusammenfließend mit dem Horizont, den zerrissene Bergketten säumten, einen wunderschönen Frauenkopf, dessen Blick staunend und fremd auf mich gerichtet war.

Zweites Kapitel

Der Verfasser begreift, daß er auf sonderbare Weise lebendig auf dem Meeresgrund weilt. Ein erster Erkundungsgang. Seltsame Bauwerke. Merkwürdige Gewächse. Eine unbekannte Tierart. Der Verfasser wird von den Eingeborenen gefangengenommen

Die Vision – denn nur als eine solche konnte ich mit benommenem Hirn und fiebernden Augen den Anblick deuten – währte nur wenige Augenblicke, dann schwand sie langsam und wie ein zerfließendes Nebelschleierbild in dem schillernden Bläulichgrün des Hintergrundes dahin.

Ich erhob mich und befühlte scheu und verwundert meine Glieder, wobei ich feststellte, und jeder Zweifel war ausgeschlossen, daß ich lebendig und bei Sinnen war, wenngleich, an den außergewöhnlichen Umständen gemessen, nicht in dem Maße und nicht auf die Weise, wie man es auf dem trockenen Festland ist. Um mich herum und über mich wogten endlose Massen durchsichtigen Wassers – aber meine Füße standen auf festem Boden, der sich jedoch nach einigen Metern meiner Sicht entzog. Diesen Boden bedeckten eigenartige Gewächse; ganz in der Nähe bemerkte ich einen seltsam leuchtenden Teich oder Tümpel, ein Stückchen weiter einen sanften Anhang mit undeutlichen Konturen. Woher dies alles seine Helligkeit gewann, wußte ich noch nicht, im übrigen aber mußte ich einsehen, daß ich mich, so unwahrscheinlich es anmutete, sehr tief unter dem Meeresspiegel befand, sicherlich auf dem Meeresgrund, und daß ich am Leben war. Als ich dies erkannte, befiel mich für einen Augenblick ein riesiger Schreck, und ich glaubte, gleich würde ich sterben und mein gegenwärtiges Wachsein wäre nur ein letztes Aufbäumen der Kräfte eines Sterbenden, mit dem mir mein grausames Schicksal einmal noch meinen Sarg und den Ort meines Untergangs zeigen wolle. An meine Frau und meine Kinder denkend, griff ich mir verzweifelt an den Kopf, und da gewahrte ich neuerlich die beiden seltsamen, muschelartigen Gegenstände, die an meinen Schläfen hafteten und meine Ohren fest abdeckten.

Im selben Augenblick wurde mir klar, daß mein Überleben in engem Zusammenhang mit diesen beiden Muscheln stehen mußte. Ohne Zweifel: die Lunge hob meinen Brustkorb in gleichmäßigem Rhythmus, und in ihr arbeitete das Gemisch aus Sauerstoff und Stickstoff, das Grundvoraussetzung allen organischen Lebens ist – ich gewahrte es am Pulsieren meines Blutes und am Schlagen meines Herzens. Es dauerte eine gute Minute, bis ich erfaßte, daß diese Elemente mir nicht durch Mund und Nase in die Lunge drangen, wie es gewöhnlich geschieht, sondern durch die Ohren, und zwar offensichtlich mittels der über ihnen liegenden Muschel oder Vorrichtung.

Mir fiel sogleich ein, was ich in der Schule gelernt hatte: daß die im Wasser lebenden Tiere ebenso Sauerstoff einatmen wie wir und daß auch sie eine Lunge haben, nur daß der Sauerstoff durch ein entsprechendes Organ, die Kiemen, dem Wasser entzogen wird. Offenbar hatte mich also jemand unverständlicherweise mit einer solchen Kiemen entsprechenden Vorrichtung ausgestattet, während ich bewußtlos dalag – mit künstlichen Kiemen, wie es ja auch künstliche Beine und Hände und selbst mit Mikrofonen versehene künstliche Ohren gibt. Ich spürte deutlich, daß es nicht anders sein konnte, und ich stellte, wie ich mich entsinne, solche Überlegungen an: Wie sonderbar, daß der siegreiche menschliche Verstand, der Augen konstruierte, die, in fotografische Kameras eingebaut, das menschliche Auge übertreffen, und Ohren, die, als Telefon verwendet, dem menschlichen Ohr überlegen sind, und schwere Körper, mit denen er sich mittels einer Luftschraube zu den Wolken emporheben kann, dem Beispiel der Vögel folgend – daß der Verstand bisher noch nicht daran gedacht hat, auch die endlosen Tiefen der Ozeane in Besitz zu nehmen, indem er nach dem Vorbild der Kiemenatmung eine Vorrichtung ersinnt, die durch deren vollkommene Nachahmung den Menschen zu einem frei und uneingeschränkt sich bewegenden Fisch macht, wie das Flugzeug ihn in einen Vogel verwandelt.

In diesem Augenblick war ich überzeugt, diesmal in ein Land geraten zu sein, wo diese Frage längst gelöst war. Da erwachten meine Abenteuerlust und der Erkundungsinstinkt, der mir mein Leben lang soviel Unheil bereitet hatte (und den mir der Leser hoffentlich deshalb verzeihen wird, weil es mir diese innere Unruhe ermöglichte, die Geschichte der Reisebeschreibungen um einige bescheidene und anspruchslose Erkenntnisse zu bereichern), und mein nächster Gedanke war, daß ich herausfinden sollte, was für Eingeborene es seien, die dieses Land bewohnten. Ich mußte vermuten, daß es sich um hochentwickelte Wesen handelte, die in der Mathematik und den mit ihr verbundenen technischen Wissenschaften möglicherweise noch weiter fortgeschritten waren als die Bewohner der Festländer – hierauf ließ zumindest die Erfindung der künstlichen Kiemen schließen.

Ich sagte mir, die Eingeborenen könnten gar nicht weit entfernt sein, da sie wohl wenig Zeit benötigt hatten, mich rechtzeitig mit den Kiemen auszustatten, bevor ich ertrank; inzwischen mochte höchstens eine halbe Stunde vergangen sein. Nachdem sich meine Augen ein wenig an die rätselhafte Helligkeit gewöhnt hatten, begann ich mich mutiger zu bewegen. Indem ich mit den Armen Schwimmbewegungen ausführte, ging ich vorsichtig auf den leuchtenden Tümpel zu. Zähe Ranken und Gräser wanden sich um meine Beine, ich mußte um jeden Schritt kämpfen. Ich wirbelte feinen, rötlichen Sand auf, aus dem fischartige Wesen mit ungewissen Konturen, mit sich schlängelnden Fühlern und mit Flossen ausgestattet, ausschwärmten. Mein Auge reichte jetzt bereits ein wenig weiter. Hinter dem Tümpel machte ich regelmäßige, in die Höhe ragende Linien aus, die mich in der Vermutung bestärkten, ich befände mich in einer von intelligenten Wesen besiedelten und bebauten Gegend. Mühsam erreichte ich das Ufer, vor mir lag der blendende Spiegel eines glänzenden Teiches. Betroffen erkannte ich, daß es auf diesem Meeresgrund eine vom umgrenzenden Wasser streng abgetrennte Flüssigkeit gab, deren Oberfläche von unbekannten Kräften gekräuselt wurde. Bald begriff ich. Als ich mich über den Spiegel beugte, sah ich mein erschrockenes, blasses Gesicht mit den undeutlichen Flecken des krampfhaft aufgerissenen Mundes und der geblähten Nasenflügel sowie mit grünen Scheiben an den Ohren. Ich bückte mich, tauchte die Hand in die Flüssigkeit, schöpfte ein wenig von dieser und nahm sie in Augenschein. Ich sah bleiig glänzende Kugeltropfen, die mir flink von den Fingern rollten. Da wußte ich, daß ich Hydrargyrum in der Hand hielt, gewöhnlich Quecksilber genannt; dieses flüssige Metall hatte sich hier auf dem Meeresgrund in einem Teich gesammelt.

Während ich über eine kleine Landzunge schritt und dann knöcheltief durch das Quecksilber watete, beobachtete ich zahlreiche, der maritimen Naturwissenschaft unbekannte Arten von Fischen, Algen, Meeresspinnen, Krebsen, Schlangen und sonstigen Amphibien, mit deren näherer Beschreibung ich den Leser nicht langweilen möchte; das alles überzeugte mich, daß ich mich in einer Tiefe aufhielt, aus der die Meeresbodenforschung bisher noch keinerlei Kunde erhalten hatte. Am anderen Ufer blieb ich überrascht stehen: Zwischen zwei Felsriffen hindurch erblickte ich eine Säule oder einen Turm, aus regelmäßigen Ringen errichtet und nach oben sich verjüngend, ungefähr zwanzig Meter hoch. Auf den oberen Ringen bemerkte ich ein unbestimmtes, flinkes Gewimmel, und mir war, als ob kleine schwarze Flammen züngelten.

In der Hoffnung, bald mehr zu erfahren, näherte ich mich dem sonderbaren Bauwerk. Wie sich zeigte, befanden sich in den Ringen rundherum und in gleichmäßigen Abständen handgroße Fensterchen. Voller Freude entdeckte ich beiderseits der Öffnungen kunstvolle Ornamente, die mir besagten, daß ich vor dem Werk nicht nur intelligenter, sondern auch kultivierter Wesen stand. Ich bückte mich, um durch ein Fenster ins Innere zu spähen, als vom Rand des Gesimses über der Öffnung erschrocken etwas hochfuhr und rasch auf den nächsthöheren Ring hinaufkroch, wo es sich umwandte und keuchend, erschrocken und zitternd auf mich zurückblickte.

Die merkwürdige Bewegung, mit der dieses Etwas sich bewußt zu mir hinwandte, verblüffte mich derart, daß wir uns minutenlang anstarrten, bis ich allmählich zur Besinnung kam. Was ich sah, ließe sich leichter aufzeichnen als in Worten schildern. Das sonderbare Tier – wenn es ein solches war – mochte zweiundzwanzig bis fünfundzwanzig Zentimeter lang oder hoch sein. Der zylindrische, längliche Körper erinnerte auf den ersten Blick an den eines Aals. Doch ich bemerkte gleich, daß es sich nicht um einen Fisch oder eine Schlange handelte – es besaß einen Kopf, einen Hals und einen Rumpf sowie viele komplizierte Gliedmaßen. Was mich anfangs verwirrte, war vermutlich der Kopf: Dieser hatte ein Gesicht in dem Sinne, wie man es auch vom Menschen sagt. Unter dem breiten, höckerigen, kahlen Schädel und der sehr hohen Stirn lagen in tiefen Höhlen zwei blinzelnde, flackernde Augen, die Nase ersetzten zwei Öffnungen, darunter verdeckte ein langer Bart den Mund. Aus dem dicken, kräftigen Hals ragten zwei sehr schmale Arme hervor, die in winzigen Händen endeten, und hinten zwei weitere, breite und flache, Flügeln nicht unähnlich, und tatsächlich zuckten diese beiden Zwillingsarme in furchtsamen Schwirrbewegungen, wenn das Wesen sich rührte. Beiderseits hingen kleine, fühlerartige Fortsätze herab; die beiden Beine waren breit und kräftig, fast kugelförmig und mit Flossen, Zehen und Nägeln oder Klauen ausgestattet.

Unmöglich ließ sich feststellen, welche Glieder das Wesen zur Fortbewegung benutzte, ebensowenig, ob es auf dem Bauche kroch oder aufrecht auf den Beinen ging oder aber mittels der kümmerlichen Flügel im Wasser schwebte. Überhaupt wirkten alle Gliedmaßen wie jämmerliche Rudimente einstiger Organe oder wie die primitive Grundform gerade erst sich entwickelnder Körperteile. Das Wesen hatte alles an sich, was in der Naturkunde die verschiedenen Gruppen voneinander unterscheidet: Füße, Hände, Flügel, Flossen, auch Behaarung, Gefieder und Schuppen, doch alles in unausgebildetem oder rückgebildetem Zustand, als hätte die Natur ein Versuchsmodell geschaffen, um daran flüchtig ihre Möglichkeiten auszuprobieren und diese dann bei anderen Tieren anzuwenden – so, wie im Schaufenster des Orthopäden Puppen zu sehen sind, die aus künstlichen Armen und Beinen und Schädeln und Bruchbändern zusammengesetzt sind. Säugetier, Fisch, Vogel und vielleicht auch Wurm in einer Gestalt – und was am sonderbarsten war, das Wesen hatte (ich erwähne dies nur als komische Impression) insgesamt etwas Menschliches an sich. Gewiß, eine Hauptursache meiner Verblüffung war der menschenhafte Blick, der sich unter der hohen Stirn und über dem struppigen Bart hervor auf mich richtete.

Ich bitte meine heißgeliebten Landsleute um Nachsicht, daß ich das seltsame Insekt, wenn auch nur flüchtig, mit einem Menschen verglich; aber wir wissen, daß gerade die Meeresfauna sehr häufig mit solch äußerlichen, komischen Ähnlichkeiten aufwartet. Wer kennt nicht das in Aquarien oft zu sehende Seepferdchen, ein Fischchen, dessen Kopf an den eines Pferdes erinnert, oder den Plattfisch, der mit seinen runden Augenbrauen und herabgekrümmten Mundwinkeln eine menschliche Leidenschaft, Trauer oder Erschrokkenheit, auszudrücken scheint?

Daran mußte ich denken, als ich mich von meiner Überraschung erholte. Ich streckte die Hand aus, um das sonderbare Tier zu berühren (während meiner Irrfahrten triumphierten Neugier und Wissensdurst stets über meine Abscheu), doch dieses gab einen scharfen, schnarcherartigen Laut von sich und entglitt meinen Fingern. Im nächsten Moment war es meinen Blicken entschwunden.

Ich umrundete den Turm, durch die Öffnungen immer wieder ins Innere schauend. Mir kam es vor, als flackerten mir aus dem Dunkel Augen entgegen und als nähmen immer wieder dem vorigen ähnliche Würmer vor mir Reißaus, sobald ich mich ihnen näherte. Drei oder vier meinte ich hinter dem einen Fenster deutlich zu erkennen, doch gleich waren sie wieder verschwunden. Aus dem regen Gewimmel, das den Eindruck lebhafter, eifriger Tätigkeit vermittelte, ohne daß ich etwas Genaues ausmachen konnte, mußte ich schließen, daß das Innere des Bauwerkes angefüllt war mit diesen Lebewesen, die sich jetzt, da ein fremdes und ihnen eigenartig vorkommendes Tier vor ihnen auftauchte, erschrocken zurückzogen.

In der Annahme, sie würden sich wieder zeigen, wenn ich mich ein paar Schritte zurückzöge, spazierte ich von dannen und schlug einen schmalen Pfad ein. Da bot sich mir ein anderer wundersamer Anblick dar, der mich die abstoßenden Würmer völlig vergessen ließ.

Am Ende des Pfades ragte ein riesiger, prachtvoller Palast auf, ein kolosseumsartiger Rundbau aus einem rosafarbenen, marmorähnlichen Material. Die hohen, stolzen Wände verloren sich im Dämmerlicht, so daß ich das Dach nicht sehen konnte. Doch was ich sah, war so phantastisch, daß ich wie angewurzelt stehenblieb.

In dem prächtigen, gewölbten Portal stand eine Frauengestalt – schön wie ein Traum, vollkommen wie das Werk eines Künstlers. Sie war groß und statuenhaft, sie mochte höher als zwei Meter sein. Ihre Kleidung vermochte ich nicht genau zu erkennen, sie schien in Wolken eingehüllt zu sein. Am auffälligsten war ihr Haar, ein goldblonder Strom, der weich und wellig im Wasser wogte und sich in der Ferne verlor, als wäre er ohne Ende.

Sie erblickte mich sofort und rief etwas ins Innere des Palastes, dann drehte sie sich unbeschreiblich anmutig um und lief hinein. Ich weiß nicht, wie mir zumute war; ich erinnere mich nur, daß ich keuchend und atemlos am Portal anlangte und dann durch ein geräumiges, rundes Vestibül und üppig verzierte, mit Fliesen ausgelegte Korridore lief. In meiner Aufregung nahm ich anfangs nicht wahr, daß mich etwas im Laufen behinderte: glatte, goldgelbe Fäden hatten sich mir um die Hände, den Hals und die Beine gewickelt. Plötzlich fiel ich der Länge lang hin und konnte mich nicht mehr bewegen. Tausende und aber Tausende Fäden hielten mich umstrickt, dicht wie ein Gewebe, ein Kokon oder ein Netz; die festen, dünnen Fädchen kreuzten sich vielfach vor meinen Augen. Ähnliches wie ich in diesen Augenblicken mag die Brummfliege empfinden, wenn sie mit ihrem dummen Kopf das Netz der Spinne zu durchbrechen versucht und in ihm hängenbleibt.

Drittes Kapitel

Eine Beschreibung der Eingeborenen. Bautätigkeit in Capillaria. Der Verfasser stellt sich vor und versucht sich verständlich zu machen. Die erste Mahlzeit in Capillaria

Meine Überraschung war um so größer, als die Fäden die mich fesselten, kaum zu sehen waren, zumindest nicht für meine Augen oder in diesem Wasser. Ich muß anmerken, daß die Beleuchtung in jenem Land völlig ausreichte, daß ich mit meinen irdischen Augen gerade noch die geringsten Details wahrnahm, so, als ginge man durch einen englischen Park im mittäglichen Sonnenschein: Das gleichmäßige Licht hat keinen Mittelpunkt, und deshalb ist der Schatten in Capillaria ein unbekannter Begriff, wohingegen es an Schattierungen durchaus nicht mangelt; diese reichen vom hellen Rosa bis zum tiefen Bordeaux, vom blassen Lila über alle Färbungen des Regenbogens bis zum grellen Gelb und zum schreienden Rot.

Über das alles zu sprechen werde ich noch Gelegenheit finden. Vorerst nur soviel, daß das zähe Gewebe, in dem ich mich verfangen hatte wie die Fliege im Spinnetz, unendlich fein und kaum ertastbar war. In diesem Zustand lag ich minutenlang auf dem Rücken und betrachtete staunend das kuppelartige Vestibül, das sich über schlanken Bögen in der Höhe rundete. Die Bauweise wirkte monumental mit ihren riesigen, schwindelerregenden Säulen, die aussahen, als wären sie für ewige Zeiten zur Errichtung eines himmelhohen Palastes errichtet worden. Diese Säulen ruhten auf gewaltigen Blöcken, die für unvorstellbare Gewichte gedacht zu sein schienen. Ich mußte annehmen, diese Gegend sei von Riesen bewohnt, von furchtbaren Geniussen, von unbekannten Halbgöttern – doch dem widersprach, was ich zuvor gesehen hatte.

Übrigens hatte alles, was ich wahrnahm, etwas Unfertiges, Unterbrochenes, Provisorisches an sich. Den monumentalen Säulen fehlte das Kapitell, die Deckenkonstruktion war hastig und notdürftig aus Brettern zusammengezimmert. Am erstaunlichsten jedoch war der Widerspruch zwischen der Architektur des Palastes und seiner Einrichtung. Kindlich naive Kinkerlitzchen bedeckten die schroffen Marmorwände, Spitzenvorhänge und Bildchen, dazu gesellten sich verspielte kleine Möbelstücke, zerbrechliche Regale, nutzlos und vollgestopft mit exotischen Früchten und Blumen – ein Stil, der an die bunte und grazile und belanglose japanische Kunst erinnerte.

Während ich hierüber nachsann, fuhr mir das Wasser sanft wie ein Windhauch über das Gesicht. Ich hob schwerfällig den Kopf, und vor Überraschung hätte ich kein Wort über die Lippen bringen können: Ganz nahe bei mir, kaum drei Schritte entfernt, stand jetzt die Erscheinung, die mich vorhin schon so betört hatte: die großgewachsene, sehr schlanke und doch mit vollen Formen ausgestattete Frauengestalt, bekleidet mit einem rosafarbenen Mantel, im schwebenden Haar Blumen von schönster Farbe. Ihr lächelndes Gesicht verriet keinerlei Verwunderung oder Furcht – es war schön, unglaublich schön, materielos schön; die sanften blauen Augen schwammen wie zwei Edelsteine über den durchscheinenden Lippen; nirgendwo harte, eckige Linien, nirgends eine Spur des Knochengerüstes unter der Haut. Sie hatte die kleinen, länglichen Hände ans Kinn gehoben und blickte mich gelassen lächelnd an. Ich murmelte etwas wie einen Gruß; ihre stolze Haltung ließ mich eine vornehme Dame in ihr vermuten, und da ich nicht wußte, ob sie eine verheiratete Frau oder aber ein unverheiratetes Mädchen war, redete ich sie taktvoll als Mylady an.

Sie zog die Augenbrauen hoch, dann lachte sie plötzlich hell auf. Zugleich schüttelte sie mit einer raschen und heftigen Bewegung den Kopf, so daß das in violettem Glanz liegende Wasser um mich herum aufrauschte, und im selben Augenblick spürte ich, wie sich meine Fesseln lösten. Ich setzte mich auf, und als ich sah, daß die schöne Vision nochmals ihren Lockenkopf schüttelte, erhob ich mich auf die Füße.

Nun standen wir einander gegenüber. Ich verneigte mich leicht vor ihr und sagte einige Sätze in englischer Sprache, ziemlich selbstbewußt, wenn man bedenkt, wie merkwürdig meine Lage und wie groß meine Verlegenheit war; da ich mich in einem fremden Land befand, vermeinte ich, sogleich den Anspruch meines geliebten Vaterlandes auf die von mir entdeckte Provinz unterstreichen zu müssen. Ich berichtete, ich sei der Wundarzt Gulliver, habe meine Studien an den besten englischen Universitäten absolviert und gehöre der Vereinigung Englischer Wundärzte an. Nur kurz ging ich auf meine Verdienste um die Bereicherung der Literatur meines verehrten Vaterlandes ein, und ich erwähnte auch den Preis, den mir kurze Zeit vor meiner Reise die National Academy für meinen Aufsatz »Die Rolle der Schleimhäute in der Geschichte der geistigen Entwicklung der Menschheit« zuerkannt hatte. Schließlich vermeldete ich, mein Weib und meine Kinder gehörten zu den beliebten und geschätzten Mitgliedern der besseren Gesellschaft von Redcliff und ich hätte das Glück gehabt, als Soldat einer der ersten gewesen zu sein, die in dem uns aufgezwungenen Verteidigungskrieg um die Besetzung Deutschlands in die Armee und zu den Waffen gerufen wurden.

Als ich, nachdem ich mich auf diese Weise kurz vorgestellt hatte, das Gesicht hob, bemerkte ich verwundert, daß sich inzwischen ungefähr zwölf weitere und der ersten Dame sehr ähnliche Eingeborene vor mir versammelt hatten; sie waren so lautlos herbeigehuscht, daß ich ihr Kommen nicht wahrgenommen hatte. Sie sahen sich alle recht ähnlich, und wenn ich behaupte, daß eine immer schöner als die andere war, so bediene ich mich nur der bekannten volkstümlichen Ausdrucksweise – in dieser Minute vermochte ich kaum Unterschiede auszumachen. Ich war bereits drauf und dran, in

Anbetracht der neu Hinzugekommenen meine Vorstellungsansprache zu wiederholen, als mir die mir am nächsten stehende Dame mit einer knappen Geste die Worte im Halse ersticken ließ: Weich und lächelnd und so, wie ein Vogel seine weißen Flügel anhebt, schlug diese Dame unvermittelt ihren flaumigen Mantel auf – und im nächsten Augenblick stand sie splitternackt vor mir.

Mit Rücksicht auf meine englischen Bekannten betone ich, daß die Überraschung, die sich meiner bemächtigte, selbstverständlich auch von dem obligatorischen Scham- und Ehrgefühl herrührte, das mir als Familienvater und Gatte innewohnt, doch ich muß gestehen, daß mich das, was ich jetzt sah, nicht weniger überraschte. Der Körper dieser Dame – und auch, wie sich zeigte, aller anderen, die mich umstanden – beinhaltete zum einen in seinen Formen all die Schönheit und all den verfeinerten Liebreiz, worauf irdische Frauen je stolz sein durften, und übertraf zum anderen in der einmaligen Beschaffenheit seiner Substanz alles und jedes, was wir uns über die Zartheit des lebendigen, organischen Körpers jemals vorzustellen vermochten. Die Meereszoologie kennt einige sehr seltene Fischarten, auf die sie rein zufällig stieß – im Wasser nämlich sind sie nicht sichtbar, da ihre Körper durchscheinend sind wie das Wasser selbst. Die Körper dieser Damen nun, deren seidige Haut sich über zarte und biegsame Formen spannte, ließen in einem durchscheinenden Leuchten, das an Milchglas oder eher noch an edelsten Perlmuttopal erinnerte, auch die inneren Organe erahnen.

Ich erinnere mich deutlich, daß ich bereits beim ersten Blick bemerkte, daß hinter der vor mir stehenden Frau eine weitere stand – ich sah sie undeutlich durch den näheren Körper hindurch. Und in diesem Körper sah ich auch das Skelett, doch nicht als das übliche grobe Netz, wie man es hinter der Glasscheibe in den Kliniken erkennt, sondern diese Knochen schienen aus biegsamem, dünnem, hellgelbem Glas zu sein, sie waren so zart und graziös wie die Knorpelteile eines kleinen Fisches. Und ich sah als zwei weiche, blaue Tupfen die Lungen und als rosaroten Fleck in der Mitte das Herz. Und in dem durchscheinend weißen, alabasterähnlichen Leib pulsierten still die Adern und zirkulierte rosafarbenes Blut und pochte rhythmisch das Herz – dies alles zusammen schien mir die Vollendung all dessen, was man Zartheit, Sanftheit und Biegsamkeit nennt: eine lebendig gewordene weiße Nebelwolke, die sich im nächsten Augenblick auflösen kann.

Ich fühlte mich wie betäubt und wäre vielleicht stundenlang so stehengeblieben, reglos und in die Schönheit des Anblicks vertieft, hätte mich nicht das plötzliche Näherkommen der Damen zur Besinnung gebracht. Ich gestehe, ich erwartete, daß mein ungewöhnliches Äußeres – denn gewiß hatte noch nie ein Erdenmensch bei ihnen geweilt – bei diesen sanften Wesen Angst oder Überraschung auslösen würde und daß sie in Worten oder Gesten ihrer unermeßlichen Neugier Ausdruck verleihen und mich mit Fragen solcher Art überhäufen würden, woher ich komme, aus welchem wundersamen Land, und wer ich sei, wie es mir während meiner Reisen anderswo gewöhnlich ergangen war. Doch nichts von alledem. Zwar interessierte ich die Damen offenbar, doch keineswegs als exotischer Fremdling oder Bote unbekannter Gefilde. Die Neugier, mit der sie sich mir zuwandten, verriet keinerlei Überraschung noch Verwunderung. Sie interessierten sich nicht für mein Gesicht und meine Gestalt, sondern hauptsächlich für meine Kleidung; die eine hob den Schoß meines Mantels an, gab einen lauten, kreischenden Ton von sich und wandte sich den anderen zu. Ein kurzes, sonderbares Auflachen war zu vernehmen, an das sich verschiedene unartikulierte Laute anschlossen, dann noch einige Empfindungsworte, die sich ungefähr so umschreiben lassen: Holi! Hole! Ujjeh!

Ich versuchte mich verständlich zu machen, indem ich ein und dasselbe Wort in mehreren Sprachen wiederholte, schließlich fiel mir die ausgezeichnete Berlitzsche Methode ein, ich deutete auf mich und sprach: Mensch. Mein Verfahren zeitigte keinerlei Erfolg; als ich den Mund öffnete, verstummten die Damen für einen Augenblick, die eine hob sich neugierig auf die Zehenspitzen und blickte mir in den Rachen, aber schon im nächsten Moment fielen sie, als hätten sie meine Rede gar nicht gehört, von neuem über meine Kleidung her und begannen rechts und links daran zu zerren, unablässig die kleinen Schreie ausstoßend, so daß es klang, als zwitscherten und tschilpten allerlei in einem Käfig zusammengesperrte Vögel. Damals bereits beobachtete ich, daß zu jedem dieser Schreie ein anderer Gesichtsausdruck gehörte; einmal schlossen sie die Augen, dann wieder schoben sie die Augenbrauen in die Höhe oder leckten sich mit der Zunge über die Lippen. Ich war ziemlich betrübt, weil sie mich einfach mißachteten, doch da ergriff die eine urplötzlich meinen Arm und biß mir so selbstverständlich, als handelte es sich um die natürlichste Angelegenheit der Welt, in den Daumen, wonach sie ein wenig schmatzte, als müßte sie etwas verkosten.

Die scharfen Zähne drangen mir bis auf den Kochen, und ich stieß einen undeutlichen Schmerzensschrei aus. Daraufhin hoben alle die Köpfe und sprangen zurück, dann lachten sie laut auf und schauten mich nun an wie jemanden, der endlich etwas Verständliches gesagt hat, so daß man jetzt weiß, mit wem man es zu tun hat. Mehrere Damen wiederholten meinen Schmerzensschrei. Die eine erfaßte ohne weitere Umstände meinen Arm und zog mich in einer Kraft und Geschwindigkeit mit sich fort, wie ich sie diesem zarten Körper nie zugetraut hätte. Die anderen stürzten uns mit lautem Schmatzen und Zwitschern hinterher.

Meine Begleiterin zerrte mich durch geräumige Korridore. Im Laufen gewahrte ich, daß an den Wänden vielfältige sonderbare Möbelstücke und allerlei Nippsachen standen, wie die Einrichtung überhaupt recht üppig war und vornehmlich aus Teppichen, Lüstern und Ziergegenständen bestand. Wie groß aber war meine Überraschung, als ich mich für einen Augenblick umwandte und sah, daß die Damen, die sich uns an die Fersen geheftet hatten, wiederholt stehenblieben, um sich verträumt summend und schnuppernd über dieses oder jenes Möbelstück zu beugen, ein Stückchen davon abzubrechen, es in den Mund zu stecken und zu verschlucken. Ich wußte zu dieser Zeit noch nicht, daß in jenem Land jeder Gebrauchsgegenstand und jedes Gerät aus eßbarem Material verfertigt ist, in der Regel aus Zucker oder Schokolade.

In der Mitte der Halle, in die uns unser Weg führte, stand ein riesiger, ovaler Tisch, der mit einer ebenso großen Glasplatte bedeckt war. Noch bevor wir ihn erreichten, ließ meine Begleiterin meinen Arm los; lärmend und kreischend umsprangen die Damen nun diesen Tisch, auf den man eine gewaltige Schüssel gestellt hatte. Ich ahnte, daß hier zum Mittag- oder Abendessen eingedeckt war, und in der Tat setzten sich die Damen begierig vor die Gedecke. Ich fühlte mich ein wenig in meiner Eitelkeit gekränkt, als ich bemerkte, daß sie mich offenbar gar nicht mehr zur Kenntnis nahmen, und setzte mich demonstrativ zu ihnen.

Die größte der Damen – diejenige, die mich mit sich gezogen hatte – beugte sich vor und hob den Deckel von der Schüssel. Ich vernahm eine Art Blubbern und Brummen, die Königin (so nannte ich sie insgeheim bei mir) griff mit der Hand in das Gefäß und hob einen wurstartigen schwarzen Gegenstand heraus – dann noch einen und immer mehr; sie warf sie nacheinander auf die Teller, und ich gewahrte erschrocken und entsetzt, daß die Würste mit hüpfenden und zuckenden Bewegungen zu erkennen gaben, daß sie lebten. Doch wie groß war erst meine Überraschung, als ich in dem Stück, das mir auf den Teller geworfen wurde, eines der seltsamen kleinen Ungeheuer erkannte, denen ich auf meinem Wege zum Palast begegnet war! Angeekelt und mit verkrampftem Magen blickte ich verstohlen zur Seite, um herauszufinden, was ich damit anfangen sollte, wenn ich nicht als Tölpel gelten wollte. Die neben mir sitzende Dame war durchaus nicht verlegen, mit der einen Hand ergriff sie einen flachen, scharfen Metallgegenstand, der neben ihrem Teller lag, mit zwei Fingern der anderen Hand den Kopf des auf dem Teller sich windenden Wurmes, dann drückte sie mit geübter Handbewegung den Metallgegenstand kräftig auf diesen. Gelblichweißes Mark spritzte aus dem Kopf, meine Nachbarin nahm nun einen Löffel, führte ihn zum Mund und schlürfte den sämigen Brei, während sie das ausgepreßte und hingemeuchelte Tier kurzerhand unter den Tisch warf.

Im Verlaufe meiner vielen Reisen durch die unterschiedlichsten Länder hatte ich es mir zur Gewohnheit gemacht, mich den örtlichen Bräuchen und Sitten auch dann anzupassen, wenn sich mein Geschmack und meine Natur gegen diese empörten. Mir fiel ein, daß Austern, die bei uns zu den vorzüglichsten Delikatessen zählen, für diese Damen ebenso abstoßend sein könnten wie für mich ihre Speise: Heldenmutig überwand ich also meine Abneigung, griff zu dem Metallgegenstand, der neben meinem Teller lag, und verfuhr mit meiner Portion auf die gleiche Weise, wie ich es bei meiner Nachbarin beobachtet hatte. Das Mark spritzte, das Tier zuckte ein letztes Mal auf und fiel dann schlapp auf die Seite. Mich erfaßte ein solches Grauen und Entsetzen, daß ich fürchtete, in Ohnmacht zu fallen. Mir glitt das Messer aus der Hand. Es mag sein, daß ein fieberhafter Schreck mir eine Vision vorgaukelte – aber mich starrte von meinem Teller mit gebrochenen Augen und aufgesperrtem Mund und mit Todesschweiß auf der gerunzelten Stirn ein winziges, bleiches Menschengesicht an.

Viertes Kapitel

Die Gleichgültigkeit der Eingeborenen. Die Landessprache. Oihas. Der Verfasser äußert sich über seine grenzenlose Vaterlandsliebe sowie über die Dummheit der Natur. Die Bibel der Oihas. Die Bulloks

Erst mehrere Monate später, als nahezu ein Viertel der Zeit vergangen war, die ich mich in Capillaria aufhielt, begriff ich die Bedeutung all dessen, was mich bei dieser ersten Mahlzeit so sehr bestürzte und verwirrte. Ich mag den Leser nicht mit einer ausführlichen Schilderung dieser kurzen Monate langweilen: wie ich mich trotz meines Alters von vierzig Jahren an die Kiemenatmung gewöhnte, wie ich die Naturgesetze des Landes kennenlernte, wie ich nach vielen Mißverständnissen und Überraschungen das Rätsel der wundersamen Wirkung löste, die die Eingeborenen auf mich ausübten, wie ich ihre eigenwilligen Bräuche verstand, wie ich mich in ihre Gesellschaft einordnete und wie ich ihre Sprache in solchem Maße erlernte, daß ich letztlich mit den Methoden des unmittelbaren Kontaktes und Begriffaustausches alles, was vorher nur durch Beobachtungen zu ahnen war, bekräftigen und ergänzen konnte.

Meine Fortschritte wurden beträchtlich erschwert durch den unverständlichen und schier unglaublichen Gleichmut, mit dem die Eingeborenen meine Anwesenheit in ihrem Lande hinnahmen. Bereits in der ersten Minute mußte ich annehmen, und später konnte ich es ihnen und mir selbst auch beweisen, daß noch nie ein Landmensch meiner Art in dieser Provinz des Meeresbodens geweilt hatte – zumindest kein lebendiger Mensch (auf die Opfer der Schiffbrüche komme ich noch zu sprechen). Mein Erscheinen bei ihnen mußte in jeder Hinsicht etwas so Ungewöhnliches und Sensationelles sein wie etwa die Landung eines Marsmenschen in London oder Paris – und ich gebe zu, daß ich mich während der ersten Tage immer wieder im Bewußtsein eitlen Ruhmes sonnte, daß mir der seltene Auftrag gegeben war, die gesamte menschliche Gattung bei intelligenten Wesen zu vertreten, die von uns bislang nichts wußten. Innerlich bereitete ich mich darauf vor, die schwierige und verantwortungsvolle Rolle eines Diplomaten zu spielen, und ich überlegte mir, wie ich stets für die Interessen meines geliebten Vaterlandes eintreten, wie ich mit Maß und Würde die unstillbare Neugier der Eingeborenen befriedigen und wie ich mich überhaupt als Mittelpunkt des Interesses verhalten würde.

Enttäuscht und nicht ohne Bitternis mußte ich mir bald eingestehen, daß alle meine seelischen Vorbereitungen vergeblich waren. Die Damen machten nicht die geringste Andeutung, daß sie sonderlich interessierte, wer ich sei und woher ich käme. Nachdem sie mich abgetastet und die eine – ich erwähnte es im vorigen Kapitel – mich sogar gebissen hatte, wohl um zu erkunden, ob ich eßbar und, falls ja, wohlschmeckend sei, überließen sie mich bald mir selbst und gingen ihren mir anfangs noch unverständlichen, nichtigen und kindlichen Beschäftigungen nach. Nach der seltsamen Mahlzeit, die ich gleichfalls schon erwähnt habe (und von der ich hungrig aufstand, da ich mich vor der sonderbaren Speise ekelte), versuchte ich nochmals, die Aufmerksamkeit der Damen auf mich zu ziehen. Ich erhob mich, und da ich erkannt hatte, daß ihre Sprache keiner der Sprachfamilien angehört, die an unseren Universitäten studiert werden, bemühte ich mich, ihnen mittels allerlei Zeichen und Symbolen zu erklären, ich käme aus einem fernen Land und es sei mein größter Wunsch, ihre Bräuche und Staatsformen kennenzulernen und sie zugleich über vieles aufzuklären, was ihnen notwendigerweise unbekannt sei.

Doch bereits nach den ersten Worten und Gesten bemerkte ich, daß sie mich gar nicht beachteten. Sie unterbrachen mich mit kleinen Zwitscherrufen, einige sprangen auf und begannen zu tanzen, andere lutschten Süßigkeiten, schließlich brachen sie alle auf und wirbelten in die benachbarte Halle hinüber; ich blieb verwirrt und beschämt allein am Tisch zurück.

Wer verheiratet ist oder über eine längere Zeit hinweg mit Frauen zu tun hatte, kennt dieses Gefühl: Man beginnt vernünftig und logisch zu sprechen, baut einen Gedankengang auf und möchte gerade triumphierend die Konklusion als Krönung des prachtvollen Gebäudes aus Argumenten vortragen – da sagt die Dame unvermittelt: Pardon, und sie eilt in die Küche hinaus oder verschwindet hinter der Tür einer Wäschehandlung, und wenn sie dann eine halbe Stunde später zu dir zurückkehrt, der du immer noch an derselben Stelle stehst, ungeduldig auf die Gelegenheit wartend, dein Sprüchlein zu beenden, dann kannst du ihrem fröhlichen Geschwätz und ihrem ganzen Verhalten verblüfft entnehmen, daß ihr völlig entfallen ist, daß du ihr gerade etwas erzähltest, als sie davoneilte. Du versinkst in Sinnen und scheust dich, sie an das zu erinnern, was du vorhin gesagt hast, du hast plötzlich das Gefühl, so wichtig sei es gar nicht gewesen, denn wäre es wichtig, hätte sie es nicht so schnell vergessen.

Was ich also im folgenden kurz zusammenfasse, um dir, lieber Leser, ein knappes Bild von den Gesetzen Capillarias zu vermitteln, das habe ich alles aus eigenem Fleiß zusammengetragen, da sich niemand darum kümmerte, ob ich denn wisse, was ich wissen müsse, oder auf irgendeine Weise versuchte, mir behilflich zu sein – es interessierte die Damen offenbar gar nicht, ob ich da war oder nicht.

Capillaria oder, wie ich es bei mir benannte, das Land der Frauen erstreckt sich auf dem Boden des Ozeans ungefähr über die Fläche, die zwischen den Vereinigten Staaten und Norwegen liegt, und zwar durchschnittlich in viertausend Meter Tiefe unter dem Meeresspiegel. Die warmen Strömungen machen den Boden Capillarias besonders geeignet für das Gedeihen von unterschiedlichsten Tieren und Pflanzen;

das Studium der Fauna und der Versteinerungen läßt darauf schließen, daß diese Gegend zu den ältesten Schichten der Erde gehört, wo schon vor vielen tausend Jahren, zu einer Zeit, als die Kontinente großenteils noch öde, heiße, unbewohnte Wüsten waren, in reichen und vielfältigen Formen eine prähistorische Tierwelt lebte. Darüber, wann die Eingeborenen selbst in diesem Land einwanderten oder seit wann sie dort leben, brachte ich kaum etwas in Erfahrung; die Bewohnerinnen Capillarias, die Oihas, wie sie sich selbst nennen, kennen die Geschichtswissenschaft nicht und empfinden auch keine Traditionspflege als notwendig. Was ihre Gattung betrifft, so besteht ihre hauptsächliche Eigenschaft weniger in den Unterschieden zur menschlichen Gattung als vielmehr in der erstaunlichen Tatsache, daß die Oihas allesamt eingeschlechtlich sind, und zwar sind sie, wie ich mich überzeugen konnte, Frauen, also weiblichen Geschlechts. Dies allerdings sind sie mit Nachdruck und in höchstem Maße, was ich schnell betonen möchte, damit die Gelehrten nicht annehmen, die Fortpflanzung vollziehe sich wie bei den niederen Tieren durch Selbstbefruchtung oder Sporenbildung. Davon kann keine Rede sein, wie ich mich selbst überzeugen durfte; die Oihas vermehren sich ebenso zweigeschlechtlich wie alle Säugetiere, nur . . .

Ich muß an diesem Punkt nun etwas vorausschicken, etwas erklären und einige Gleichnisse anwenden, damit mir meine heißgeliebten Landsleute und hochverehrten Mitmänner den Vorwurf ersparen, ich behauptete durch das Erdichten unwahrer und eines Reiseschriftstellers unwürdiger Nachrichten oder durch die Verfälschung oder falsche und oberflächliche Auslegung echter Beobachtungen, es seien Erscheinungen möglich, die den edlen Kult des Mannesstolzes verletzen und ihn, den schöpferischen Herrn und Eroberer der Welt, in seinem berechtigten Selbstgefühl treffen, obgleich er doch gerade in diesen Tagen seinen grenzenlosen Mut und seine Vollkommenheit siegreich in vielen rühmlichen Gefechten, Belagerungen, Vormärschen, in heldenhafter Todesverachtung und im strahlenden Heldentod unter

Beweis stellt. Mögen sie verstehen, daß ich, ein schlichter Reisender und Wundarzt, keinen mir würdigeren Wunsch hege, als meine kühnen Kameraden, die englischen Soldatenhelden, die für die Rechte meines angebeteten Vaterlandes kämpfen, in ihren Ruhestunden mit meinen bescheidenen Beobachtungen zu unterhalten – und wenn auch die schönsinnigen Töchter Englands meine genügsame Reisebeschreibung zur Hand nehmen, dann habe ich mehr erreicht, als ich es verdiene. Doch ich muß an der Wirklichkeit festhalten, da ich mit den Geschenken weder eines Redekünstlers noch einer übersprudelnden Phantasie gesegnet bin: Für das Fehlen all dessen muß ich den Leser also dadurch entschädigen, daß meine anspruchslosen Mitteilungen, die ich auf meinen Irrfahrten zusammentrug, zwar uninteressant, aber doch wenigstens zuverlässig und jederzeit durch jedermann kontrollierbar sind.

Nun denn: nochmals bitte ich dich, gebildeter männlicher Leser, versuche mit wissenschaftlicher Sachlichkeit über die seltsamen Spiele der Natur nachzudenken und beziehe nicht auf dich, was sie lehren – übe Nachsicht mit der Natur, die, wie wir wissen, nicht mit den Segnungen des Verstandes und der weisen Einsicht ausgerüstet ist, wie sie den Mann zieren; die Natur hat keine Universität absolviert und besitzt kein Doktorendiplom, die Natur ist ungebildet und unbedarft, es mangelt ihr an stolzem Selbstbewußtsein und Selbstgefühl; verzeihen wir ihr also, daß sie sich derbe und ungeschliffene Scherze erlaubt und diese oftmals so weit treibt, daß es schlichthin an Respektlosigkeit gegenüber dem edlen Mann und – sprechen wir es ruhig aus! – den Normen der englischen Verfassung und Gesetze grenzt, die sie offenbar nicht kennt.

Ein solcher Scherz ist es beispielsweise, daß es, vor allem unter den niederen Meeresbewohnern, Arten gibt, deren weibliche Exemplare wesentlich größer, entwickelter und kräftiger sind als die männlichen, was aller Sitte und Schicklichkeit Hohn spricht. Man kennt eine Seespinnenart, bei der das Weibchen zwanzig- bis dreißigmal größer ist als das

Männchen, infolgedessen grassiert bei diesen Tieren der ungebildete und, es soll gesagt werden, unmenschliche Brauch, daß das Weibchen oft, ja fast immer einfach zuschnappt und das Männchen verschluckt, wenn es ihm unter die Augen kommt, weshalb sich das Männchen verständlicherweise auch dann versteckt, wenn der Fortpflanzungstrieb das Weibchen drängt, einen Partner zu suchen. Ähnliches wurde bei einer Fischart beobachtet, wo das männliche Tier im Verhältnis zum weiblichen so winzig ist, daß es sich aus Furcht vor diesem ständig in der Öffnung des Darmkanals des Weibchens aufhält, und es kann von Glück sagen, daß sich dessen Fortpflanzungsorgane zufällig ebenda befinden und nicht zum Beispiel zwischen den Augen, in welchem Falle das Männchen keine Zeit fände, zur Sache zu kommen, da es vorher von seiner grausamen und barbarischen Partnerin aufgefressen würde. Die mantis religiosa etwa, im Volke auch Gottesanbeterin genannt, verfährt tatsächlich so: Während der Paarung dreht sie den Kopf nach hinten und beißt dem Männchen, das schwächer und weniger entwickelt ist als sie, einfach den Kopf ab, um ihn sogleich zu verschlingen, was zu Recht als eine merkwürdige Frömmigkeit gelten darf. Doch ich könnte noch unzählige weitere Beispiele anführen, um zu untermauern, daß eine gewisse Bemerkung der Königin der Oihas, Opulas, mit der einmal über diese Frage zu debattieren ich das Glück hatte, zwar nicht verzeihlich, aber doch wenigstens verständlich ist.

Diese treffliche Dame nämlich, die als echte Oiha weder Geschichte noch Tradition kennt und auch nicht kennen will, gab einmal, als ich über unsere Geschichte und hauptsächlich, im Zusammenhang mit der Erschaffung des Menschen, über die heiligen Traditionen der Bibel zu ihr sprach, ihrer Verwunderung Ausdruck, daß wir symbolisch in der Vorstellung lebten, zuerst sei der Mann, Adam, dagewesen, und aus einem Körperteil Adams, der Bibel zufolge aus einer Rippe, sei die Frau, Eva, entstanden. Dieses Symbol stehe im Widerspruch zur Lehre der Natur und zu allen Erfahrungen. Obgleich sie sich mit derlei Dingen nicht beschäftige, stelle sie sich die Angelegenheit ganz anders vor: Am Anfang war die Oiha (was in ihrer Sprache den Menschen, die Vollkommenheit der Natur und noch verschiedenes anderes bedeutet), ein ähnliches Wesen wie sie selbst, das sich selbst befruchtete und vermehrte, wie wir es bei zahlreichen primitiven Arten noch heute beobachten können.

Später stülpte die Ur-Oiha, in unserer Sprache also das Urweibchen, aus Bequemlichkeits- und vor allem aus kosmetischen Gründen jenes gewisse unbequeme und häßliche Organ, das die Selbstbefruchtung ausführte, aus ihrem Körper aus und trennte es schließlich ganz von diesem – und seither lebt dieses Organ, das wir großspurig und anmaßend als Männchen bezeichnen, obgleich es nichts anderes ist als ein gesondert lebender Körperteil der Frau, schmarotzerhaft in der Umgebung der Oihas, ohne selbständige Funktion und in ewiger unbewußter und ohnmächtiger Sehnsucht, sich neuerlich mit dem Körper zu vereinen, aus dem es als unwürdig ausgestoßen wurde.

Immerhin wird dieser abscheuliche und respektlose Irrtum der Königin durch einen Umstand verständlich, den ich hier nur am Rande erwähne, im folgenden Kapitel aber näher darlegen werde: In Capillaria ist das männliche Wesen, das bei uns herrschende männliche Geschlecht, völlig rückentwickelt, es vegetiert als verkümmerte kleine Mißgeburt, als verachtetes kleines Haustier dahin; in Umfang und Gewicht macht es nicht den fünfzigsten Teil einer Oiha aus, und sein Leben ist auf Gnade und Ungnade den Oihas ausgeliefert. Ein solches Haustier nennt man Bullok – und ich bitte dich, lieber Leser, laß dir nicht den Appetit verderben, wenn ich dir an dieser Stelle bereits mitteile, daß das Gewürm, welches ich auf meinem Wege zum Palast hinter den Fenstern des Turmes und später am gedeckten Tisch auf meinem Teller erblickte, genau solche Bulloks waren, in natürlicher Größe und Entwicklung.

Fünftes Kapitel

Die eigentümliche Sprache der Oihas. Ursprüngliche Bedeutung des Wortes »oiha«. Opula, die Königin der Oihas, zeichnet den Verfasser mit ihrem Vertrauen aus. Einige Worte über die Unterdrückung der europäischen Frauen

Wenn es mir überhaupt gelang, einige wichtige Nachrichten zusammenzutragen, die mir nur mündlich mitgeteilt wurden und dank derer ich einige Vergleiche zwischen den juristischen und sozialen Erscheinungen Capillarias und Europas anstellen konnte, so hatte ich dies wirklich nicht der Bereitschaft der Oihas zu verdanken, vielmehr wurde es mir oft nur durch verwickelte und listige Tricks möglich.

In den ersten Wochen, als ich Gelegenheit hatte, mich mit dem Geist und Wesen der Sprache der Oihas vertraut zu machen, war ich häufig dem Glauben nahe, wir würden einander nie verstehen. Diese Sprache gehört nämlich zu den absonderlichsten, die ich jemals studieren konnte. Worte für abstrakte Begriffe und Umschreibungen kommen in ihr überhaupt nicht vor, nur solche für wahrnehmbare und tastbare Gegenstände, und auch diese bezeichnen nicht den Gegenstand selbst genau, sondern eher nur das Gefühl oder die Emotion, die der betreffende Gegenstand im Gemütsleben der Oihas weckt, und zwar mit einer entsprechenden emotionellen Färbung – kurz und gut, die Oiha-Sprache besteht nahezu ausschließlich aus Interjektionen, aus Empfindungsworten.

Mannigfaltigkeit gewinnt diese Sprache durch den Umstand, daß ein und dasselbe Wort, unterschiedlich betont und ausgesprochen, einen jeweils anderen Sinn hat, so, wie im Vokabular des Säuglings das Wörtchen »ah« oder »wah«, je nachdem, wie das Kleinkind es ausspricht, Freude oder Ärger, den Wunsch nach einem Gegenstand oder dessen Zurückweisung zum Ausdruck bringt. Auch das Wort »oiha« selbst ist eigentlich ein Empfindungwort, und nach unserer Schreibweise müßte hinter ihm in jedem Fall ein Ausrufungszeichen stehen – es ist ein Ausruf der Freude und des Entzückens, das die Kinder Capillarias darüber empfinden, daß sie leben und atmen und daß sie dank ihrer Schönheit und Lebensfreude all die Lust und Wonne erleben und genießen können, mit denen sie selbst sich verwöhnen und die Welt sie reichlich überschüttet.

Denn das gesamte Leben der Oihas – ich nutze die Gelegenheit, dessen Erwähnung zu tun – verrinnt in einer ewigen Abfolge von Freuden und raffiniert ausgewählten Genüssen. Wie ihre Sprache nur der Wiedergabe von Empfindungen und Gemütsbewegungen dient, so ist auch all ihr Handeln und Tun nur darauf gerichtet, jene erhöhte Angespanntheit der Nerven und der Seele aufrechtzuerhalten, die für den sogenannten Lebenskünstler mit Sinn und Zweck des Lebens identisch ist.

Alles dient der Sinnenfreude, und alle Sinne sind in so hohem Maße empfänglich für die angenehmen Reize, wie es dem Euroäer nur mittels eines gewissen Sinnesorgans unter der Wirkung der entsprechenden Reize vergönnt ist. So sah ich beispielsweise eine vornehme Oiha-Dame in eine geradezu wollüstige Ekstase verfallen und in leidenschaftliches Weinen ausbrechen, als sie das Rot eines feinen Stoffes erblickte – diese Farbe übte auf sie den gleichen Eindruck aus wie das glühendste und handgreiflichste Liebesgeständnis, das jemals einer Dame von Welt in London oder Paris gemacht wurde. Einen ähnlichen ekstatischen Rausch löst bei den Oihas die Musik bestimmter Instrumente aus, noch mehr aber der Geschmack bestimmter gut zubereiteter Speisen und Süßigkeiten; über jeder Mahlzeit liegt demgemäß der Hauch einer regelrechten Orgie. Und wenn wir bedenken, daß das Wasser, dieses Element, das dichter ist als die Luft, mit seinem unablässigen Strömen und Fließen pausenlos die gesamte Oberfläche ihrer unendlich zarten und empfindsamen Haut streichelt und kitzelt, dann können wir kühn sagen, daß keine Oiha von der Geburt bis zu ihrem letzten Augenblick jenes seltenen und komprimierten Zustandes ermangelt, den wir mit einem Wort bezeichnen, das den höchsten Grad des körperlichen Wohlbefindes ausdrückt: Lust.

Was das Liebesleben der Oihas betrifft, möchte ich hier, ohne näher auf die rätselhafte Art und Weise einzugehen, wie sich bei ihnen das Leben fortpflanzt, nur feststellen, daß die Liebe bei ihnen nichts mit der Arterhaltung zu tun hat – sie ist Kunst und Freude um ihrer selbst willen und erschöpft sich in der hingebungsvollen Schwärmerei einer Oiha für eine andere, ohne auf die Entstehung eines dritten Wesens – eines Kindes – angelegt zu sein. Wie bei allem anderen, ist es auch hierbei einzig und allein die zur seelischen Empfindung verfeinerte und gesteigerte Sinnesfreude, die die Oihas interessiert. Wollte ich auf Einzelheiten eingehen, wäre es sehr schwierig, ihr Liebesleben, in eine europäische Sprache übertragen, so auszudrücken, daß es nicht wie die verbotene Beschreibung ungesetzlicher und unzüchtiger Manipulationen aussähe, während das gleiche, in ihrer Sprache vorgetragen und in Kenntnis ihrer Gefühle und Auffassungen, einen Kult der edelsten und reinsten Freuden bedeutet, ähnlich wie bei uns die Musik und die Dichtung, die von den Führern der Völker nicht nur nicht untersagt, sondern eher gefördert und unterstützt werden.

Als ich in Capillaria lebte, kam mir für keinen einzigen Augenblick in den Sinn, das, was ich um mich herum hörte und sah, sei eigentlich eine schamlose und unmoralische Zügellosigkeit – in meinem Zustand, der einem seltsamen, anziehenden Traum glich, betrachtete ich dies alles als höchste und erhabenste Offenbarung der im Körper lebenden Seele, ganz so, wie die Oihas es auffaßten und genossen.

Das mußte ich vorausschicken, damit der Leser versteht, weshalb ich mich verschiedener Tricks – derer ich mich heute allerdings schäme – bedienen mußte, um ihre gegenüber jeder äußerlichen Erscheinung so stumpfe Aufmerksamkeit für meine Zwecke wecken zu können.

Ich erwähnte wohl schon, daß mich Opula, die Königin der Oihas, mit ihrem Vertrauen und ihrer Freundschaft auszeichnete – jedenfalls erlaubte sie mir, daß ich in ihrer Näher weilte und sie nach Kräften unterhielt. Eine so vornehme und elegante Oiha-Dame zu unterhalten ist keineswegs so einfach, wie man denken möchte, wenn man berücksichtigt, daß alles, was uns in Europa interessiert, für sie gänzlich uninteressant ist. Ich gewahrte bald, daß Ihre Hoheit nur dann geneigt war, sich mit einem Gedanken oder einer Mitteilung zu befassen, wenn dieser oder diese mit irgendeinem sinnlichen Reiz verbunden war: So versuchte ich also, meinen Mund beim Sprechen so nahe an ihr ganz durchscheinendes, feines und rosarotem Morgenlicht ähnliches Öhrchen zu halten, daß mein ausströmender Atem unablässig diesen zarten Körperteil kitzelte. Später erkannte ich, daß die Wrkung noch sicherer war, wenn ich nicht die Ohren für diesen Zweck nutzte, sondern einen bestimmten Punkt ihrer biegsamen und weichen Taille – es ist erstaunlich, daß sie über diesen Punkt alles viel besser verstand als mittels des zur Aufnahme der Worte bestimmten Organes.

Ich war überrascht, wie umfassend man sich mit Hilfe dieser unvollkommenen, nur aus Empfindungsworten bestehenden Sprache auf diesem Wege verständlich machen kann; mittels dieser Methode begriff Ihre Hoheit alles, was ich sagen wollte, schneller und vollständiger, als wenn ich das gleiche auf Englisch beispielsweise den ehrenwerten Damen Pankhurst oder Ellen Key erklärt hätte, die sich doch in ihrem Wirken um die Befreiung der Frau größte Geschicklichkeit in der Kunst des Disputierens und Redens angeeignet haben.

Auf diese Weise erläuterte ich Ihrer Hoheit kurz und umfassend die hauptsächlichen Richtlinien, die nach dem Zeugnis der Gesellschaftswissenschaften ein Bild von der Lage der Frau in Europa im Verlaufe der geschichtlichen Entwicklung vermitteln. Offen und unverhüllt sprach ich von der bedauerlichen Unterdrückung, auf deren Ausmaß und Folgen uns erst Forschungen der jüngsten Zeit aufmerksam gemacht haben. Jahrhundertelang haben die Männer der Frau alle Rechte vorenthalten, deren Ausübung heiligste Pflicht jedes zivilisierten Bürgers ist.

Alle diese Vorteile behielten sich die Männer selbst vor, und sie wahren sie noch heute eifersüchtig; sie taten und tun dies einfach unter Berufung auf das Recht des Stärkeren, dem gegenüber dem Schwächeren alles erlaubt ist. Der Frau war nichts von alledem gestattet, was die Männer ununterbrochen tun durften. Die Frau durfte nicht arbeiten, und sie durfte sich nicht bilden – nur der Mann hatte das Recht, sich den lieben langen Tag in wahnsinniger und übermenschlicher Arbeit aufzureiben, die die Sensibilität des Körpers und die Empfänglichkeit der Seele abstumpft.

Die Männer hatten das Recht, sich eine Frau zu nehmen, Kinder zu zeugen und sie allesamt zu ernähren – die Frauen hatten dazu nicht das Recht.

Die himmelschreiendste Ungerechtigkeit aber, deren beschämende Mißlichkeit von den gedemütigten und unterdrückten Frauen gerade heute auf das bitterste beklagt wird, besteht darin, daß sie – und ich schämte mich fast, Ihrer Hoheit dies einzugestehen – nicht Soldat sein können, also des heiligen und hehren Rechtes beraubt sind, das jetzt ausnahmslos den Söhnen aller Nationen Europas eingeräumt ist: diese dürfen, nach Vaterländern geordnet, deren Grenzen gegen den garstigen und niederträchtigen Feind verteidigen, der sie zu Unrecht angegriffen und ihnen den Krieg aufgezwungen hat. Franzosen, Engländer, Deutsche, Russen, Ungarn, Österreicher, Serben – sie alle haben das Recht, ihre gegenseitig angegriffenen Vaterländer voreinander zu schützen, nur die Frauen haben weit und breit keinerlei Recht.

Infolge dieser Unterdrückung haben sich die Frauen entsprechend den Gesetzen des historischen Materialismus und der Entwicklungslehre – die beide von klugen Männern entdeckt wurden – naturgemäß zurückentwickelt, sie verkümmerten und entarteten psychisch, wie auch mit Nachdruck von einigen überragenden Pessimisten, so Strindberg, Ibsen, Weininger und anderen, nachgewiesen wurde.

In den langen Jahrhunderten der Unterdrückung mußten die Männer für die Frauen arbeiten, während diese, der Möglichkeit der Mühe und Arbeit für andere beraubt, gezwungen waren, sich mit sich selbst zu befassen, was zur Folge hatte, daß sie körperlich zarter und schöner wurden als die Männer, so daß ihnen in ihrer verzweifelten Lage nichts anderes übrigblieb, als die Freuden des Lebens zu genießen, ohne an dessen Mühseligkeiten beteiligt zu sein. Während den Männern allezeit jener Zwang Ziel, Zweck und Lebensinhalt bedeutete, sich nicht mit dem zu befassen, womit sie sich seit eh und je gerne befaßt hätten, nämlich mit dem eigenen Körper und Leben, während die Männer sich über alles mögliche den Kopf zerbrechen mußten, das anderen nützlich sein könnte, damit ihnen als Gegenleistung gestattet sei, selbst am Leben zu bleiben, solange sie arbeitsfähig waren, mußten die Frauen notgedrungen von dem leben, wofür sie lebten: daß sie nämlich geliebt und verwöhnt wurden und möglichst viele Freuden erleben sollten.

Auf die Frage Ihrer Hoheit, welches denn die Beschäftigungen seien, die den Männern eine höhere Entwicklung gewährleisten, antwortete ich mit der Aufzählung einiger reicher und namhafter Bekannter, und nachdem ich kurz deren Entwicklungsweg geschildert hatte, berichtete ich, daß alle diese Ärzte, Anwälte, Professoren, Kaufleute, Unternehmer und Künstler sich in lebenslanger angespannter Arbeit den Respekt verschafft haben, den die öffentliche Meinung allen braven Männern einräumt, die sich dank ihres zusammengetragenen Vermögens eine hübsche Gattin aus gutem Haus und eine dazugehörige Familie leisten und ihren Töchtern eine ansehnliche Mitgift bereitstellen können, bevor der Tod sie in seinen mildherzigen Schoß zieht, damit sie sich von allen Mühen ausruhen können.

Sechstes Kapitel

Der Verfasser tut sein Bestes, die Königin von der höheren Berufung des Mannes zu überzeugen. Wissenschaft und Literatur. Einige Worte über die Gebäude Capillarias. Die Kleidung der Oihas. Wovon ernähren sich die Oihas? Die Bulok-Mast

Die mutigen und enthusiastischen Vorkämpfer des Frauenwahlrechtes, die überall in Europa gegen die Unterdrückung der Frau ankämpfen, werden sicherlich verwundert sein und mir nicht glauben wollen, daß Opula, die Königin der Oihas, die ihr ganzes Leben mit der Suche nach Freuden und Genüssen, mit Spielen und mit dem Lutschen von Bonbons verbrachte und somit nach unseren Begriffen ein denkbar niederes Geistesleben lebte, erstaunlich schnell den Sinn und die Bedeutung all der komplizierten Dinge begriff, über die ich ihr im Zusammenhang mit unserem irdischen Leben berichtete; dies ist um so bemerkenswerter, als ich mich der erwähnten beschämenden und demütigenden Methode bedienen mußte, um über ihre Sinne zu ihrem gänzlich gleichgültigen Verstand vorzudringen: nämlich der merkwürdigen, nur aus Empfindungsworten zusammengesetzten und eher Reize als Begriffe weckenden Musik der Oiha-Sprache.

Auch ich selbst war überrascht, als sie mir während meiner Darlegungen unvermittelt zu schweigen gebot, indem sie ihren zauberhaften Körper wollüstig reckte, unter ihren langen Wimpern auf mich herabblickte und mir durch ein Zeichen zu verstehen gab, es sei genug, sie wisse alles, und ich dürfe mir Hoffnungen machen. Letzteres begriff ich nicht, es konnte wohl kaum mit meinem sachlichen Vortrag zusammenhängen; doch ich kam nicht dazu, hierüber nachzugrübeln, denn Ihre Hoheit begann von etwas anderem zu sprechen.

Sie machte mir deutlich, ich hätte viel überflüssiges Zeug geredet, und erklärte zu meiner größten Verblüffung, vom Verhältnis zwischen den beiden Geschlechtern der Menschengattung hätte ich ganz falsche Vorstellungen. Meinen Worten habe sie durchaus nicht entnehmen können, daß bei uns die Frauen unterdrückt seien, und sie verstehe überhaupt nicht, was ich mit Unterdrückung meinte. Unsere Frauen, wie ich sie beschrieben hätte, lebten zwar nicht so gut wie die Oihas, doch habe sie den Eindruck, daß unsere Männer noch viel miserabler lebten und auf einem noch viel niedrigeren Niveau ständen – ihr Verhältnis zu den Frauen müsse ungefähr das gleiche sein wie das von Dienstboten zu ihrer Herrschaft.

Diese überraschende Behauptung, die in geradem Gegensatz zur Wirklichkeit stand, befremdete mich so sehr, daß ich heftig und zornig zu protestieren begann. Sie hörte mir lächelnd zu und bat mich, ich solle ihr erklären, worauf meine Überzeugung fuße, daß die Männer bei uns auf einem höheren Niveau ständen, daß sie die wahren Vertreter der Gattung seien, daß sie die Entwicklung der Gattung Mensch vorantrieben und daß sie die Zukunft als ein höheres und vollkommeneres Leben aufbauten.

Froh, über die rühmlichsten Geister meines Geschlechtes sprechen zu können, nannte ich einige Namen, die mir gerade einfielen, Personifizierungen der erhabensten und mächtigsten Ideen, Gedanken, Pläne, Entdeckungen und Erfindungen, welche teils der körperlichen Entwicklung und der Bequemlichkeit des Menschen und teils dem Streben seiner Seele nach höheren Reformen dienen. Ich sprach von den Genies der Naturwissenschaften, die in den Irrgängen des stofflosen Reiches der Logik Zusammenhänge entdeckten, deren praktische Anwendung es uns ermöglicht, auf der Erde, im Wasser und in der Luft den Widerstand der toten Materie zu überwinden und uns freier und schneller fortzubewegen als irgendein anderes irdisches Lebewesen. Ich erzählte, daß der Mensch dank jahrhundertelanger Arbeit heute als die höchste Form des Lebens angesehen werden kann, die in ihren Möglichkeiten alles vereinige, was das Leben in Tausenden anderer Arten gesondert produziert: er ist Säugetier und Insekt, Fisch und Vogel in einer Person. Und das alles haben wir Männern zu verdanken, die über Jahrhunderte hinweg fleißig wie Ameisen die Bausteine sammelten und zusammenfügten, um das gewaltige Gebäude zu errichten, aus welchem der Mensch der Zukunft den ganzen Erdball überschauen kann, auf dem er lebt, während er seinen Kopf in die Nähe der Sterne erhebt. Dieses Gebäude wächst unaufhaltsam, es wird immer riesenhafter und muß letzlich das Himmelszelt erreichen, den Thron jener unbenennbaren Kraft, die Kant als den kategorischen Imperativ bezeichnet, den Thron der Höchsten Kraft, den einzunehmen die Gattung Mensch berufen ist.

Um dieses überaus abstrakte Bild anschaulich zu gestalten, beschrieb ich eine astronomische Station, hoch oben im schroffen Gebirge, fern vom kleinlichen und wimmelnden Leben, in den obersten Schichten des reinen Luftozeans. Die Glaskuppel starrt, einem zum Himmel gerichteten Auge gleich, zu den Sternen, und aus der Pupille dieses Auges blickt ein durchgeistigtes Menschengesicht, das eines greisen Gelehrten, der die erbärmlichen Begierden seines tierhaften Körpers, die Bedürfnisse und das vielfältig zuckende Pulsieren des Fleisches längst hinter sich hat – seine Lebenskräfte laufen in einem einzigen Punkt zusammen, einem göttlichen, fast abstrakten Punkt, vergleichbar dem Fokus der Linse eines Fernrohres: je kleiner, um so stärker ist er, um so besser vergrößert er das Unerreichbare, um es uns näherzubringen. Und ich beschrieb diesen Gelehrten, den Wahren Mann, den Ritter der Zukunft, den in das Unbekannte Verliebten, der jenseits des engen Gefängnisses des kleinlichen persönlichen Lebens und der instinktiven Selbsterhaltung die gesamte Gattung vertritt, für die gesamte Gattung kämpft und sich aufreibt, um mehr und größer zu sein, als wozu er geboren ist.

An dieser Stelle unterbrach mich meine Herrin und fragte mich in ihrer schlichten, fast bäuerlich trivialen, doch unbestreitbar klaren und verständlichen Ausdrucksweise, wie dieses Mehr und Größer, von dem ich sprach, denn aussehe. Mit vorsichtig gewählten Worten und ein wenig verwirrt versuchte ich ihr zu erklären, dies wisse jener Mann vorläufig selbst noch nicht, doch er betrachte es als seine heilige Aufgabe, der Frage auf den Grund zu gehen und sie zu lösen. Damit verbringe er Tage und Nächte, er lese und lerne, er fasse zusammen, was bisher seine verstorbenen Kollegen in den Tiefen der Vergangenheit gesammelt haben; er tue dies mit flammendem Glauben, damit dereinst, wenn nicht er selbst, so wenigstens ein künftiger Kollege das Rätsel löse. Ich sprach über die Bücher, die die Alten zusammengetragen haben, über alles, was sie in ihrem kurzen Leben beobachten und erfahren konnten. Diese stetig wachsende Pyramide aus Büchern, von deren Baugerüsten die toten Erbauer herabfallen, müsse jeder neugeborene Mann neu ersteigen, um an seinem Lebensabend, auf der Spitze der Pyramide stehend, den Versuch unternehmen zu können, sie um einen Gedanken weiterzubauen. Und diese Pyramide des Wissens und Erkennens werde gebaut werden, bis sie endlich das Unbekannte erreiche, von dem ich schon sprach.

Hier unterbrach mich meine Herrin von neuem und machte eine Bemerkung, die unbestreitbar ein ausgeprägtes praktisch-mathematisches Gefühl verriet. Sie sagte, daß diese Pyramide, von der ich sprach, so nicht lange wachsen werde. Denn das Leben des Menschen, ob Mann oder Frau, werde niemals länger währen als fünfzig oder sechzig Jahre, und es scheine sogar, daß es eher kürzer werde. Wenn nun diese Pyramide stetig wachse, würden wir über kurz oder lang so weit sein, daß die neugeborenen Maurer, bevor sie die Höhe erreichten, fünfzig oder sechzig Jahre alt sein würden und nicht mehr die Kraft und die Nerven hätten, weiterzubauen. Dann könne alles wieder von vorn beginnen. Bevor wir anfangen, eine Pyramide zu errichten – so empfahl meine Herrin –, sollten wir vielleicht mit der vielen Wissenschaft und Begabung, die ich prahlerisch erwähnt hätte, dafür sorgen, daß der Mensch mit seiner unaufhörlich umfangreicher und dichter werdenden Klugheit und Weisheit, die er sich sein Leben lang aneignet, nicht im Alter von fünfzig oder sechzig Jahren aus den Latschen kippe und vor die Hunde gehe und alle seine Erfahrungen mit ins Nichts nehme, damit die Neugeborenen dann mit ihrem Sammeln von vorne anfangen müßten.

Im übrigen habe sie von allem, was ich ihr erzählt hätte, nicht viel interessiert (für die beiden Begriffe »verstehen« und »interessieren« kennt die Oiha-Sprache nur ein gemeinsames Wort). Nur ein Bild hätte ihre Aufmerksamkeit gefesselt, aber auch nur, weil es sie an etwas erinnert habe, das ihr bestens bekannt sei. Sie meine die astronomische Station, aber nicht die glänzende Glaskugel, sondern das Fundament, das sie sich als eine geräumige, auf Säulen ruhende Halle vorstelle.

Und meine Herrin unterrichtete mich in kurzen, doch gehaltvollen Worten, die sich auf meinen Vortrag bezogen, endlich über das, was ich bisher nur dunkel geahnt hatte: woher nämlich die reichen, luxuriösen Paläste Capillarias aus schwerem Stein und mit halbfertigen Dächern, die monumentalen Hallen mit ihrem leichten Flitterkram, die luftige Kleidung, woher all der sorglose Prunk, das Resultat fleißiger Arbeit, stammte – obgleich ich doch nirgendwo Spuren von Arbeit, Mühe und Anstrengung in der Oiha-Gesellschaft entdecken konnte.

Nun, alle diese Wunderdinge werden von den Bulloks erschaffen, diesen abstoßenden kleinen Ungeheuern, an die ich kaum zu denken vermag, ohne daß sich mir der Magen umdreht. Zu welchem Zweck sie es tun, wissen die Oihas nicht, und es interessiert sie auch herzlich wenig – mit pragmatischen Naturwissenschaften haben sie sich niemals abgegeben, sie kümmern sich nur um die Erscheinungen selbst, aber auch nur in dem Maße, wie sie irgendeine Beziehung zu ihrem persönlichen Wohlbefinden haben. Sicher ist allerdings, daß die Bulloks, diese verkümmerten, verkrüppelten

Männchen oder eher Haustiere der Oihas, seit Jahrhunderten einen unerklärlichen, erschütternden Krafteinsatz an den Tag legen, der nichts mit ihrem elendiglichen, erbarmungswürdigen körperlichen Leben zu tun haben kann, opfern sie für diese Anstrengungen doch nicht nur sich selbst, sondern auch ihre Nachkommen. Ich habe sie oft bei der Arbeit beobachtet; sie tragen riesige Bauwerke zusammen und bauen so schwere und tiefe Fundamente für diese, daß man daraus schließen kann, daß sie für unvorstellbare Materialmassen berechnet sind. Ich verstehe ein wenig von der Baukunst und habe festgestellt, daß alle Gebäude in Capillaria, auch die, in denen die Oihas wohnten, halbfertige Türme waren, als riesenhafte Werke gedacht, aber nicht fertiggestellt.

Opula erklärte mir nun, meine Vermutungen seien richtig gewesen, die Bulloks stellten die Arbeit an den Bauvorhaben in der Tat nicht aus freiem Entschluß ein, und sie selbst betrachteten die Gebäude noch längst nicht als fertiggestellt, wenn die Oihas bereits der Meinung seien, es ließe sich durchaus schon gut darin leben. Wie hoch die Bulloks einen Turm bauen würden, wenn man sie ließe, war bisher noch nicht festzustellen, und es interessierte die Oihas auch nicht. Die Oihas warten einfach, bis das Gebäude eine bestimmte Höhe erreicht und bequem bewohnbar ist, dann räuchern sie mit einer starken Alkoholart (der Duft ähnelt, wie ich bemerkte, aufs höchste dem gewisser Parfüme, wie sie unsere vornehmen Damen verwenden) die Räume aus – dabei krepieren die Bau-Bulloks; sie werden zusammengefegt, und die Oihas besetzen den Palast. Die überlebenden Bulloks beginnen unverzüglich einen neuen Turm zu bauen, und so geht es seit Jahrhunderten, so daß den Oihas heute bereits mehrere tausend pompöse, bequem bewohnbare Paläste zur Verfügung stehen.

Auf mein diesbezügliches begieriges Befragen erzählte meine Herrin gleichmütig und schulterzuckend, es habe einst hier eine kranke, unglückliche Oiha gelebt, die dem Wahn verfallen gewesen sei, sie könne sich mit den Bulloks unterhalten und verstehe ihre Sprache. Diese Unglückliche nun, die von ihren Gefährtinnen später wegen unsittlichen Kontaktes mit den schmutzigen, krüppelhaften Bulloks liquidiert wurde, hatte behauptet, die Bulloks hätten ihr einmal erklärt, welche Bedeutung für sie diese Türme hätten. Unter dem elenden Gewürm hatte sich die fixe Idee eingenistet, über dem dichten, flüssigen Stoff, in dem sie lebten (also über dem Wasser auf dem Meeresboden), folge eine dünnere, hellere, unendlich größere und freiere Welt. So taten sie sich zusammen, um einen Turm zu bauen, der bis dorthin reichen sollte – dieser Turm, so hofften sie, würde sie aus dem Meer hinausführen, und oben würden sie sich mit den göttlichen Wesen vereinigen können, die die Gefilde jener fernen Sphären bewohnen. Allerdings kommen sie, wie wir sahen, nie dazu, den Turm fertigzustellen, und müssen mit dem Bau immer wieder von vorne beginnen, da der unfertige von den Oihas besetzt wird. Mir fiel ein, was wir über die Bienen wissen, und ich fragte nicht weiter.

Übrigens stellte sich heraus, daß die Bulloks den Oihas auf ähnliche Weise nicht nur den Wohnraum, sondern auch die Kleidung und – wie ich bereits erwähnte und gelegentlich noch näher ausführen muß, so ekelhaft und erniedrigend das Thema auch ist – die Nahrung liefern. Der unsäglich feine und zarte Seidenstoff, in den die Oihas ihre durchscheinenden Leiber hüllen, ist ein arteigenes Produkt der völlig ausgereiften, betagten Bulloks, wie bei uns der Seidenfaden. Die alten, voll entwickelten Bulloks spinnen sich unter normalen Umständen (sofern sie vorher nicht verzehrt oder verräuchert werden) ein, wozu sich aus ihrem Hirn durch den Mund ein sehr dünner, langer schwarzer Faden abwickelt, bis der Kokon undurchdringlich dicht ist. Den Bullok-Kokon werfen die Oihas – genauso, wie wir es mit dem Seidenkokon tun – in kochendes Wasser, die Bullok-Puppe stirbt ab, der Faden kann abgenommen und zu Stoffen versponnen werden. Einmal fiel mir ein solcher Faden in die Hand; ich habe ein Stück davon mitgebracht und chemisch analysieren lassen, wobei sich zeigte, daß er aus demselben Material besteht wie bei uns die Tinte.

Doch nur verhältnismäßig wenige Bulloks erreichen das hohe Alter, in dem sich ihr Hirn, das wichtigste Rohprodukt der Oiha-Wirtschaft, in ein tintenartiges Material umwandelt. In der Regel aber werden sie vorher von den Oihas ausgequetscht – das Bullok-Hirn ist nämlich ein hauptsächliches Nahrungsmittel der Eingeborenen des Landes, ja eine Delikatesse. Ich werde darauf, wenn auch ungern, noch zu sprechen kommen. Hier erwähne ich nur eine Besonderheit der Zubereitung dieser Nahrung. Aus der Beschreibung meiner ersten gemeinsamen Mahlzeit mit den Oihas wird sich der Leser erinnern, auf welche Weise man das Hirn aus den Bullok-Köpfen preßt. Doch später erst erfuhr ich, daß das Bullok-Mark als Delikatesse von unterschiedlicher Qualität ist. Ihre Hoheit teilte mir mit, daß das Mark der Bulloks in rohem Zustand und ohne vorherige Mast von weniger guter Qualität sei, doch man kenne ein Futtermittel, das, wenn man es den Bulloks verabreiche, das Hirn zu einer erstklassigen, feinen, leckeren Gaumenfreude mache. Dieses Futter gedeihe nicht auf dem Meeresboden, sondern es komme gelegentlich aus der Höhe herabgeschwebt, und zwar in Form geschichteter, zusammengehefteter dünner Platten voller kleiner schwarzer Punkte.

Sie zeigte mir eine dieser Pflanzen. Ich stieß einen überraschten Ruf aus: Es war ein wissenschaftliches Werk, wenn ich mich richtig erinnere, Nietsches »Zarathustra«, in völlig durchnäßtem und zerfallendem Zustand. Wie es scheint, gelangte es zusammen mit anderen Büchern von einem gesunkenen Schiff nach Capillaria. Ihre Hoheit berichtete, daß man die zum Braten und Verspeisen vorgesehenen Bulloks einige Wochen lang regelmäßig mit dieser Futterpflanze mäste, damit ihr Hirn wohlschmeckend und leicht verdaulich werde.

Siebentes Kapitel

Irdische Liebe. Der Herr der Schöpfung. Schönheit und Kampf. Die Kämpfe zwischen den Geschlechtern. Einige Bemerkungen Opulas und die Betroffenheit des Verfassers. Die Ausrottung der Bulloks. Sachliche Beschreibung und Charakterisierung einiger Bullok-Typen

Bei einem anderen Gespräch, in dem sie sich auf den angenehmen und neuartigen Taumel berief – jede neue Variante in der komplizierten Struktur der Freuden ist ein hochbedeutsames Ereignis für die Lebenskunst der Oihas –, den mein vorangegangener Bericht bei ihr geweckt habe, bat mich Opula um nähere Auskünfte über jene Wesen, die, wie ihr scheinen wolle, noch am ehesten den »Gefühlswesen« (für das Wort »Verstand« steht bei den Oihas das für »Gefühl« und bezeichnet die höchste Lebensform), also den Oihas, ähnelten und die ich als »Frauen« bezeichnet hätte, dieses Wort nämlich habe sie interessiert (was in ihrer Sprache bedeutet, daß sie den mit dem Wort benannten Begriff verstanden hatte).

Als gebildeter, mit der Methodik vertrauter Denker war ich mir darüber im klaren, daß sie diesmal nicht die gesellschaftliche Stellung der Frauen interessierte, sondern die Frau selbst im irdischen, richtiger: im kontinentalen Sinn – die Frau und das Verhältnis, das sie mit dem Mann verbindet: die Liebe. Diese letztere Erscheinung oder diesen Zustand brauchte ich ihr nicht zu definieren, sie war mit seinen Eigenschaften bestens vertraut, sind doch die Oihas – ich erwähnte es – sozusagen allesamt ineinander verliebt.

Ich sprach aufrichtig und wollte meiner Herrin nicht schmeicheln, als ich meine Charakterisierung damit einleitete, von einem so hohen Entwicklungsstand fraulicher Schönheit, genauer: von so vielen Möglichkeiten der Schönheit, wie ich ihnen in Capillaria begegnete, hätte ich in meinem innig geliebten Vaterland nie zu träumen gewagt, obgleich doch unser Land stets für seine schönen Frauen berühmt war. Damit gab ich zugleich unabsichtlich zu, daß das ausgeprägteste Merkmal und Kriterium des betreffenden Geschlechtes – zumindest in den Augen des Herrn der Schöpfung – auch bei uns die Schönheit beziehungsweise die Anziehung ist, die sie auf den Mann ausübt. Nun wollte ich zu einer begrifflichen Bestimmung der »Schönheit« ansetzen und einige zeitlos gültige Thesen Leibniz', Kants und Schopenhauers zitieren, doch dies interessierte Opula nicht im geringsten! Die Fragen, die sie einwarf, bezogen sich nur auf eines: ob die Begriffe »Schönheit« und »Frau« identisch seien in unserem Denken (in unseren »Sehnsüchten«, wie sie in ihrer Sprache sagte). Ich mußte eingestehen, daß es sich großenteils so verhält, wenngleich . . . Aber meine Unterscheidung zwischen »uninteressiert« und »interessiert« wartete sie nicht ab, sie wollte erfahren, und später fand ich heraus, weshalb, welchen Eindruck das, was wir Festlandbulloks als frauliche Schönheit bezeichnen, auf uns mache.

Bestürzt starrte ich sie an: zum erstenmal hatte meine Herrin diesen beschämenden Ausdruck auf die Männer angewandt, womit sie verriet, daß sie eine Ähnlichkeit zwischen uns irdischen Männern und jenem abscheulichen Gewürm zu erkennen vermeinte. Aber Opula kümmerte sich wenig um meine empörte Verblüffung, herrisch gab sie mir zu verstehen, ich solle ihr antworten.

Ich berichtete also, daß die frauliche Schönheit in der Tat einen starken Eindruck auf uns ausübe, obgleich dieser Wirkung seitens der führenden Geister der Menschengattung keineswegs hohe Wertschätzung entgegengebracht werde, abgesehen vielleicht von den Aposteln der zweifelhaften Lehren der Eugenetik. Dementsprechend, so sagte ich, sei das Streben nach körperlicher Schönheit eine der wesentlichsten Komponenten der Selektion oder Auslese. Ich nutzte die Gelegenheit, auch hiermit die Minderwertigkeit der Frau als Folge ihrer Unterdrückung zu beweisen. Mangels eines edleren Ehrgeizes erschöpft sich der ganze ärmliche Lebensinhalt der Frau darin, mittels ihrer Schönheit um jeden Preis das Gefallen der Männer zu wecken und in ihnen Leidenschaften wachzurufen, welche sie für ihre eigenen Zwecke nutzen kann. Ich schilderte den kläglichen, kleinlichen Kampf der Frau um die Gunst des Mannes. Ich zitierte die Worte einiger trefflicher Soziologen und Feministinnen, die in edelstem Zorn eine der größten Sünden der menschlichen Gesellschaft geißeln: daß die Frau als Genußartikel angesehen, dadurch herabgesetzt und ihre Entwicklung verhindert werde. Mit einigen kühnen Strichen malte ich ihr ein Bild des Großstadtlebens – die wilde Jagd nach Freuden und Genüssen, in deren Mittelpunkt als Gradmesser der Wirtschaft und des Wohlstandes die schöne Frau steht.

Ich sprach über den törichten Frauenkult des achtzehnten Jahrhunderts, dessen Traditionen noch heute spürbar sind. Der Manneseitelkeit gilt die schöne Frau als Luxusartikel, als Nippfigur, so ist es ganz selbstverständlich, daß die Frau, da sie mit ihrem niederen Verstand die rechte Richtung ihres menschlichen Bestimmungszweckes nicht erkennt, nur danach trachtet, die momentanen Vorteile auszukosten, die ihr ihre körperliche Schönheit sichert, ohne sich um die Zukunft der Menschheit zu kümmern. Mit mir selbst streitend, kritisierte ich den Einwand, so verhalte es sich doch nur in den höchsten, also engsten Kreisen der Gesellschaft, dies sei nur ein typisches Symptom einer gewissen Schicht und könne als solches keine Gefahr für die Gesamtgesellschaft darstellen. Millionen aus dem werktätigen Volk sehen in der Frau keinen Luxusartikel, sie schätzen sie als Gattin und als Mutter, teilen ihr im Heim und in der Wirtschaft Arbeit zu und verschaffen ihr so die Möglichkeit, Mensch zu sein und eine treue Gefährtin des Mannes in den Kämpfen des Lebens. Bedauerlicherweise sehen wir aber, daß das nur so lange gültig ist, wie die Frau wirklich nur Mensch und nicht Frau ist – sobald ihre spezifische Fraulichkeit in grob körperlicher Hinsicht nachdrücklicher zur Geltung kommt, was ja gelegentlich geschieht, setzt sogleich die Auslese zu jenen höheren Schichten hin ein. Die höhere Schicht wählt sich die körperlich vollkommenen Exemplare der niedrigeren Schichten für ihre Zwecke aus – wer in einer Großstadt lebt, der weiß, daß die Aristokratie der Schönheit nichts mit der Aristokratie nach Geburt und Rang zu tun hat; man denke nur an die schwindelerregenden Karrieren von Hausmeistertöchtern und Kindermädchen, die trotz abgelaufener Schuhsohlen von sachkundigen Männeraugen aus dem Halbdunkel herausgehoben wurden, um in teuren Pelzen und Seiden dann dämonenhaft Herzen zu umgarnen.

An dieser Stelle unterbrach mich meine Herrin; anscheinend hatte das Wort »bedauerlicherweise« als emotionelle Nuance einer rein logischen Definition ihre Aufmerksamkeit erregt. Sie fragte mich, ob ich es wirklich bedauerlich fände, daß die betreffenden Hausmeistertöchter und Kindermädchen schön wären. Denn wenn dem so sei, dann wolle ich gemeinsam mit den anderen »denkenden« Bulloks vermutlich, daß die Frauen nicht möglichst schön, sondern möglichst häßlich seien, da nur dies, soweit sie meiner Auffassung folgen könne, eine friedliche Zusammenarbeit und den Fortschritt der Menschengattung garantiere.

Die Frage überraschte mich derart, daß ich nicht gleich antworten konnte. Es dauerte Minuten, bis ich mein inneres Gleichgewicht einigermaßen wiedergefunden hatte, so daß ich nun über den Kampf zwischen den Geschlechtern zu sprechen begann – doch neuerlich, aber heftiger als zuvor, unterbrach mich meine Herrin und behauptete, auf den Geschlechterkampf sei sie nach alledem nicht neugierig, darüber habe sie ihre eigene Meinung. Aus meinen Worten gehe für sie hervor, und sie habe es ohnehin bereits geahnt, daß wir Festlandbulloks einfach neidisch auf unsere Frauen seien, da sie verhältnismäßig schöner, vollkommener und glücklicher als wir seien und auf diese Weise über uns herrschen könnten, was im übrigen eine ganz natürliche Sache sei. Unsere Unruhe rühre eben nur daher, daß wir unsere untergeordnete Stellung erkannt hätten, aber in unserem Wehleid (dieses Wort bedeutet in der Oiha-Sprache zugleich »Dummheit«) bemerkten wir nicht, daß wir die Tatsachen durcheinanderbrächten.

Mein Geschwätz über die Frau als Genußartikel, Nippfigur und Luxus habe so geklungen, wie wenn sich der Schatten als die Mutter des Lichtes bezeichne. Was die Hausmeistertöchter und Kindermädchen mit den abgelaufenen Schuhsohlen betreffe, so verstehe sie nicht, weshalb ich mit Verachtung von ihnen spräche, da ich doch selbst zugäbe, daß die Frau Wirtschaft und Wohlstand, vom Mann nur mit angestrengtester Arbeit erreichbar, als ihren rechtmäßigen Besitz betrachte, allein wegen des Umstandes, daß sie existiere – daß also ihr bloßes Sein im wesentlichen das gleiche sei wie beim Mann das, was man »Verdienst« oder »Stärke« nenne. Für die Frau, und sie meine die echte, also vollkommene, also schöne Frau, sei die Tatsache, daß sie lebe, zugleich Verdienst und Lebensrecht – natürlich lebe sie von dem, wofür sie lebe: vom Genuß und der Freude. Denn ich glaubte doch wohl selbst nicht ernsthaft, daß die Frau ein Gegenstand sei; ohne mich unmittelbar danach zu befragen, sei sie sich ganz sicher, daß der irdische Mann, wenn er sich der von mir als Liebesdienst bezeichneten Freuden wegen eine Frau suche und sie in Samt und Seide kleide, diejenige Frau bevorzuge, die selbst auch die Liebe stärker genieße; sonst wäre die Freude des Mannes unvollkommen und in gewisser Hinsicht sogar unmöglich.

Aber wie könne etwas, das selbst genieße, ein Genußgegenstand sein? Derlei könne nur ein kranker oder törichter Geist behaupten. Ich hätte von Samt und Seide gesprochen, in die wir die Frauen im Austausch für ihre Liebe hüllten – aber wie könne man ein Geschäft, bei dem die eine Seite nichts hergibt, dessen sie sich entledigt, als Tausch bezeichnen? Bei diesem Geschäft bekomme nur die Frau vom Mann: äußerliche Freuden und Genüsse, allein, weil er bereit sei, innerliche Freuden und Genüsse entgegenzunehmen, und was gebe sie dem Mann außer dem Recht, geben zu dürfen? – ein seltsames Recht, das der Mann für Freude und Genuß hält, bis ihn Erschöpfung und unsägliche Müdigkeit davon überzeugen, daß er eine Pflicht erfüllt, nicht aber ein Recht ausgeübt habe, einem Zwang gehorcht und nicht ein Begehren erfüllt habe. Wer also nehme, ohne zu geben, der sei kein »Genußartikel«, kein »Besitz« und keine »Nippfigur«, sondern einfach ein Eroberer, der stärkere Partner, das überlegene Wesen. Dies sei kein Vertrag und keine Vereinbarung auf gegenseitiger Grundlage, sondern es sei einfach ein Sieg, der Sieg der vollkommeneren Art über die weniger vollkommene.

Nichts spreche deutlicher von der grenzenlosen Dummheit der Bulloks, als daß sie die Frau befreien wollen, statt sich selbst zu befreien: indem sie in Wettstreit mit der Frau treten oder sie wenigstens nachahmen, indem sie sich der gleichen Waffen bedienen wie sie und aus ihrer Rückständigkeit heraus den Entwicklungsgrad zu erreichen versuchen, den sie mit ihrem unfreiwilligen Opfer erlangt habe.

Nun nutzte Opula die Zeit, die ich benötigte, um mich zu fassen und Argumente zu sammeln, um auf das zu sprechen zu kommen, was ich am stärksten fürchtete: Sie suchte Ähnlichkeiten zwischen uns irdischen Männern und jenem Gewürm, das man in Capillaria als die Bulloks bezeichnet. Nur mein Pflichtbewußtsein, daß ich nichts von alledem, was ich bei meinen abenteuerlichen Reisen gesehen und erfahren habe, verschweigen darf, verleiht mir die Kraft, ihr auf diesem Wege zu folgen, den stolzes Mannesbewußtsein nicht betreten dürfte, ohne vor Scham zu erröten. Leider war ich genötigt, einzusehen, daß alles, was sie in diesem Zusammenhang über die Bulloks sagte, der Wirklichkeit entspricht; da es also keine eitle Launenhaftigkeit und kein fruchtloses Spiel der Phantasie ist, kann ich es nicht verschweigen.

Opula sprach über die Art und Weise, wie die Oihas die Schlösser und Paläste in Besitz nehmen, die die Bulloks bauen, um an die Oberfläche des Meeres zu gelangen. Wenn der Turm eine bestimmte Höhe erreicht hat und wenn die Oihas meinen, er sei für sie als Wohnstätte geeignet, dringen einige von ihnen unerwartet in das Gebäude ein und beginnen sofort, die leichte Flüssigkeit zu verspritzen, die ich im vorangegangenen Kapitel bereits erwähnte und die gewissen Parfümen, die die Frauen Europas verwenden, zum Verwechseln ähnlich ist. Sonderbarerweise merken die Bulloks trotz jahrtausendealter Erfahrung nie, was im Gange ist, und sie denken gar nicht daran, sich zu wehren. Beim Erscheinen der Oihas breitet sich unter den emsig arbeitenden Tieren großes Erschrecken und Ratlosigkeit aus, sie werfen die Köpfe hin und her, ihre plumpen Gliedmaßen verfallen in Zuckungen, und sie lassen absonderliche Zirplaute vernehmen.

Das Betäubungsmittel, mit dem sie ausgeräuchert werden, löst bei ihnen anscheinend anfangs eine erhöhte Erregung aus; offenbar wissen sie, woher diese Erregung rührt, doch sie ahnen nicht, wie alles enden wird. Sie verlassen die im Bau befindlichen Gesimse, um in immer schnellerem Tempo um die Oihas zu kreisen, wobei sie die merkwürdigsten Grimassen ziehen. Hiernach fallen sie in der Regel übereinander her und zausen und beuteln einander; diese Rauferei artet dann besonders aus – und dies geschieht hin und wieder –, wenn ein Bullok versehentlich oder absichtlich eine Oiha anstößt (diese nennt man Strubogs oder Strindbergs). Dann bildet sich ein regelrechter Bullok-Ring um die scheinbar angegriffene Oiha, die Bulloks formieren sich zu einem Schutzverband, ein gewaltiger Krach entsteht, und in dem Durcheinander bringen sie sich oft genug ums Leben. Die eifrigsten, die sogenannten Galanten, schlagen besonders brutal auf die Strindbergs ein; Opula erzählte, daß sich die Oihas bei diesem komischen Anblick fast totlachen, weil solches Gewürm sie verteidigen will, statt zu begreifen, daß sie selbst sich schützen müßten. Es gibt vereinzelte Bulloks, die in undeutlicher Ahnung der Gefahr zwar nicht sich selbst, aber doch den unter großen Mühen erbauten Turm zu verteidigen versuchen, da sie sich erinnern, wozu sie ihn zu errichten begonnen haben; sie, die von den Oihas als Gonts oder Kants bezeichnet und wegen ihres üblen Geschmacks besonders fleißig ausgerottet werden, haben ihren Platz auf den äußeren Gesimsen des Turmes, vermutlich, um aufzupassen, daß die Oihas das, womit sie immer und immer wieder beginnen müssen, nämlich eine Leiter in höhere, lichtere Regionen zu erschaffen, nicht in Besitz nehmen, um sich heimisch darin einzurichten. Mit ihrem Einsammeln und Ausstänkern brauchen sich die Oihas nicht abzurackern, das tun andere Bulloks für sie, die sogenannten Koeten oder Poeten, unter denen sich besonders die Gothen oder Goethen, Vuldes oder Wildes und die Danunzianten hervortun, die sich merkwürdigerweise ebenfalls vor ihren übelriechenden Artgenossen ekeln.

Denn, so merkwürdig es klingt, diesen scheußlichen Wesen, deren zwergenhafte Körper infolge einer ziellosen und dummen Entwicklungswut in kunterbuntem Durcheinander Flossen und Flügel und Fühler und Räder und Lungen und Kiemen aufweisen, so daß tausenderlei unvollkommene Organe einander in der freien Bewegung behindern, während ihnen jenes einzige, schlichte Organ, das, zumindest für die Oihas, dem Zweck vollauf entspräche, fehlt – diesen unglücklichen Würmern also ist das Gefühl der Eitelkeit (im Sinne der Oihas) nicht fremd. Viele von ihnen schmeicheln sich bei den Oihas ein, passen sich ihnen an und lauschen ihnen ihre Sitten und Gesten ab in der Hoffnung, den Oihas zu gefallen – und es wurde beobachtet, daß die gemästeten Speise-Bulloks, wenn sie vor dem Essen in den Topf geworfen werden, nicht nur sich nicht sträuben, sondern oft miteinander wetteifern, vor den Artgenossen in das kochende Wasser zu hüpfen, wobei sie sich dem Hirngespinst hingeben, die Oihas hätten sie persönlich nicht aus Gründen des Appetits ausgewählt, sondern weil sie ihnen gefallen oder weil sie bevorzugt werden sollen.

Achtes Kapitel

Der Verfasser über die Ehe im allgemeinen und im besonderen. Die »Frau« in Literatur und Kunst. Der Verfasser erfährt einiges über das Verhältnis zwischen Oihas und Bulloks und macht in diesem Zusammenhang verschiedene originelle Entdeckungen.

Es geschah an einem dieser Tage, wenn mich mein Gedächtnis nicht trügt (auf dieses bin ich, was die zeitliche Reihenfolge betrifft, bei meiner Reiseschilderung angewiesen, da ich mir auf dem Meeresboden, wo entsprechendes Schreibgerät nicht zur Verfügung steht, keine Notizen machen konnte), daß sich Opula nach der Bedeutung des Wortes und Begriffes »Ehe« im irdischen Sinn erkundigte. Dieses Wort nämlich war in meinen Vorträgen häufig aufgetaucht, und einmal hatte ich es so schmerzerfüllt ausgesprochen (ich kann dich, lieber Leser, nicht oft genug daran erinnern, daß die Oiha-Sprache nur aus Empfindungswörtern besteht), daß ich die Aufmerksamkeit und das Mitgefühl meiner Herrin weckte.

Nach kurzem Zögern schien es mir am besten, ihr den Sachverhalt anhand eines Beispiels zu erklären, und als bestens geeignet für dieses Beispiel bot sich meine Person an. Als ich noch in meiner Heimat lebte, hatte alle Welt anerkannt, daß ich, der Stimmung und dem Geiste der Zeit entsprechend, eine mustergültige Ehe führte – diese Ehe war die Krönung einer glücklichen und glückhaften Liebe; ich galt als beneidenswerter Gatte einer jungen und schönen Frau, um deren Hand einst wohlhabende und angesehene Männer gewetteifert hatten.

Ich erzählte also, daß ich ein enthusiastischer und talentierter junger Mann gewesen war, erfüllt von flammendem Glauben, wie berufen zu allem Schönen und Guten. Die Zukunft schwebte wie eine wundervolle Möglichkeit vor mir, ich vermeinte, ich könnte Berge versetzen, um unter ihnen auf unbekannte Quellen zu stoßen, aus denen Glück und Erkenntnis sprudele, eine Wunderkraft, die das Schicksal des ganzen Menschengeschlechts entscheiden und seine Erfolge verhundertfachen würde. Ich wußte noch nicht, was mich erwartete, aber die Dreieinigkeit von Schönem, Gutem und Wahrem gab mir die Zuversicht, daß ich die Helligkeit und den höchsten Grad des Lebens erreichen könnte, von dem aus man wie ein Gott um sich blicken darf; ich wollte ein schöpferischer Gott werden, nicht Spielzeug, sondern Lenker des Schicksals und der Natur sein. Zu jener Zeit lernte ich meine spätere Frau kennen, die dann meiner umherschweifenden Phantasie und meinen Träumen Richtung und Inhalt verlieh. Sie war damals noch sehr jung, ich ein armer, mittelloser Jüngling. Ich beschloß, sie zum Weibe zu nehmen, und sie, als ahnte sie meine Absicht, wendete alle schöpferische Kraft und Macht ihrer Schönheit dafür auf, selbstlos meine Stärke und Ausdauer anzuspornen, mein stimulierendes Traumbild zu sein, das mich in den Stunden des Verzagens emporhebt und zur Tätigkeit ermuntert. Ich brach mit den kindlichen Träumen und Wünschen, nahm ein Studium auf und erwarb in Bälde das Diplom eines Wundarztes. Nie werde ich den glücklichen Augenblick vergessen, als ich ihr begeistert und mit geröteten Wangen das Diplom vorlegte, das Ergebnis fünfjähriger angestrengter Arbeit und Entbehrung. Ein süßer Kuß und ein ermutigender Blick waren mein Lohn – noch nie im Leben war ich so zufrieden gewesen. Bald fand ich eine Stellung; ich tat mich mit einem Kollegen zusammen, wir gründeten eine wundärztliche Heilpraxis, und ich gelangte in den Besitz einer ausreichenden Summe Geldes, die mir die Heirat ermöglichte.

Hiernach versuchte ich Opula mit den vielfältigsten Aufschreien die frohen Wochen der Verlobungszeit zu erklären – die Vorbereitungen auf die Einrichtung des

Familienfestes, das gemeinsame Pläneschmieden, die innigvertrauten Plaudereien über das Aussehen des Schlafzimmers, des großen Standspiegels, des Frisierumhangs, des Kristallflakons und so weiter. Auf unserer Hochzeit blendete meine Frau alle mit ihrer Schönheit, und mir gratulierte man zu dem Schatz, den ich als mein eigen bezeichnen durfte; ich versprach glückerfüllt, daß ich ihn stets ehren würde.

Nun beschrieb ich meiner Herrin einen Tag aus unserem Eheleben. Auf den Schlag der Weckuhr stehe ich leise auf, um meine noch schlummernde Gattin nicht zu stören, und stehle mich auf Zehenspitzen in das Arbeitszimmer, wo mich mein Diener bereits erwartet, um mir meine Schuhe anzuziehen. Ich frühstücke und eile zur Klinik.

Der Vormittag verfließt in fleißigem Tätigsein, erst zur Mittagszeit kann ich meinen gesellschaftlichen Verpflichtungen nachkommen und einige politische Vereine besuchen, deren Mitglied ich bin. Bevor ich heimkehre, kaufe ich in den Läden für meine Frau all die Dinge ein, die sie mir am Vorabend auf eine Liste geschrieben hat; für mich selbst pflegt mein Diener die Einkäufe zu erledigen. Meine Frau ist inzwischen aufgestanden, sie hat sich angekleidet und mit den Kindern befaßt, dann hat sie eine Kutschfahrt über die Promenade unternommen, denn unsere gesellschaftliche Stellung verlangt es, daß die Frau sich und ihre Garderobe zeige, um die gute finanzielle Lage und die Vornehmheit ihres Gatten unter Beweis zu stellen. Wir kehren gleichzeitig heim, mein Diener und ich: Er hilft mir aus dem Paletot, ich meiner Frau aus dem Mantel, die in diesem Augenblick eintrifft und mir errötend, dankbar und erfreut darüber, daß sie allen Leuten gefallen hat, die Hand zum Kuß reicht. Sie zieht sich zum Mittagessen um, ich fülle inzwischen Wein in die Gläser, und wenn sie eintritt, erhebe ich mich, um ihr den Stuhl unterzuschieben, während mein Diener das gleiche für mich tut.

Stets können wir einige Gäste bei Tisch begrüßen, die von mir lernen, wie man sich manierlich benimmt, und die neidisch sind, daß ich eine so schöne und vornehme Frau bedienen darf.

Nach dem Essen ruht sich meine Frau ein wenig aus, und ich erledige meine Korrespondenz. Den Nachmittag widme ich wiederum den Kranken, und wenn ich damit fertig bin, gehe ich auf ein Weilchen in den Kreis, wo wir uns mit wichtigen parteipolitischen Fragen befassen; es gibt stets etwas, das diese Fragen aktuell macht – Wirtschafts- und Handelskonflikte mit anderen Ländern, die gegebenenfalls zu Zusammenstößen führen können, wenn unser Vaterland und wir, seine Bürger, die gemeinsamen Interessen nicht auf andere Weise zu schützen vermögen. Meine Frau besucht währenddessen ihre Freundinnen oder ihre Schneiderin, denn sie ist unermüdlich in ihrem Bestreben, und dies ist die heiligste Pflicht einer Frau, immer schön und begehrenswert zu sein, den Mann in seinem Tun anzuspornen und ihm Lohn für dieses Tun zu werden.

Am Abend dann, wenn wir allein sind, kann ich den erwähnten Lohn genießen, dessen Lieblichkeit ich Opula nicht lange zu erklären brauchte – ein kurzer, glückerfüllter Schrei genügte.

Auch berichtete ich meiner Herrin, daß mein Glück naturgemäß nicht immer ungetrübt war. Meiner Frau bemächtigten sich häufig Mißlaunigkeit und Niedergeschlagenheit. Es gab dreiste Männer, die mir mein Glück neideten und danach trachteten, sie mir wegzunehmen. Dieses Ziel versuchten sie mit Schmeicheleien zu erreichen, und sie versprachen die große Liebe und sonstige Güter. Meine Frau geriet mehrmals in Versuchung, und ich litt unsäglich. Letztlich aber siegte immer ich, und die Versucher mußten einsehen, daß in dem Kampf, den ein Darwin, ein Weininger, ein Franz Molnár und ein Endre Ady als den größten und schrecklichsten geschildert und hingestellt haben, ich der Stärkere bin. Ich hatte auch ein paar Duelle, in denen zumeist ich den Gegner verwundete; als Wundarzt muß ich sagen, es waren ziemlich schwere Verletzungen, natürlich verliefen sie nicht tödlich.

Ich vermeldete meiner Herrin, daß ich mich in jenen schweren Zeiten eingehend mit einer der Hauptfragen der Epoche beschäftigte, dem Frauenproblem. Ich las viel und ging häufig ins Theater, dieses Forum der erregendsten und stets aktuellen Politik der menschlichen Seele. Als ein Mann, der in der schöngeistigen Literatur bewandert ist, schilderte ich ihr in umfänglichen Auszügen die Werke der größten Dichter unseres und des vorangegangenen Jahrhunderts sowie die Lehren dieser Werke, die von genialen Männern verfaßt wurden und die den Leser bestens vertraut machen mit dem Rätsel, das wir Frau nennen. Ich sprach über die Koryphäen, die die Frau durch die scharfe Brille der Mannesmoral und der höchsten Weisheit schildern, und von jenen anderen, die nur die groben und farblosen Fakten der körperlichen Liebe sehen wollen und die Frau sozusagen mit bloßem Auge, also ohne ein vollendetes Instrument, beobachten und darstellen.

In einen Topf kamen in diesem System Zola und der Marquis de Sade, Naturalismus und Pornographie (über letztere sprach ich des längeren und breiteren, auf Einzelheiten eingehend, die ich hier aus Schicklichkeit nicht wiederholen kann), in einen anderen die vornehme Gemeinschaft der berufenen Erkunder aller Geheimnisse der Frauenseele: ein Flaubert, ein Stendhal, ein Bataille. Ich trug kurz den Inhalt einer ganzen Reihe moderner Dramen vor, indem ich Ibsen, Strindberg, Maeterlinck, Gerhard Hauptmann, Shaw und Bernstein aufmarschieren ließ. Besonders ging ich auf das Ehebruchdrama ein, auf die Art und Weise, wie einmal scherzhaft (Dreieck!) und dann wieder tragisch die schrecklichen Folgen des schwankenden Charakters der Frau für das Schicksal des Mannes beschrieben werden.

Hier unterbrach mich Opula unvermittelt und stellte mir die erstaunliche Frage, was für Unterwäsche Strindberg getragen habe und wie die Duse auf der Generalprobe zur »Kameliendame« gekleidet gewesen sei. Sie bat mich um ausführliche diesbezügliche Auskünfte, da sie alles andere auch aus zwei Worten verstanden hätte, hierüber jedoch benötige sie nähere Angaben. Ein wenig überrascht gehorchte ich: Ich sagte, daß es über Strindbergs Garderobe nicht viel zu sagen gibt, die Männer Europas tragen sozusagen eine Uniform, eine schlicht geschnittene Hülle, deren Aufgabe es ist, die Nacktheit des Mannes und die Linien seines Körpers auf möglichst rentable Weise zu verdecken. Diesem Zweck dienen fünf Röhren, in die eine stecken wir den Leib, in zwei die Arme und in weitere zwei die Beine. Diese aus grauem oder schwarzem und niemals aus andersfarbenem Stoff hergestellten Röhren werden zu zwei Stücken – Jacke und Hose – auf die Art zusammengenäht, daß die beiden natürlichen Trennlinien des nackten Körpers, Hüfte und Knie, unsichtbar werden. Diese Kleidung trägt in Europa jeder Mann, sie trug also auch der erwähnte Strindberg, solange er lebte. Allerdings, so sagte ich zu meiner Herrin, verstände ich nicht, was dies mit der Sache zu tun habe. Schwerer fiel es mir, die zweite Frage zu beantworten, da ja unsere Damen die vielfältigsten und abwechslungsreichsten Kleider tragen. Ihre Kleidung dient, ebenso wie im Tierreich, einem doppelten Ziel; zum geringeren Teil soll sie gegen Witterungswidrigkeiten schützen, hauptsächlich jedoch die Frau als solche zur Geltung bringen, die Männer verführen, ihre Begierden anfeuern: die Frau möchte bei ihnen den Eindruck wecken, sie sei eine duftende Blume, die gebrochen werden will, oder eher noch eine begehrenswerte Frucht, und sie möchte auf solche Weise ihren Wert in den Augen der Männer erhöhen.

Opula bemerkte, ihr wäre es lieb, wenn ich weniger gleichnishaft redete; sie erkannte nicht den Zweck meiner Vergleiche und behauptete, mit diesen gingen die Festlandbulloks ebenso um wie die entarteten (verhäßlichten) Oihas, die unter uns lebten und die ich »Frauen« zu nennen pflegte, mit ihren Kleidungsstücken, die die Unvollkommenheit ihrer Körper verhüllen sollten. Wenn wir außerstande seien, mit hinlänglicher Leidenschaft und Freude zu lieben oder anschaulich zu machen, wovon wir sprächen, griffen wir unverzüglich zu einem Vergleich, um diese Lücke zu füllen, wie der

Kaufmann es tue, der von der Butter behauptet, sie sei »wie Mandeln«, oder von den Mandeln, sie seien »wie Butter«, weil er sich nicht darauf verlassen wolle, daß die Ware für sich selbst spricht und mit ihren ureigensten Eigenschaften wirken kann.

Wenn unsere verkrüppelten Oihas Kleider benötigten, damit wir sie als Blumen oder Früchte begehrten, dann sei das sicherlich nur deshalb so, weil sie ohne Kleidung nicht blumig und nicht fruchtig genug seien. Übrigens halte sie dies nicht für wichtig, denn meinem Vortrag habe sie ungefähr entnommen, was sie habe wissen wollen. Sie verstehe nur nicht, wieso ich, als man mich fand, Kleider von der Art getragen hätte, wie sie von mir für die Bulloks beschrieben worden seien.

Nun begriff ich endlich, daß Opula mich nicht für einen Bullok – also einen Mann – hielt, sondern dem Geschlecht der verkrüppelten Oihas zurechnete, mich als Frau ansah wegen meiner körperlichen Erscheinung, die aus ihrer Sicht in der Tat eher einem »Gefühlswesen«, also einer Frau, ähnelte als jenem Ungeziefer das in Capillaria den erhabenen Mann vertritt.

Vorerst hütete ich mich, sie über ihren Irrtum aufzuklären – um ehrlich zu sein, eine solche Verwechslung war in diesem Land schmeichelhaft für mich; aber es schien mir auch vernünftiger, es nicht zu tun, denn leider hatte ich keinen Anlaß zu der Hoffnung, daß sie sich auch weiterhin mit mir unterhalten und mich ihres Interesses würdigen würde, wenn sie erführe, daß ich dem Wesen nach jenen Würmern näher stand, die bei ihr nichts als Verachtung und Ekel erweckten.

Diesem Irrglauben hatte ich ihr Vertrauen zu danken, das zurückzuweisen ich weder das Recht noch den Mut besaß. Immerhin hielt sie mich für eine Oiha, wenn auch für eine verkrüppelte, und sie rechnete letztlich mit meinem Verständnis und Einverständnis, was ihre Meinung über die Bulloks betraf. In bezug auf meine Kleidung gab ich also eine ausweichende Antwort, ich erwähnte irgendwelche Piraten, die unser Schiff überfallen hätten, bevor es sank, und behauptete, diese hätten mich gezwungen, mich umzuziehen. Daraus entnahm Oiha, daß unsere Bulloks körperlich ungefähr so groß und entwickelt seien wie unsere Oihas, was ihr sehr seltsam schien, doch keinesfalls bedeuten könne, wie sie aus meinen Auskünften schließe, daß in psychischer, verstandes- und gefühlsmäßiger Hinsicht irgendein nennenswerter Unterschied zwischen ihnen und den capillarischen Bulloks bestehe. Das hätte ich mit allem zu erkennen gegeben, was ich in Form von Antworten auf ihre Fragen berichtet hätte.

Meine Verblüffung ob dieser unvermuteten Behauptung kannte keine Grenzen, hatte ich Opula doch gerade vom Gegenteil all dessen überzeugen wollen, was sie aus meinem Vortrag gefolgert hatte. Ich bat sie, mich über diese Ähnlichkeiten, an denen gemessen die Unterschiede keiner Erwähnung wert seien, aufzuklären.

Opulas Antwort gab mir Gewißheit über etwas, das bisher nur als undeutliche, formlose Ahnung in mir gehaust hatte wie im Kleinkind das Geheimnis der Herkunft: Ich erfuhr, welche biologische und physiologische Rolle in Capillaria die Bulloks beim großen Werk der Arterhaltung spielen. Ich möchte hierüber kurz und in knappen Worten nur so viel mitteilen, wie es die wissenschaftliche Objektivität und mein Gewissen als Reiseschriftsteller unabdingbar verlangen; es liegt mir fern, meine schamhaften Leser mit ungebührlichen Einzelheiten zu empören.

Nun denn: Die Oihas sind wie unsere Frauen lebendgebährend, und zwar bringen sie ihnen ähnliche Oihas zur Welt. Über die Frage der Befruchtung herrscht in Capillaria große Unkenntnis, die meisten wissen gar nicht, daß zur Empfängnis mehr erforderlich ist als gesunde Organe und eine gute Ernährung. Einige gelehrte Oihas, unserer »verkrüppelten« Art nicht unähnlich, haben dennoch nachgewiesen – auch dies fand ich erst nach langwierigen Kreuzverhören heraus –, daß die Oihas, auf deren Speiseplan die Delikatesse fehlt, die mir an meinem ersten Tage in Capillaria vorgesetzt wurde, also das frisch ausgepreßte Hirn lebender Bulloks, so lange nicht gebären, wie sie keinen Appetit auf diesen Leckerbissen verspüren. Anscheinend enthält das Bullok-Hirn eine Substanz, ohne die die Fortpflanzung nicht vonstatten gehen kann; die Meinungen hierüber sind jedoch geteilt.

Was die Bulloks betrifft, so erwachen sie allen Anzeichen nach aus der Schlacke des Meeresbodens zum Leben – dafür, daß sie sich untereinander vermehren wie andere Würmer und Kriechtiere des Meeresgrundes, gibt es keinerlei Beweis, und es liegen auch keine Angaben darüber vor, ob sie lebendgebährend sind oder aber wie die Reptilien Eier ablegen. Gewiß ist lediglich, daß sie nur in jenen Gefilden des endlosen Meeresgrundes leben, wo es auch Oihas gibt; wild kommen sie nicht vor, aber in der Gesellschaft der Oihas immer und überall und in sehr großer Zahl, ähnlich wie Schmarotzer; für ihre Zucht braucht nicht gesorgt zu werden, sie gedeihen zahlreich genug von allein, als wüßten sie um ihre Berufung, den Oihas entsprechende Lebensbedingungen zu schaffen.

Soviel erfuhr ich von Opula über die Naturgeschichte der Bulloks. Und dies wäre nicht viel und keinesfalls ausreichend, sähe ich mich nicht in der Lage, einige Feststellungen als Resultat meiner bescheidenen eigenen Forschungen hinzuzufügen, und zwar von Forschungen, die ich selbständig und ohne Wissen der Oihas in Capillaria angestellt habe. Diese Feststellungen oder besser Entdeckungen dürfen als hochbedeutsam für unser wissenschaftliches Denken gelten. In Capillaria allerdings erwiesen sie sich als so uninteressant, daß Opula, als ich sie ihr in der Hoffnung mitteilte, man werde mich als capillarischen Darwin oder Newton feiern, der das Prinzip der Verwandtschaft mit den Bulloks entdeckt hat, nur mit den Schultern zuckte und meinte, was ich sagte, sei gut möglich, aber nicht im geringsten ergötzlich oder vergnüglich.

Die Wege, über die ich zu meiner Entdeckung gelangte, beschreibe ich hier nicht, da ich meine Leser nicht langweilen möchte; ich fasse lediglich das Endergebnis zusammen.

Die Bulloks, die in Capillaria als ebenso nützliche Tierchen gelten wie bei uns die Seidenraupen und von denen nicht mehr anerkannt wird, als daß sie die Fortpflanzung der Oihas als Stimulierungsmittel fördern, stammen in Wirklichkeit auch heute noch, ganz wie in der erwähnten Legende der Oiha-Mythologie behauptet, aus dem Körper der Oihas, denen diese Tatsache lediglich durch die absonderliche und abartige Geburtsweise verborgen blieb: Bei der Geburt jeder Oiha kommen auch einhundert bis zweihundert Bulloks zur Welt, und zwar in der Plazenta. Diese neugeborenen Bulloks sind sehr winzige, mit bloßem Auge kaum erkennbare Würmchen; so wird uns verständlich, daß die Oihas, die, anders als unsere Naturwissenschaftler, nicht gerne in abstoßenden Stoffen herumwühlen, sie bisher nicht bemerkt haben. Es wimmelt von Bulloks in der Plazenta, und zur Entbindungszeit sind sie auch im Kot der Oihas enthalten; wenn nun Plazenta und Kot vom strömenden Wasser hinweggespült werden, halten sich die kleinen Bulloks an den Algen und Korallen fest, oder sie vermengen sich mit dem Schlamm des Meeresbodens – dort beginnt ihre Entwicklung.

Hierher rührt der Glaube, sie würden von der Schlacke des Grundes ausgeworfen.

Letztlich ließe sich also, unserem naturwissenschaftlichen Denken nach, sagen, daß die Oihas und die Bulloks im gleichen Verhältnis zueinander stehen wie bei uns die Männer und die Frauen. Doch in Capillaria, wo die »zwei Geschlechter« ein unbekannter Begriff sind und die Begriffe »Mensch«, »höheres Wesen« und »Krone der Schöpfung« sich ausschließlich auf die Oihas beziehen, zu behaupten, eine Oiha und ein Bulloks verhielten sich zueinander wie die beiden Hälften eines Ganzen und wie zwei gleichberechtigte Faktoren der höchsten Lebensmöglichkeit, wäre ebenso lächerlich und dumm, wie wenn bei uns ein grilliger Gelehrter nachzuweisen versuchte, daß die menschliche Würde nicht durch Verstand und Einsicht, den Sitz der Seele, das menschliche Hirn, vertreten würde, sondern beispielsweise durch die Leber oder durch die Niere, die Milz oder das Geschlechtsorgan oder einen Hefepilz, der unsere Verdauung fördert.

Neuntes Kapitel

Ein Besuch in der Bullok-Farm. Bullok-Künstler. Raum und Zeit. Einige absonderliche Ansichten Opulas über die menschliche Gattung. Körper und Seele. Der sechste und der siebente Sinn

An einem der darauffolgenden Tage überraschte mich Opula dann mit einer solchen Erklärung der ganzen komplizierten Frage, die zwar klar zu verstehen war, jedoch in solchem Widerspruch zu all meinen Ansichten und Kenntnissen stand, daß es einer geraumen Zeit bedurfte, bis ich meine Gedanken wieder zusammennehmen konnte.

Meine Herrin besuchte gerade eine im Bau befindliche Bullok-Farm, und sie hatte mir erlaubt, sie zu begleiten. In dem leuchtend grünen Licht konnte ich undeutlich eine ganze Reihe im Entstehen begriffener Türme ausmachen – eine neue Vorstadt der Metropole von Capillaria, das Werk der zäh und unermüdlich schaffenden Bullok-Massen, jeder Turm als himmelhohe Leiter gedacht, jeder ein Versuch des einen Gedanken, den Meeresspiegel zu erreichen über dem Grunde, auf dem diese unglücklichen Würmer arbeiten, kämpfen und sterben, immer wieder vergessend, daß sie nie an ihr Ziel kommen können. Wir traten in das Innere des einen Turmes; meine Herrin blickte sich sachkundig um und meinte, dieses Gebäude werde aus der Sicht der Oihas in einigen Tagen fertiggestellt sein. Drei Mauern waren bereits ziemlich hoch; sobald die vierte die gleiche Höhe erreiche, wolle sie ihre Freundinnen benachrichtigen, dann könnten sie ausräuchern kommen.

Es rührte mich, das Gewimmel und Getümmel der kleinen Bulloks zu beobachten. Sie unterbrachen auch beim Erscheinen Opulas nicht ihre emsige Arbeit, nur einige lösten sich von den Gesimsen, kamen herbei und umschwammen sie mit hervorquellenden Augen. »Sie belauern mich!« sagte Opula lächelnd, dann setzte sie, ihre Worte erklärend, hinzu, es gebe unter diesen winzigen Wesen solche mit künstlerischem Instinkt, die die Wände des entstehenden Turmes mit Zeichnungen verzierten. Diese Zeichnungen stellen ausschließlich Oihas dar, in den unterschiedlichsten Haltungen, was darauf schließen läßt, daß selbst in diesem Gewürm eine unklare Ahnung von Schönheit und Glück und vom wahren Zweck des Lebens vorhanden ist. Diese kleinen Künstler werden von den werktätigen Bulloks verachtet und verhöhnt; indem sie ihre Worte nachahmte, gab mir Opula zu verstehen, sie würden von ihren Bullok-Gefährten als »religiös« oder »gläubig« abgetan, und die Oiha-Darstellungen nenne man »Götzen« oder »Götter«. Die Künstler selbst bezeichnen die Bedeutung ihrer Bilder als »Schicksal« oder »Verhängnis«.

Das ließ mich etwas verstehen, was Opula ganz natürlich fand, mir aber bislang unverständlich gewesen war: weshalb der Bullok nicht den einzigen Gegner und Enteigner seiner Arbeit, die Oiha, erkennt und weshalb er nicht gegen sie kämpft, statt seine Artgenossen anzufallen. Der Bullok hält die Oiha für ein höheres Wesen, eine metaphysische Kraft, einen abstrakten Begriff, der das Leben einschließt – gegen die Oihas zu kämpfen würde also seiner merkwürdigen Auffassung nach bedeuten, gegen sich selbst und das Leben zu Felde zu ziehen. Unter den Bulloks wie unter den Menschen bezeichnet der naive Künstler diese Kraft als Gott, ihn stellt er dar, ihm opfert er mit seinem Werk, um ihn zu versöhnen und sich bei ihm Gehör zu verschaffen.

Ich sah mir ein solches Götzenbild näher an; Bulloks waren davor niedergekniet, die auseinanderspritzten, als Opula erschien, auf das Bild deuteten und einander anstießen. Ich könnte höchstens umschreiben, was dieses Bild, das zwei Oihas darstellte, zum Gegenstand hatte; ich kann nur soviel sagen: Wollte ich eine Kopie des Werkes in Worten anfertigen, so ließe die Zensur keines einzigen Landes eine solche Mitteilung zu. Kurz gesagt, es handelte sich um eine gewöhnliche Schweinerei, eine unzüchtige Handlung (an der außer den beiden Oihas auch einige Bulloks beteiligt waren), ein Bild, wie es bei uns Lüstlinge zur Unterhaltung ihrer Dämchen in entscheidenden Augenblicken aus einer verborgenen Tasche ziehen, hoffend, sie könnten damit die Phantasie der Damen entzünden.

Voller Verachtung und Abscheu wandte ich mich ab, und ich bat auch Opula, sie solle ihren Blick besser den schwitzenden und schuftenden Bullok-Massen zuwenden. Ich nutzte die Gelegenheit, mit ihnen all das zu symbolisieren, wofür ich bei ihr bisher keinerlei Respekt hatte wecken können und was ich als Mannesarbeit, Mannesverstand und Manneswille bezeichnete. »Wie man sieht«, so sprach ich mit erhobener Stimme, »gibt es etwas, das mehr bedeutet als Glück und Freude und wofür man das Leben opfern kann – eine heilige Berufung: die Pflicht. Der bestirnte Himmel über mir und der kategorische Imperativ in mir, sagt Kant. Diese kleinen Wesen bauen einen Turm, um ihn zu erreichen – ihr aber zerstört immer wieder das Ergebnis ihrer Arbeit; doch was tut es? Sie beginnen von neuem, voller Glaube und Zuversicht. Und ist diese hoffnungslose Plackerei nicht schöner und hehrer als verweichlichtes Schwelgen in den Freuden des Lebens, ist diese Verneinung des Lebens um eines schöneren, höheren Lebens willen der Seele nicht würdiger als die Ergebung in die endlose Gegenwart ohne Verlangen nach einer großartigen Zukunft?«

Meine Herrin sah mich verwundert an und bemerkte, meine Schreie von Raum und Zeit finde sie außerordentlich langweilig; sie bat mich, damit aufzuhören. Höhe und Tiefe, Vergangenheit und Zukunft – das seien Dummheiten, denn keines durchlebten (genössen, wie sie sich ausdrückte) wir, da die Oiha nicht in der Tiefe und nicht in der Höhe, sondern dort sei, wo sie sei, also in ihrer eigenen Seele, in der Mitte der Welt, ewig gegenwärtig und immer glücklich. Was den Höhendrang der Bulloks anbelange, so halte sie diesen für durchaus nicht vergnüglich oder aussichtsreich. Denn was könnten sie bestenfalls erreichen, falls es ihnen je gelänge, einen Turm fertigzustellen? Sie würden die Oberfläche des Meeres erreichen und das Festland, von dem ich gesprochen hätte und von dem ich angeblich stammte. Doch gebe es in jenem Land für die Bulloks eine höhere, glücklichere Lebensform? Die dortigen Bulloks seien zwar ein wenig größer, im wesentlichen aber, wie sie meinen Worten entnommen habe, genauso dumm (unglücklich), wenn nicht noch dümmer als die hiesigen. Sie seien vielleicht ein wenig anmaßender, und möglicherweise seien sie noch weniger imstande, ihre Situation zu erkennen und sich selbst einzugestehen.

So, wie ich die Ehe beschrieben hätte, sei sie im Grunde genommen nichts anderes als die Bullok-Zucht in Capillaria. Daß unsere Bulloks in Röhren kröchen, sei ihr durchaus verständlich – weil unsere Oihas nicht dulden wollten, daß auch sie durch die Zurschaustellung ihrer körperlichen Beschaffenheit geheime Wünsche weckten und über kurz oder lang ebenfalls ausgehalten würden. Übrigens könne sie mir anhand meiner eigenen Worte beweisen, daß auch unsere armen Bulloks in ihrem tiefsten Innern die Oihas als Götter ansähen und daß ihre Überheblichkeit nur eine Leugnung ihres unwillkürlichen Gefühls sei, sie seien den Oihas unterlegen.

Verblüfft bat ich Opula, sie möge mir ihre Worte erläutern. Nun zitierte sie meinen eigenen Bericht, jedoch aus ihrer Sicht. Ich hätte zugegeben, sagte sie, daß sich mit der »Frauenfrage«, wie wir es nennen, abgesehen von den wenigen Feministinnen, die sie nicht als Frauen, sondern als degenerierte Männer ansehe, bei uns sogenannte »Genies« beschäftigten – daß also zur Lösung der Frage, die von den Frauen einfach durch ihr Dasein und Leben gelöst werde, und zwar ohne jede Schwierigkeit, unter den Männern zumindest ein Genie nötig sei, ein herausragender Kopf, aufopferungsvoller Fleiß und Krafteinsatz. Wie es denn komme, fragte Opula, daß die Rätsel der Frauenseele stets von Männern und auch die Frauencharaktere stets von Männern analysiert würden, daß die großen Erfolge auf diesem Felde der Wissenschaft mit den Namen von Männern verbunden seien, während die Frauen ihr nur Informationen gäben. Die Minderwertigkeit des Verstandes der Frau und ihre geistige Armut wolle ich damit beweisen, daß sie sich nicht einmal selbst definieren könnten; um eine Ahnung von sich selbst zu bekommen, bedürfe es des Genies des Mannes, denn sie selbst hätten nichts über ihre eigene Seele auszusagen. Auf der gleichen Grundlage aber könne man sagen, Gott habe geringeren Verstand als der Mensch, denn auch er habe keine Autobiographie und keine Selbstcharakteristik verfaßt; was wir über ihn und sein Tun wüßten und glaubten, das hätten Menschen entdeckt und definiert – er selbst schweige und handle. Doch der wahre Gläubige sei sich darüber im klaren, daß sein Schweigen und unser Gebet in dem Verhältnis ihren Sinn fänden, das zwischen Gott und Mensch bestehe – daß wir zwar Gott benötigten, er aber nicht uns.

Meine Herrin behauptete entschieden, unsere großen Frauenkenner wären lieber Frauen als Frauenkenner – Strindberg und den anderen Pessimisten aber, die die Niedertracht der Frau darin sähen, daß sie lieber ihr eigenes Leben lebten als sich den Kopf darüber zu zerbrechen, was für ein Mensch Strindberg wohl sei und wie er glücklich gemacht werden könne, seien einfach die Trauben zu sauer. Überhaupt scheine es ihr, durch alle überspannten Theorien und Ideengebäude hindurch wohne unseren Bulloks irgendeine namenlose Sehnsucht inne, auch Frau zu werden, zu »verkommen« und die babylonischen Turmbauten einfach im Stich zu lassen. Ich hätte selbst zugegeben, frauliche Männer seien den Frauen lieber als Frauen mit männlichem Erscheinen den Männern – was sonst bedeute das als den Wunsch nach einem einheitlichen Menschentypus, den Wunsch nach »Erniedrigung«, nach »Absinken«, nach »Effeminierung« – kurz gesagt, es bedeute das rätselhafte Heimweh jedes Erdenmenschen nach Capillaria und dem Meeresboden, den bisher nur ich, Gulliver, hätte kennenlernen dürfen und wo ein einziges Geschlecht lebe, heiter und glücklich, ein Nietzschescher Übermensch – doch diesem einzigen seien die Frauen ähnlicher als die Männer.

Der gleiche nebulöse Instinkt werde nicht nur nicht widerlegt, sondern eher noch bestätigt durch das, was ich über die »Liebe der Gleichgeschlechtigen« gesagt hätte, über jene »Unzucht«, die bei uns zwischen Mann und Mann sowie Frau und Frau in Form einer Liebesentartung vorkomme, mit dem Unterschied allerdings, daß die Frauen einander als Frauen liebten, genau wie in Capillaria, während der homosexuelle Mann als Partner einen »fraulichen« Mann suche, ihm Frauennamen gebe, ihn in Frauenkleider hülle, und zwar in solchem Maße, daß sich, wenn er schon die Frau im Manne suche, die Frage stelle, weshalb er sich nicht gleich einer Frau zuwende. Und zeige nicht der von mir erwähnte Lüstling der Frau, die er zur Liebe bewegen wolle, aus ebendem Grund einen nackten Frauenkörper, aus dem die Bulloks ihre Götzenbilder malten? Denn wenn wir glaubten, daß die Frau psychisch den Mann ebenso benötige wie der Mann die Frau – benötige und nicht nur mangels eines anderen Mittels benutze! –, dann würden wir versuchen, die Frauen durch verführerische Darbietung unserer eigenen Nacktheit zu entflammen. Wir sagten scherzhaft, die Frau zeichne diesen oder jenen mit ihrer »Gunst« aus und uns falle gar nicht auf, daß es sich in der Wirklichkeit ernstlich so verhalte.

Den heiligen Antonius hätten in der Einöde Frauen in Versuchung geführt, und er habe Gott um Hilfe angerufen; er habe die Frau als Gott anerkannt, wenn er sie mittels einer gleichgestellten Kraft bekämpfen wollte, da er fühlte, daß er allein in seiner menschlichen Erhabenheit zu schwach war für das Wesen, das bei uns nicht einmal als Mensch Anerkennung finde. »Warum«, so fragte mich Opula, »haltet ihr das Verlangen des Mannes nach der Frau für tragisch und gilt es euch als komisch, wenn die Frau sich in Liebe nach dem Mann verzehrt, wenn nicht deshalb, weil ihr auch das Streben nach Vollkommenerem als tragisch empfindet?«

Sie verstummte, und ich, der ich mit gesenktem Kopf schweigend gelauscht und spöttisch Gegenargumente ersonnen hatte, blickte unvermittelt zu ihr auf. Ihr Gesicht war kühl und gelassen, doch so unwahrscheinlich schön, daß mir die Worte im Halse steckenblieben! So stand ich mehrere Augenblicke mit laut klopfendem Herzen vor ihr, dann rief ich schmerzerfüllt und vor Unruhe zitternd: »Aber was bedeutet dann diese Verwirrung, dieses Sehnen, dieses unbestimmte und vielfältige Wollen, dieses Dürsten nach Freiheit im Herzen der Unglücklichen? Sag es mir, ich verstehe es nicht, gib mir ein Zeichen, zeig mir den Weg, den ich einschlagen soll!«

Opula bückte sich und ergriff mit geübter und geschickter Handbewegung einen der zappelnden kleinen Bulloks, hob ihn auf und hielt ihn mir vor die Augen. Zum erstenmal sah ich ein solches kleines Ungeheuer aus nächster Nähe.

»Schau her«, sagte sie ruhig, und ihre durchscheinenden, blaßgelben Finger umklammerten kraftvoll und wie winzige Flammen die Hüfte des strampelnden Tierchens. »Siehst du diesen wirren, komplizierten kleinen Mechanismus? Ursprünglich war er, wie du es erklärst und wie es auch unsere Legenden besagen, ein einziges Organ, ein nur einem Zwecke dienender Teil des großen Ganzen, das ihr bei euch dort oben Mensch nennt und das wir hier als Oiha, also als Frau bezeichnen. Seine Gestalt erinnert in groben Zügen heute noch an seine Herkunft, wenn man der Beschreibung glauben darf, die du vom Aussehen des irdischen Mannes gegeben hast. Dieses Organ, dieser Teil des Ganzen, hat sich irgendwann von uns gelöst und eine eigene Entwicklung genommen. Dabei rüstete es sich mit allem aus, das nur dem Ganzen zusteht, nicht aber dem Teil: mit Augen und Ohren und Mund – sieh nur, er hat sogar Flossen und Flügel! –; er wollte alles in sich vereinigen und meinte, er werde vollkommen, wenn er die Form alles Vollkommenen annehme. Aber auch wer weiser sein will als das Leben, kann die Weisheit des Lebens nicht übergehen, und wer schneller sein will als die Natur, kann auch keinen anderen Weg gehen als die Natur.

Verstehst du meine klare Rede? Aus dem Ohr, das du vom Leben erhalten hast, kannst du ein vollkommeneres Ohr machen, denn ihr habt Telefone und könnt euer Gehör über Tausende von Meilen ausdehnen; und du kannst aus deinem Auge ein vollkommeneres Auge machen, denn mit euren Fernrohren seht ihr den Mond ganz nahe, und das im Wasser schwimmende Wimperntierchen seht ihr als Wal, wenn ihr eure Augen mit Gläsern ausstattet. Und deine Beine, die dazu dienen, daß du deinen Körper fortbewegst, kannst du mit Eisenbahnen und Flugzeugen ausrüsten, damit sie dem von der Natur vorgegebenen Zweck tausendmal vollkommener gerecht werden. Dies also sei der natürliche Weg zum Glück: immer vollkommener zu werden? Willen, Verstand und Einsicht im Dienste der Natur, eine Dreieinigkeit, mit der die Natur sich selbst übertrifft, wenn sie sich in ihrer vollkommensten Form, der des Menschen, offenbart? Braucht man sich nur darüber im klaren zu sein, wozu die Einzelteile gut sind, bevor wir mit dem Vervollkommnen beginnen? Denn wer mit den Ohren sehen und mit den Augen hören will, der hat diesen Weg verlassen und wird nicht ans Ziel gelangen. Dieses Würmchen, dieses Teilchen der wundersamen Oiha rebellierte gegen das Ganze und vermeinte, es könne mit diesem in Wettstreit treten, es überflüssig machen, ersetzen, einholen.

Stell dir vor, das Ohr rebellierte gegen den Menschen, löste sich von ihm, machte sich selbständig und begänne ein neues Leben. Wie es sich auch anstrengte, es wäre zu nichts anderem imstande als zum Hören – es würde niemals wirklich sehen, das könnte es sich nur einbilden, es würde ein lächerliches Monstrum, ein partnerloses, unglückliches Tier; es käme nicht in den Besitz dessen, wonach es sich sehnt, und verlöre, was es besaß – es würde taub in seinem hoffnungslosen Streben, sehen zu können. Und so erginge es allen Organen, die etwas anderes wollten als das, wozu sie erschaffen sind: dem Auge, wenn es hören, und dem Ohr, wenn es sehen wollte.«

»Ja, aber der Verstand . . .«, unterbrach ich sie.

»In der Tat, der Verstand!« fuhr Opula lächelnd fort. »Was meinst du, wozu er taugt? Könntest du es genau sagen? Nicht dazu, meine ich, wozu ihr ihn bei euch benutzt. Dieses komplizierte, ungeheuer feine Organ, das sich im grazilen Knochengefäß des Schädels verbirgt, unsichtbar selbst in unseren zarten Körpern, webt Tausende von Seidenfäden zu allen Teilen des Körpers hin, Freude und Schmerz einzusammeln und zu verteilen. Es trachtet alles, was es sammelt, zu Freude und Wohlbefinden und Glück zu verarbeiten, selbst den Schmerz; doch nur, wenn du es in seiner Arbeit nicht störst und es nicht zwingst, sich mit anderen Dingen als denen zu befassen, wozu es da ist.«

»Aber das Selbstbewußtsein . . . das Ich-Gefühl . . . das instinktive Bestreben, die Wahrheit zu erkennen . . . die Seele . . .«

»Wer etwas für das Ich sucht, der sucht nicht die Wahrheit, sondern nur Selbstbestätigung. Laß das Ich! Wir sprachen von einem Organ, das ihr das Hirn nennt, und dieses ist nicht das Ich, sondern nur ein Teil des Ichs, wenn auch der komplizierteste und vollkommenste Teil. Oder bezeichnest du deine Seele als das Ich? Nein: Indem du ›meine Seele‹ sagst, erkennst du an, daß nicht du sie bist, vielmehr ist sie nur ein Teil deiner, so wie du sagst ›meine Hand‹ oder ›mein Bein‹. Verzichte auf das ›Ich‹ – mittels dieses komplizierten Organs, das du Seele nennst, wirst du nie erfahren, wer das ist . . . Weshalb bist du so unruhig? Wenn du deine Hände und Füße ohne Gewissensbisse dazu benutzt, wozu sie bestimmt sind, dann tue das gleiche mit der Seele, gebrauche sie zur glücklichen Beobachtung dieses einzelnen Wesens, das wir mit einem glücklichen Aufschrei Oiha nennen und ihr ein wenig trocken als Mensch bezeichnet, das die Quelle aller Freuden, Schönheiten und Taumel, die Form für alle Möglichkeiten ist – denn in ihm sind alle Möglichkeiten gegeben, so, wie es vor dir steht, mit Händen und Füßen und der Seele. Das ist Aufgabe und Obliegenheit der Seele, dazu ist sie erschaffen. Soll sie also ihre Sache tun, solange sie vermag, und mag sie dann ruhen; eine neue Seele wird kommen, unseren unsterblichen Körper zu neuen Freuden anzuspornen, denn die Seele ist sterblich, nur der Körper ist unsterblich.«

»Mensch . . . Seele . . . Körper . . . Freude und Kummer . . . Oiha . . .«, stotterte ich, »aber wenn sich darin alles erschöpft . . . worauf soll ich mich dann verlassen . . . auf welches Organ . . . wer soll sich mit der Menschheit befassen . . . dieser großartigen Gattung . . . mit den Mitmenschen, den Frauen und Männern . . . der Menschheit, die eine Berufung hat auf dieser Erde . . . Du sprichst nur vom Menschen . . . vom Körper . . . von Händen, Füßen . . . von Augen, Ohren . . . den fünf Sinnen, die dem Körper dienen, dem Menschen . . . als den sechsten nennst du die Seele . . . Wer wird aber die Menschheit erhalten, wenn du die Seele für den einzelnen Menschen mit Beschlag belegst?«

Opula lächelte wieder.

»Hast du denn den siebenten vergessen?«

Ich blickte sie an.

»Die Liebe . . .«, flüsterte ich vernichtet.

Lächelnd hob Opula den zappelnden Bullok in die Höhe.

Zehntes Kapitel

Der Verfasser überrascht Opula in einem Augenblick geistiger Verwirrung mit einem Liebesgeständnis. Licht fällt auf seine Herkunft. Verurteilung zur Zwangsarbeit

Um uns funkelte das Wasser, in der Ferne leuchtete rötlich der Quecksilbertümpel. Fische huschten über mir hinweg, Ungeheuer wie aus der Unterwelt: ein gräßlicher Kopf mit grünen Augen, Fühlern und Tastorganen zeigte sich. Weiter drüben gewahrte ich eine unförmige schwarze Masse: das Wrack eines gesunkenen Schiffes, wie Rauch schlängelte sich eine grüne Riesenschlange aus dem Schlot. Das Wrack schien zu leben, auf dem Deck und auf den Masten und im Innern wimmelte es von Bulloks, sie arbeiteten emsig, nahmen auseinander und setzten zusammen, durchforschten alle Winkel, prüften und untersuchten begierig. Nun wußte ich, daß sie es gewesen waren, die mich umringten und mir das Leben retteten, als ich ohnmächtig und vielleicht schon halbtot auf den Meeresgrund hinabgesunken war; sie hatten mir die künstlichen Kiemen angelegt, mittels dessen auch gewöhnliche Säugetiere unter Wasser leben können – dieses Instrument, die künstliche Lunge, hatten sie längst erfunden, so wie wir oben über dem Meer das Flugzeug und das Dampfschiff.

Und sie hatten mich verlassen, bevor ich zu mir kam, um neuen Aufgaben nachzugehen.

Sie hatten mich gerettet und Solidarität mit mir geübt, diese kleinen Ungeheuer – diese Arbeitenden und Suchenden, Entdeckenden und Erfindenden, Kämpfenden und Leidenden, deren ganzes Streben von einem einzigen unklaren Wunsch beseelt war: zu uns zu gelangen, auf das Festland, um sich mit uns im Fieber der großen, gemeinsamen Arbeit zu vereinen.

Die künstlichen Kiemen an meinen Ohren begannen zu rauschen, in meinem Kopf dröhnte es, und ich verspürte einen unerträglichen Druck; auf einmal fiel mir die ungeheure Wassersäule ein, die auf mir lastete, reglos und unendlich – ich vermeinte zu ersticken. Ich breitete die Arme aus, und ein jammervoller, langgezogener Klageruf entrang sich meiner Brust. Plötzlich fühlte ich, wie jemand eine Hand auf meine Lippen legte.

Ich wandte mich um und erblickte Opula, die mich verwundert und teilnahmsvoll musterte. Im selben Augenblick verstummte ich. Sie stand sehr gerade vor mir, durch ihren großen und doch zarten Körper hindurch gewahrte ich wie hinter einem Nebelschleier undeutlich die sanft sich bewegenden Wasserpflanzen. Sie war so unfaßlich schön, daß mir zumute war, als hätte ich aufgehört zu existieren mitsamt meinem Bewußtsein, meinem Ich, allem, was ich als mein Eigenleben kannte, als verschwände alles, um seinen Platz dieser einzigen Wirklichkeit zu überlassen. Ihr Gesicht neigte sich über mich, und ich fühlte deutlich, daß ich lieber von diesem Gesicht wüßte, daß es vorhanden ist und auf mich herableuchtet, als daß ich mir sicher wäre zu leben – daß lieber sie dasein sollte als ich. Sie verdeckte das grüne Wasser über mir; glückliche Beruhigung kam über mich und Zuversicht, als blickte ich in die Sonne, ich, ein Kind der traurigen, dunklen Erde: in die Sonne, die ich so lange nicht gesehen hatte und ach so sehr wiederzusehen begehrte.

Und während ich so empfand, bemerkte ich gar nicht, daß ich zu sprechen begann, etwas stammelte, zaudernd und leidenschaftlich, etwas, das nichts zu tun hatte mit meinem Gefühl, glücklich und ruhig und versöhnt zu sein. Was ich sprach, in Bruchstücken und buntem, unsinnigem Durcheinander, mag ungefähr so geklungen haben:

»Du gleichst niemandem, den ich bisher sah, Opula, Königin der Tiefen. Du gleichst niemandem, aber du bist die, von der ich immer schon wußte, daß es sie gibt – oben, auf der

Erde, in einem Lächeln, einem Blick, auf der blumenbesäten Wiese, im Duft des Frühlings, unter dem lauen Sternenhimmel, in Sturm und Sonnenschein. Ich wußte immer, daß Gott irgendwo zugegen ist, sich versteckt hält, vielleicht hinter mir, oder gerade an mir vorüberhuscht, schneller als das Licht. Ich wußte auch, daß er sich in allen Dingen verbirgt – und daß ich ihn finde, wenn ich genau hinschaue. Ich schaute hin, angestrengt und mit weit geöffneten Augen, und mitunter meinte ich schon, ich hätte ihn gefunden: im Hinschauen, in mir selbst – meinte, ich sei er. Doch jetzt weiß ich nicht mehr, was ich glauben soll. Ob ich er bin oder du – vielleicht bist du er. Erlaube mir, dein schwebendes Goldhaar zu küssen, den Sonnenstrahl. Oder doch nicht dein Haar, sondern deine Augen – oder lieber deine Knie. Aber nein, denn dazu müßte ich mich bücken, und ich weiß, daß man sich nicht bücken darf. Sag mir also, was ich tun soll; sag mir: Wer bin ich? Nein, ich will mich nicht zu dir erniedrigen – ich weiß doch, daß du kaltsinnig bist und dich um den Sternenhimmel nicht scherst. Er kümmert dich nicht – aber vielleicht nur, weil du selbst er bist, weil du nicht zu ihm emporzustreben brauchst, wie ich es tun muß. Sprich, was soll ich tun? Wer bist du, eine Göttin oder ein Tier? Denn mir gleichst du nicht; das weiß ich. Ich habe viel erlitten und gekämpft und mit mir und meinesgleichen gerungen. Man darf sich nicht herabbeugen – und nicht hinausbeugen, das steht bei uns an den Zugfenstern geschrieben. Nicht wahr, du verstehst mich. Ich möchte dich küssen – nein, besser nicht, ich muß gehen, ich habe zu tun, ich kann hier nicht bleiben. Ich habe oben zu tun, hier unten ist es sehr dunkel und sehr schwul, ich meine: schwül. Oben erwartet man mich. Ich liebe dich. Ich habe nichts mit diesen häßlichen Tieren gemein – verstehst du? Es stimmt nicht, daß ich dies wollte, es ist unwahr, daß ich zu ihnen gehöre – oh, ich weiß sehr wohl, was du verkündest, ohne daß du es sagtest: daß Schönheit, Güte und Wahrheit ein und dasselbe sind, daß nicht gut und nicht wahr sein kann, was häßlich ist; aber wer sagt mir, was häßlich ist und was schön, wenn nicht meine eigene Seele? Und kann der Spiegel, in dem dein schönes Gesicht sich spiegelt, häßlich, plump und zerschrammt sein, wenn er dich als schön ausweist? Nein, was er als schön wiedergibt, das ist schön – nicht wahr, ich gleiche dir? Ich gleiche dir nicht, denn ich will mehr als du – ich will dich. Laß mich gehen, ich habe zu tun – sag mir, was soll ich tun? Dort oben ahne ich Licht, ich muß es erreichen, kommst du mit mir? Ich bringe dich hinweg aus dieser Tiefe und diesem Dämmer, damit du das gleiche erfühlst wie ich, denn du bist dessen würdig: ich breche den Deckel deines Schädels auf. Ich muß dir den Rausch und die Wonne zurückgeben, die du in mir erwecktest – oder bedarfst du ihrer nicht? Genug, genug – du wartest gelassen ab, aber ich kann nicht warten, kann nicht länger warten – oh, wie schlecht bist du, und wie gut bin ich; oh, wie schmutzig bist du, und wie rein bin ich – auch ich will schlecht sein, auch ich möchte schmutzig werden – ich kann nicht warten! . . .«

Derlei Dinge stotterte ich, wie ich mich entsinne, solch dummes, schmutziges, wirres Gefasel brach aus mir hervor. Ich wischte mir den Mund ab und betrachtete meine Hand, sie war voller Dreck und Eiter und Geifer. Ich wagte es nicht, Opula anzublicken, denn ich war überzeugt, daß sie lachte. Ich war unsäglich aufgewühlt und wollte mich von diesem Wahnsinnsanfall erholen. Doch als ich Opula einen Schrei der Verwunderung ausstoßen hörte, wandte ich ihr doch meinen Blick zu.

Mit weit aufgerissenen Augen betrachtete sie mich, bestürzt und fast erschrocken, dann richtete sie einen Finger auf mich. Verlegen blickte ich an mir hinab, und da entdeckte ich den Grund ihres Erstaunens.

Wie sage ich es dir, lieber Leser? Wie soll ich mich verständlich machen, ohne als unschicklich zu gelten, was ich nun wirklich nicht bin? Nun – der Anblick, der sich Opula ohne mein Wissen darbot und dessen Zustandekommen ich in der leidenschaftlichen Aufwallung des Geständnisses meiner unirdischen Liebe gar nicht bemerkt hatte, dieser Anblick also war angetan, sie aufzuklären, daß ich keine Oiha war, nicht einmal in der verkümmerten Form, wie sie sich auf Grund meiner Vorträge die irdischen Frauen vorstellte. Ihre Überraschung war sehr groß und stand deshalb im rechten Verhältnis zu der Erscheinung, die diese Überraschung ausgelöst hatte. Entgeistert starrte auch ich dorthin, wo sich das verräterische Symbol aufgetan, doch ich konnte nicht verschwinden lassen, was ihre Schönheit und meine Schwärmerei aus dem Halbdunkel der Verborgenheit hervorgelockt hatten. »Bullok . . .«, sagte Opula dann, ohne den Blick von mir zu wenden. »Bullok . . .«, wiederholte sie und begann langsam zurückzuweichen.

Ich wollte ihr nacheilen, doch der »Bullok« zwang mich zum Stillestehen, als hätte er sich zwischen uns gestellt, um uns nunmehr offen, drohend und befehlerisch voneinander zu trennen.

Ich war entlarvt, ich konnte nicht länger bestreiten, daß ich wesensgemäß zu der verachteten Gattung gehörte, die höchstens zur Ernährung taugt und zum Häuserbauen; ich fühlte, daß ich in Opulas Augen endgültig ausgespielt hatte. Sie würde mich nie mehr ihres Vertrauens würdigen können.

Ich empfand den unwiderstehlichen Drang, Capillaria sofort zu verlassen und zu flüchten, falls es noch möglich war. Doch jener zuvor umschriebene Gegenstand ließ es nicht zu. Wie kann ich mich meinen Lesern angemessen verständlich machen? Ich hatte diesen Gegenstand während meines Aufenthaltes in Capillaria völlig vergessen – man bedenke, daß ich mich bereits anderthalb Jahre unter Wasser aufhielt, was gewisse eigenartige und umständliche Verrichtungen, so, wie wir sie auf festem Land vorzunehmen pflegen, überflüssig machte. Jetzt also, da er unerwartet die Bühne betrat, und zwar in so selbstbewußter und beträchtlicher Gestalt, überkam mich das sonderbare Gefühl, es handle sich um ein von mir unabhängiges, selbständiges Lebewesen, das sich urplötzlich, wie ein deus ex machina, in den Lauf der Dinge einmischt. War es nun eine Sinnestäuschung, eine flüchtige Wahnsinnsvision oder die Anerkennung der Realität? Ich weiß es nicht, doch mir schien, ein gewaltiger Bullok hätte meine Lenden umfaßt, von dem ich bislang glaubte, er unterliege meiner Macht, und er erwies sich nun als mir überlegen, wies mir offen und eingestandenermaßen nach, daß ich dorthin zu gehen hätte, wohin es ihn zöge. Ich unternahm alle erdenklichen Anstrengungen, mich hinzusetzen oder mich anderweitig abzulenken – vergebens. Das Wasser strudelte, ich stürmte keuchend voran, schwamm und schwebte wie von einem Strom mitgerissen. Wir kurvten um die Türme und zwischen den Türmen hindurch, Bulloks zu Massen im Gefolge, mit aufgestelltem Kopf, starr und steif wie ein von der Sehne geschnellter gefiederter Pfeil, durch das blaue Wasser.

Ich wußte, daß ich in die entgegengesetzte Richtung flüchten müßte, und ahnte, daß wir in mein Verderben rasten. An einer Biegung tauchte das riesige Gebäude mit der geschwungenen Fassade auf, in dessen Portal ich am Tage meiner Ankunft in Capillaria zum erstenmal eine eingeborene Oiha erblickt hatte. Ich stürzte durch das offene Tor ins Innere, alles umstoßend, was ich anrührte. Erschrocken stiebten einige Oihas hinweg, für mich gab es kein Halt, mein Bullok riß mich mit sich. Türen schlugen zu, ich prallte gegen die Wand wie eine steuerlose Luftschraube – überall, wo eine Oiha verschwunden war, starrten mich im nächsten Augenblick kahle Bretter an. Hin und wieder bemerkte ich Opulas erschrockenes Gesicht, ein verzerrtes Lächeln um die Lippen – dann raste mein Bullok auf sie zu, stieß gegen die Decke, ließ mich matt herabfallen. Quälerisch hob er sich wieder, begann mit mir zu kreisen, drehte sich immer schneller, stellte mich auf den Kopf wie einen Brummkreisel . . ., und ich weiß nicht, was noch geschah, was er mit mir anstellte, wie lange dieses Toben dauerte, denn es wurde dunkel um mich, und ich verlor das Bewußtsein.

Als ich zu mir kam, fühlte ich mich, als wäre ich gerade erst in Capillaria angekommen, als erlebte ich neuerlich die sonderbaren Abenteuer des ersten Tages. Ich lag gefesselt auf dem Boden, umschlungen von dem feinen Spinnetz aus goldener Seide, das von den Köpfen der Oihas ausgeht und durch das Wasser schwebt wie ein weiter Mantel.

Ich versuchte den Kopf zu heben, doch es gelang mir kaum. Einige Augenblicke später schien man zu gewahren, daß ich lebte, man hob mich hoch, ohne meine Hände oder Füße zu entfesseln, und setzte mich auf einen niedrigen Stuhl. Auf einem anderen Stuhl saß neben mir Opula, einen Schleier überm Kopf, vor uns stand ein kleiner Tisch, und hinter diesem nahm eine stattliche Oiha Platz.

Es war dies das Oberste Gericht Capillarias; Opula vertrat die Anklage, deshalb mußte sie neben mir sitzen. Ich weiß nicht, warum, aber die ganze nun folgende Szene meiner Verurteilung mit all ihrer düsteren Feierlichkeit erinnerte mich an etwas, das ich schon einmal erlebt hatte; ich zerbrach mir den Kopf, was es gewesen sein mochte, doch es fiel mir erst ein, als man mich abgeurteilt hinausführte – trotz meines überaus lethargischen Zustandes wehrte ich mich gegen die Gedankenassoziation, diesen sehr ernsten Akt mit der Erinnerung an meine Hochzeit in Zusammenhang zu bringen, denn an diese wurde ich erinnert, wer weiß, weshalb.

Anklage und Urteil folgten sehr rasch aufeinander. Opula behauptete, ich hätte sie getäuscht und sie mittels eines teuflischen Tricks glauben gemacht, ich verträte in dem Lande, aus dem ich stammte, die Oihas. Nachdem sich jedoch herausgestellt habe, daß ich eigentlich ein Bullok sei, was sie auf Grund meiner besonderen Sympathien für die Bulloks längst hätte argwöhnen müssen, halte sie es nicht für angebracht, daß ich mit den Oihas lebte und die Luft vergiftete. Sie bat das Gericht, ein gerechtes Urteil zu fällen.

Dies geschah nur wenige Minuten später. Den merkwürdigen, doch recht humanen Gebräuchen des Landes entsprechend wurde ein alternatives Urteil gesprochen, so daß ich zwischen zwei Strafen diejenige auswählen durfte, die ich erleiden wollte. Das eine Urteil war tödlich, das andere kaum weniger. Man fragte mich, was mir lieber sei: als Bullok zu Opulas Geburtstag getötet, serviert und verzehrt zu werden oder aber als kräftiger und brauchbarer Bullok mit den anderen am Bau der Türme teilzunehmen, die den Oihas als Behausung dienen; letztere Strafe hätte ich natürlich in Ketten abzubüßen, wie es sich für Gefangene gebühre. Interessanterweise schien es, als hielten die Oihas das Todesurteil für das mildere; als dieses verlesen wurde, wandte sich Opula mir zu und lächelte mich huldvoll und aufmunternd an – ihr Lächeln war so zart und sanft, daß mich für Augenblicke die Vorstellung fesselte, dieser schöne Mund werde in mich beißen, und wenn ich es auch, da tot, nicht mehr spürte. Aber dann siegte die nüchterne Vernunft, und ich teilte dem Gericht ehrerbietig und demütig mit, ich wolle lieber die lebenslängliche Zwangsarbeit auf mich nehmen.

Man geleitete mich in einen dunklen Raum, löste die Fesseln von meinen Händen und band ein langes Seil um mein Bein. Dabei sah ich zum letztenmal Oihas. Man ließ mich allein und verschloß die Tür. Die ganze Nacht verbrachte ich einsam inmitten von Seespinnen und Krabben. Ich verfluchte mein Schicksal und den verhängnisvollen Entschluß, nach so vielen mißlungenen Unternehmungen neuerlich auf Reisen gegangen zu sein, und ich schwor mir, mein Vaterland nie mehr zu verlassen, sofern es mir gelänge, aus meiner Gefangenschaft freizukommen; dann schlief ich todmüde und verzweifelt ein. In tiefem Schlaf packte man mich anscheinend in eine Holzkiste und brachte mich auf die Baustelle, denn dort befand ich mich, als ich am Morgen erwachte. Ich lag auf einem Gesimsvorsprung, um mich herum arbeiteten fleißige Bulloks. Sie betrachteten mich neugierig und teilnahmsvoll und gaben mir zu verstehen, auch ich solle an die Arbeit gehen.

Elftes Kapitel

Der Verfasser nimmt die Zwangsarbeit bei den Bulloks auf. Beschreibung des Turmes Halvargo, dessen Bürger der Verfasser wird. Er lernt Xa-ra kennen, den Staatssekretär Halvargos. Einige Bemerkungen über den Ursprung der Oiha-Legende

Über den zweiten Abschnitt meines Aufenthaltes in Capillaria, der nicht annähernd so glücklich und heiter, wenngleich viel ereignisreicher verlief und den ich von meiner Aburteilung bis zu meiner Rückkehr aus Capillaria bei den emsigen Bulloks verbrachte, berichte ich nur ganz kurz, wobei ich mich streng an die Tatsachen halte, deren Erwähnung der Leser rechtens von einem Reiseschriftsteller meines Schlags erwartet, dessen einziges Verdienst, da es ihm an schriftstellerischen und dichterischen Tugenden mangelt, darin besteht, gewissenhaft und wahrheitsgetreu über das Gesehene Bericht zu erstatten.

Deshalb verzichte ich auf die Schilderung der ersten drei Monate; es könnte das Thema einer anderen, umfassenderen Arbeit sein, wie ich mich an die Gesellschaft der absonderlichen kleinen Würmer gewöhnte, wie ich sie in mein Herz schloß, wie ich ihre Seele und deren viele gute Eigenschaften entdeckte, wie ich ihre Sprache lernte und ihre Bräuche übernahm; wie ich, anfangs genötigt und später aus eigenem Wissen, begeistert und ehrgeizig zu einem nützlichen Mitglied ihrer Gesellschaft wurde; wie ich ihren Argwohn besiegte und ihre Zuneigung gewann, denn zu Beginn mißtrauten sie mir: Die Eingeweihten wußten, daß ich von den Oihas zu ihnen gekommen war, und zu meiner größen Überraschung löste diese Nachricht bei ihnen längst nicht die Hochachtung und den Neid aus, mit denen ich gerechnet hatte; der Tonfall, in dem sie über mich und dieses mein Abenteuer sprachen, war eher spöttisch. Der Leser kann zu Recht von mir erwarten, daß ich mich bei ihm nicht über mein Gefühlsleben ausklage, so vermerke ich nur, daß es meine eigene Schuld war, wenn sie mich in der ersten Zeit nicht ernst nahmen: Die Trennung von Opula erfüllte mich mit solchem Schmerz und stimmte mich so niedergeschlagen und unglücklich, daß ich in meiner Schwermütigkeit anfangs wirklich ungenießbar war.

Dieses mein ganz persönliches seelisches Problem, die Liebe zu Opula, machte mich voreingenommen und eigensüchtig und weckte zu Recht die Abneigung der Bulloks gegen mich, die sich zu der Zeit, da ich ohne eigenes Verschulden zu ihnen verschlagen wurde, gerade mit hochbedeutsamen gesellschaftlichen und politischen Fragen befaßten, mit lauter Ideen, die vom einzelnen im Interesse der Gemeinschaft Selbstaufopferung und Selbstlosigkeit verlangen. Über diese möchte ich also lieber sprechen, in der Hoffnung, mich nützlich zu machen, indem ich den trefflichen und ernsthaften Männern, die heute das Schicksal Europas in den Händen halten und uns zu Wohlstand und Vollkommenheit geleiten, einige bescheidene Mitteilungen mache; mit Freuden verzichte ich auf den sichereren und billigeren, doch eines ernsthaften Mannes unwürdigen Erfolg, den ich bei gelangweilten Damen und verträumten Studenten erreichen könnte, wenn ich diese Seiten ausufernd mit meinen Liebeskümmernissen füllte.

Der Turm, in den man mich verbannt hatte, gehörte nicht zu den größten, aber zweifelsfrei zu den ältesten und vergessensten in Capillaria. Seine Fundamente waren viele Jahre vorher von den Vorfahren der gegenwärtig dort tätigen Bulloks errichtet worden (die Lebenserwartung der Bulloks ist erheblich kürzer als die der Oihas), die der Urahn des heute im Turm herrschenden Fürsten Kar-kar-ka in diese Gegend geführt hatte. Lange lebten sie in friedlicher Eintracht mit den benachbarten Türmen, bis im vergangenen Jahrhundert ein Gontschargo (so nennen sie die Katastrophe, wenn die Oihas sie ausräuchern und die Türme besetzen; das Gontschargo gilt ihnen als eine Naturerscheinung wie uns das Erdbeben) Anlaß zu gewissen Konflikten gab, deren Auswirkungen ich im folgenden und letzten Kapitel kurz streifen möchte. Die Bullok-Historiker geben für dieses Gontschargo verschiedene Erklärungen; manche analysieren es auf streng wissenschaftlicher Grundlage, andere sprechen von rätselhaften Kräften. Beide Auffassungen hatten in den Türmen ihre Parteigänger, und die Partei, die die Oberhand gewann, rottete die unterlegene erbarmungslos aus. Doch diese barbarischen Zeiten gehörten inzwischen der Vergangenheit an, und die Bewohner der umliegenden Türme konnten in Kultur und Zivilisation auf unerhörte Fortschritte verweisen. Wissenschaften und Künste nahmen einen lebhaften Aufschwung – erstere in Richtung auf die Vervollkommnung der physischen und psychischen Eigenschaften der Bulloks, letztere hinsichtlich ihrer geistigen Erziehung. Hervorragende Forscher beschäftigten sich mit der individuellen und kollektiven Struktur der Bulloks, und die Naturwissenschaftler erforschten Gesetze, deren Anwendung dann zu großartigen Entdeckungen im praktischen Leben führte.

In der ersten Zeit arbeitete ich als einfacher Handlanger und half beim Mörteltragen. Dabei hatte ich keine Gelegenheit, Einblick in den Arbeitsbereich der oberen Klassen zu gewinnen, die den Turmbau planten und leiteten. Meine relative Größe und meine ihr gemäße Körperkraft machten mich bald unersetzlich; in einer Zeiteinheit leistete ich allein mehr als achtzig bis hundert Bulloks. Doch gerade diese körperliche Überlegenheit ermöglichte es mir später, aus meiner gesellschaftlichen Klasse auszuscheiden und gewisse Privilegien zu genießen, die mir die Gelegenheit eröffneten, den Querschnitt der Bullok-Gesellschaft kennenzulernen.

Ich gewann Freunde und knüpfte Beziehungen, und so erfuhr ich im Laufe der Zeit das, was ich im folgenden berichten werde.

Die Türme kamen durch den Zusammenschluß jeweils

einer Bullok-Sippe in einem staatlichen Gefüge zustande. An der Spitze der Staaten standen Könige, Fürsten, Republikpräsidenten oder einfache behördliche Organe, je nach dem politischen Geschmack oder den Traditionen des betreffenden Turmes. Diese Leiter sorgten dafür, daß alle individuelle Arbeit auf das gemeinsame Ziel ausgerichtet war, den Weiterbau und die Überdachung des Turmes. Außerdem leiteten sie die Aufrechterhaltung der Ordnung sowie den inneren und äußeren Schutz des Turmes – letzteres, weil über jedem Bauwerk die Gefahr schwebte, einfach vom Volk eines Nachbarturmes besetzt zu werden. So bildete sich das »Turmschutzrecht« heraus, welches bei der unglaublichen Findigkeit und technischen Geschicklichkeit der Bulloks zu phantastischen Ergebnissen führte. Damit der Leser meine nun folgenden Ausführungen auch nur einigermaßen verstehe, muß ich noch einen Umstand hervorheben. Was wir in Europa als »homo faber« bezeichnen, als »technisch arbeitenden Menschen«, ist bei den Bulloks in einem so hohen Maße entwickelt, wie es bei uns nur die phantasiebegabtesten Schriftsteller – ein Wells oder ein Shaw – in ihren wildesten Träumen zu ersinnen wagten. Diese technischen Fähigkeiten, die bei uns vorläufig erst hauptsächlich in der Mechanik Wunder produzieren, bestimmen dort alle Bereiche des organischen Lebens. Bei uns befaßt man sich erst in jüngster Zeit und noch sehr behutsam mit der Umwandlung lebender Organismen – bei den Bulloks ist das Problem, ein Auge, eine Leber, ein Hirn auszutauschen, die Lunge durch zwei Nieren zu ersetzen, ein Hirn zu teilen, Flügel und Flossen an der Stelle anderer Organe wachsen zu lassen oder die Kiemen eines Fisches in das Herz eines Bulloks zu verpflanzen, keine größere Angelegenheit als bei uns das Telefon, der Fernschreiber, die Röntgenstrahlen, das Licht, das Dampfschiff oder das Flugzeug, während die Herstellung solcher Gerätschaften für die Bulloks nicht mehr als ein schlichtes Kinderspiel bedeutet.

Dies muß man wissen, wenn man die Entstehungsgeschichte des »Turmschutzrechtes« verstehen will. Als die Lösung des Problems unausweichlich wurde, vollzog sich in der Entwicklung der Bullok-Gesellschaft ein eigentümlicher Wandel, der sich vielleicht als »Dopplung« oder »Spaltung« charakterisieren ließe. Alle Geräte und Organe begannen sich so zu verändern, daß sie einem doppelten Zweck dienen konnten: dem Bau des Turmes und zugleich seiner Verteidigung, die natürlich nicht mit dem Angriff identisch ist. Jeder Bullok wurde Arbeiter und Soldat in einer Person. Die Mörtelkellen konnten, wenn man sie umdrehte, zum Abkratzen des Mörtels verwendet werden, und die Ziegelformen waren so konstruiert, daß sich in ihnen mit Sprengstoff gefüllte Minen herstellen ließen. Die Krampen, die in einem Turm zwei Bretter verbinden, können sie im anderen Turm auseinanderdrücken. Das Werkzeug, das hier baute, zerstörte dort; was in einem Turm eine Suppenkelle war, erwies sich im anderen als Sechs-Schuß-Trommelrevolver; was man hier als Mohnkuchen aß, wütete dort als Rattengift unter den Bulloks. Alle Organe der komplizierten Bullok-Körper dienten doppelten Funktionen: An den Flügelenden bildeten sich scharfe Klauen, mit denen andere Flügel ausgezeichnet aufgeschlitzt werden konnten; die Trommelhäute veränderten sich so, daß sich mit ihrer Hilfe ein Höllenlärm schlagen ließ, der die gegnerischen Bulloks taub machte; in den Augenhöhlen entwickelten sich anstelle der Tränensäcke kleine Drüsen, deren giftige Sekrete den Gegner blendeten. Es gab Bulloks mit verlängerten und gespitzten Fingern, mit denen sie zustechen konnten; andere ließen zu ihren zwei Armen noch einen dritten wachsen, der seitlich an der Hüfte herabhing und der scharf und spitz war und hart wie Eisen.

Die großartige Entwicklung des »Turmschutzrechtes« wirkte sich auch auf geistigem Gebiete aus. Das Zusammengehörigkeitsgefühl wurde dadurch noch gesteigert, daß diesem Zusammenhalt ein Auseinanderfallen drohte – das Verhältnis zwischen dem einzelnen und der Gesellschaft war völlig geklärt. Während der umfangreichen Aktivitäten, an denen ich teilnahm, bevor ich meine Freiheit zurückgewann, hatte ich Gelegenheit, Xa-ra kennenzulernen, den brillantesten Gesellschaftswissenschaftler und Staatsmann meiner engeren Heimat Halvargo, denjenigen, an dessen Seite ich später kämpfte, als der große Krieg ausbrach. Dieser Xa-ra klärte mich über viele ungewisse Fragen auf – ihm danke ich es, daß ich mich einiger Kenntnisse über die Gesellschaftswissenschaft der Bulloks rühmen und mit aller Bescheidenheit zu gesellschaftlichen, politischen und ökonomischen Fragen äußern kann.

Eines Tages unterhielt ich mich mit Xa-ra über die Zukunft der Bullok-Gesellschaft. Ich drückte meine Verwunderung über all das aus, was ich hinsichtlich der Kultur und Zivilisation bisher hatte beobachten können, und erwähnte alle die großartigen Ergebnisse von Wissenschaft und Kunst. In der Tat ist es unglaublich, mit was allem sich die Bulloks in Halvargo und anderswo befassen, und zwar überall mit der unendlichen Inbrunst und Ernsthaftigkeit, die das gemeinsame große Ziel suggeriert – das Ziel, das nur von den herausragenden Köpfen klar erkannt, aber selbst von den niedrigsten Arbeitern instinktiv erfühlt wird. Wir kamen auf alle Zweige der Wissenschaft zu sprechen: Physik, Chemie, Astronomie, Astrologie, Geodäsie, Numismatik, Historie, Histologie, Philosophie, Philologie, Philatelie, Philanthropie, Philharmonie, Chiromantie, Kriminologie, Physiologie, Psychologie, Psychiatrie, Psychophysiologie, Psychogeodäsie, Physiopsychopathologie, Pathophysiochemogesie, Physioastronumisphilchiropsychogeospektrogeographie, gonometische Judikamenthropoanthropologie und viele andere. Alle diese bilden, methodisch exponiert und summiert, kontrolliert und formuliert, unifiziert und analysiert, das Ganze, auf dem der Turm ruht. Xa-ra, einer der bewunderungswürdigsten Köpfe, ein wahrer Polyhistor, wußte zu allem etwas zu sagen; er kannte die Entwicklungsgeschichte und den derzeitigen Stand sämtlicher Wissenschaften; er sprach mit der größten Leichtigkeit speziell und allgemein über alle praktischen und theoretischen Fragen. Hauptsächlich jedoch interessierten ihn die Gesellschaftswissenschaften, auf deren Gebiet er nicht nur ein begreifendes und verstehendes, sondern auch ein schöpferisches Genie war – in mehreren erstaunlichen und ewig gültigen Werken fand er, nachdem er das Resultat der Theorien ermittelt und moralisch verallgemeinert hatte, den Weg, den die Gesellschaft einschlagen muß, um, dem klaren Befehl der Instinkt und Willen ordnenden Notwendigkeit folgend, die Station des Zustandes der Höhe der Erkenntnis einer besseren Möglichkeit zu erreichen.

An diesem Punkt angelangt, freute ich mich, meine wachsende Unruhe (am Morgen war ich sehr niedergeschlagen erwacht: ich hatte wieder von Opula geträumt) vielleicht lindern zu können, indem ich die Frage aufwarf, wie es sich demnach mit dem Gontschargo verhalte, der Naturerscheinung also, die sich die Bulloks als eine Art Erdbeben denken und die ihre Türme einstürzen läßt. Zum erstenmal, seit ich mich in Halvargo befand, kam mir das Wort »Oiha« über die Lippen. Xa-ra reagierte auf das Thema sichtlich unerfreut. Er wurde unruhig, lächelte abschätzig, antwortete zerstreut und wollte über etwas anderes sprechen; dann gab er plötzlich aufgebracht seiner Verwunderung Ausdruck, daß ein so gebildeter und aufgeklärter Mann wie ich mich mit so unnützen und kindischen Dingen abgäbe. In früheren Jahrhunderten, als die Bullok-Gesellschaft in Ermangelung naturwissenschaftlichen Denkens und methodischen Forschens noch eitle Kosmologien, Mythen und Legenden hervorbrachte, hätten ungebildete Gelehrte in ihrer Langeweile versucht, mit derartigen Märchen die nach Erkenntnis dürstenden ungebildeten Massen zu betäuben. Eines dieser Märchen sei das Gontschargo, die theophysische oder mystische Hypothese, das Schicksal der Türme werde von einer wundersamen höheren Willenskraft oder Intelligenz bestimmt, von dieser seien zum eigenen Ergötzen oder Gebrauch auch die Bulloks erschaffen worden, und an einem gewissen Punkt zerstöre sie deren hochfliegende Träume. Er, Xa-ra, sei durchaus kein ungläubiger oder negierender Geist, doch sei er überzeugt, daß solche transzendenten oder metaphysischen Konzeptionen schädlich für die Entwicklung und ganz aussichtslose und unfruchtbare Spielereien des Bullok-Verstandes seien; dieser bewege sich in bestimmten Grenzen, und das Unfaßliche gehöre nicht zu den positiven Gegenständen seiner Tätigkeit. Im übrigen weise die Entwicklungsgeschichte neuerdings nach, daß der als Gontschargo bezeichnete Zusammenbruch, der von Zeit zu Zeit die Kultur hinwegfege, auf die Wirkung gewisser, einen Atomzerfall auslösender Krankheitsstoffe zurückzuführen sei; die Existenz dieser Erreger oder Kometen sei zweifelsfrei nachgewiesen: sie seien jederzeit gegenwärtig, wenn die Astronomen ein Gontschargo ankündigten, nämlich in Form lichter Massen oder durchscheinender, geballter Nebelflecken am Himmel, und sie kreisten auf einer von den Mathematikern noch nicht exakt bestimmten Bahn über den Türmen. Ihre Zusammensetzung sei durch die Spektralanalyse bereits ermittelt worden: sie enthielten keinerlei Substanz, die nicht auch im Körper der Bulloks vorkomme. Es sei ganz natürlich, wenn die naiven Ur-Bulloks diese rätselhaften, wallenden Nebelflecken, deren lange Goldschleppe über den ganzen Himmel fege und die Türme mit ihrem Leuchten zudecke, als höhere Kraft oder höheren Willen ansähen, fürchteten und anbeteten und mit dem Namen Oiha belegten; in Wirklichkeit jedoch handele es sich um träge, unentwickelte Mengen, um organische oder anorganische, in einem primitiven Zustand verbliebene Urstoffe. Der ungebildete Bauer und der naiv drauflosphantasierende Dichter hätten Gespenster in ihnen gesehen, die sie unter Beibehaltung der alten mythologischen Begriffe dann als Oihas bezeichneten.

Ich lauschte ein wenig verwirrt den Ausführungen des hervorragenden Gelehrten und erinnerte ihn schüchtern an die Gemälde und Statuen der Bullok-Künstler, die Oihas in gewissen Stellungen zeigen. Xa-ra lächelte mit väterlichem Wohlwollen und versicherte mir erneut, es gebe keine Oihas. Diese Bilder seien als Götzen zu bewerten; ihr positiver Kern sei zum einen der bereits erwähnte Krankheitserreger und zum anderen die bei Gontschargos auftretende Massenpsychose, die die Sinne verwirre und mit Hirngespinsten erfülle, denn sie seien nicht an so starke Reize gewöhnt, wie sie von solchen Naturerscheinungen ausgelöst würden. In dieser spezifischen geistigen Verwirrung trete nun eine typische Verhaltensweise der besonders sensiblen, also leichter nervlich zerrüttbaren Bulloks, der sogenannten Dichter und Künstler, auf. Sie begännen sich zu recken und zu strecken und die Augen zu verdrehen, ihre Köpfe schwellten an, und sie stammelten zusammenhanglose Worte, als würden sie von sonderbaren Visionen heimgesucht. Die erwähnten Reize seien allerdings sehr stark, und zu ihrer Beherrschung bedürfe es strenger Disziplin; auch er selbst sei, als er von einer Sternwarte aus einmal das Nahen eines solchen gewöhnlich als Oiha bezeichneten Nebelfleckes beobachtet habe, fast dieser Verwirrung erlegen und habe unartikulierte und sinnlose Worte ausgestoßen, die er sich später aus dem Gedächtnis notiert habe, sie hätten etwa so geklungen: »oh, oh, oh, meine süße, meine teure, meine liebe, mein häschen, mein mäuschen, mein schätzchen, du mein alles, du mein stern, herde (oder werde?) mein weib« und so weiter.

Selbstverständlich, so führte Xa-ra weiter aus, dürften diese an sich sehr wirkungsvollen und suggestiven Ausdrücke der Dichter und Künstler nur durch die strenge Brille kritischer Kontrolle gesehen werden, wenn man wolle, daß auch die Aktivitäten dieser Bulloks in den Prozeß der Bildung und Entwicklung eingeschaltet würden, der auf die radikale Organisation und Reorganisation der Gesellschaft hinauslaufe; man müsse sich von den krankhaft überhitzten Phantastereien, den Wahngebilden und Hirngespinsten befreien und auf das Reale reduzieren, was ihren Seelen verzerrt, verwirrt, übertreibend und unanalysiert entströme – aus dem wirren, trügerisch funkelnden Haufen müsse man die einfachen, allgemeinen Abstraktionen herausschälen, die realen Tatsachen, die großen sozialen Wahrheiten, wie etwa den historischen Materialismus, den Kampf ums Dasein, den Geschlechterkampf, die Aussonderung des Stärkeren und das Rassenschutzkommando. Dies müsse man sich vor Augen halten, wenn man immer breitere Schichten in die große Arbeit einbeziehen wolle, man müsse die Massen aufklären, auch die als Oihas bezeichneten Nebelflecken, damit sie dereinst zu nützlichen und fleißigen Gliedern und Stützen der Bullok-Gesellschaft werden könnten.

Zwölftes Kapitel

Die auswärtige Lage Halvargos. Krieg zwischen den Türmen. Kurze Schilderung der gesellschaftlichen Nachkriegsbewegungen. Der Verfasser wird gefangen, kann jedoch fliehen, verläßt mit der Hilfe einer wundersamen Erscheinung Capillaria und kehrt in seine Heimat zurück

Die auswärtige Lage Halvargos war seit mehreren Jahren kritisch. Das Reich der Vereinigten Türme hatte sich nach der Kodifizierung des »Allgemeinen Turmschutzrechtes« zu schwungvollen Aufrüstungsmaßnahmen entschlossen. Die Lunte hatte ein heftiges Gontschargo entzündet, das drei Türme vernichtete; die übrigen Türme schoben die Schuld daran Halvargo zu; man warf uns vor, wir hätten übermäßig gebaut, zuviel Material angehäuft – diese Stauung hätte das Wasser über uns verdichtet, dadurch seien Strömungen entstanden, und durch diese sei es zum Einsturz gekommen. Die führenden Männer des Reiches drängten immer energischer auf festeren Zusammenschluß und spornten die Bürger zu emsigerer Arbeit an, damit das Verhängnis nicht auch über die anderen Türme käme; sie betonten die Notwendigkeit der Abrüstung und sagten, diese müsse notfalls auch mit Gewalt, mit Feuer und Eisen herbeigeführt werden.

Um die Mitte des Monats Juni nach unserer Zeitrechnung brach dann der Krieg zwischen den Türmen aus. Halvargo gehörte zum Linksseitigen Bündnis und setzte sich entschlossen und verbittert für seine Überzeugung ein, das Gontschargo sei nicht durch eine Verringerung, sondern nur durch eine Intensivierung der Bautätigkeit zu verhindern, deshalb sei es zweckdienlich, wenn zwei oder drei Türme unter einem gemeinsamen Staatsoberhaupt arbeiteten, und wenn es anders nicht gehe, müßten diese Türme besetzt werden. Deshalb wurden mit Kriegsausbruch alle Ausgänge wasserdicht verschlossen, damit das feige Gesindel nicht ausreißen und der Militärdienstpflicht aus dem Wege gehen konnte. Mit der Verriegelung der Ausgänge gelang es, die begeisterte Stimmung zu wecken, die zu einem Angriff benötigt wird – im ganzen Turm herrschte höchste Aufregung, und alles drängte sich zum einzigen Ausgang, dem Dachgesims, wo die ersten Gefechte mit den Soldaten des benachbarten Turmes stattfanden. Ich selbst eilte im Range eines Oberzustechers auf den Kriegsschauplatz, wo ich mir als tapferer Soldat, durchdrungen von der Idee des Turmschutzes, die der Welt ewigen Frieden und glückliches Schaffen verhieß, sehr bald Verdienste erwarb.

Den Feldzug selbst und die danach folgenden Zeiten habe ich in einem anderen Buch beschrieben, das seither viele Auflagen erlebt hat. Hier möchte ich mich auf die wichtigsten Informationen beschränken. Anfangs kämpften wir sehr erfolgreich und nahmen zahlreiche Gefangene, die wir in den Turmkeller einsperrten und ernährten; bedauerlicherweise mußten wir uns, da wir nicht auf den Nachschub für unsere riesigen Verluste warten konnten, Ende Dezember vor den Kurgschen Bulloks zurückziehen und Terrain aufgeben. Die Kurgen setzten unseren Turm in Brand und metzelten die zu seinem Schutz zurückgelassene Wache nieder. In der Führung der mit Halvargo verbündeten Türme machte sich Zwietracht breit; eine nicht zu entscheidende grammatikalische Frage führte zu Meinungsverschiedenheit zwischen der Armeeleitung und der Diplomatie. Die Sprachwissenschaftler der Diplomatie forderten, mit Rücksicht auf die gewichtigen Interessen der Bullok-Gesellschaft solle das Personalpronomen der ersten Person in der Einzahl aus den Wörterbüchern und dem öffentlichen Bewußtsein gestrichen und durch das der Mehrzahl ersetzt werden; sie sahen die Ursache allen Übels darin, daß sich die Rektionen des Personalpronomens »ich« unmöglich mit denen des Personalpronomens »wir« vereinbaren ließen – wenn ein Diplomat sagte:

»*Wir* sind gewillt, bis zum letzten Tropfen Blut« usw., dann verstünden sie unter dem Wörtchen »wir« auch »ich«, also den Sprecher selbst, was eine absurde Situation heraufbeschwor, oder wenn ein Soldat im Felde sagte: »Ich habe Hunger« oder »Ich krepiere«, dann folgerte die Diplomatie der gegnerischen Türme hieraus sogleich, daß dort drüben irgend etwas nicht stimmen müßte, obgleich davon gar nicht die Rede war. Auf solche Weise entstanden zahlreiche Mißverständnisse, die nach Ansicht der Diplomaten nur durch die radikale Ausrottung des Wortes »ich« aus dem Wege geräumt werden konnten.

Die Anhänger dieser Auffassung triumphierten, als ein neues Gontschargo der gesamten Bewegung eine neue Richtung verlieh. Schon während des Krieges war es innerhalb der einzelnen Türme zu Spaltungen gekommen; die eine Hälfte der Kämpfenden wollte den Krieg beenden, die andere wollte ihn fortsetzen. Zwischen den beiden Parteien brachen Kämpfe aus, anfangs in den einzelnen Türmen, später, als man die Kraft erkannte, die sich aus dem Bündnis zwischen den Türmen ergab, schlossen sich die Antikriegsparteien der einzelnen Türme gegen den Block der Kriegsparteien zusammen, die sich gleichfalls zwischentürmlich verbündeten, um ihren Willen, den Krieg zwischen den Türmen fortzusetzen, verwirklichen zu können.

Dieser Krieg dauerte sehr lange, beide Seiten erbeuteten unzählige Gefangene – schließlich siegte dank ihrer größeren Waffenvorräte und ihrer grausameren, heftigeren Attakken die gemäßigtere, die Antikriegspartei, und sie zwang ihrem Gegner den Frieden auf.

Nach diesem Triumph ging der Fünferrat des Personalpronomens Mehrzahl daran, eine andere große Aufgabe zu lösen: die Sicherung der friedlichen Arbeit. Doch wiederum kamen Meinungsverschiedenheiten auf – nach der Tilgung des Personalpronomens der ersten Person in der Einzahl forderte ein Teil der Sprachwissenschaftler auch die Ausrottung des Possessivpronomens der ersten Person in der Einzahl; sie argumentierten, das Wort »unser« mache das Wort »mein«

überflüssig und löse alle Wirtschaftsfragen. Vergebens wandte die Konservative Partei der Anderthalbjährigen Säuglinge ein, der Mensch lerne das Wörtchen »mein« eher kennen als den Ausdruck »ich«, und deshalb sei ersteres von allgemeinerer Bedeutung – der Ausbruch der Revolution war nicht aufzuhalten, insbesondere unter den Werktätigen der unteren Gesimse. Gelehrte meldeten sich zu Wort und wiesen nach, daß die Bulloks bisher Unmengen an Arbeit vergeudet hätten, indem sie den Turm gesimsweise erbauten, denn da das Ziel darin bestehe, den Meeresspiegel zu erreichen, genüge es voll und ganz, wenn man gleich mit dem Bau des oberen Gesimses begänne. Zu diesem Zweck sei es am richtigsten, die Fundamenterbauer kämen auf das oberste Gesims, drängten die dort befindlichen Bulloks in den Keller, rissen das bisher Erbaute ab und errichteten alles oben, am zehnten Gesims, von vorn. Für eine Weile konnte sich diese Auffassung durchsetzen, man begann mit der Zerstörung, und wer Widerstand leistete, wurde eingelocht, bis jemand erkannte, daß dies alles nichts taugte, weil die Bulloks, die das zehnte Gesims bauen sollten, noch klein und unreif waren, während die erwachsenen Kellererbauer davon nichts verstanden. Eine andere Lösung mußte gesucht werden.

Nun probierte man in rascher Folge unterschiedliche Varianten zur Verhütung eines Gontschargo aus. Als enthusiastischer Bürger Halvargos nahm ich nach Kräften an diesen Aktionen teil, war ich doch Mitglied der Gesellschaft, die die nutzlosen Kämpfe um Personal- und Possessivpronomen ablehnte und statt dessen eine Verbesserung der Zeitwortformen und Zeitbestimmungen empfahl; eine Zeitlang behauptete sie sich mit dem Programm, jede in der Gegenwart stattfindende Handlung sei so zu verstehen, als spielte sie sich in der Zukunft ab. Wissenschaftler errechneten genauestens, daß die Bulloks in eintausendzweihundert Jahren unvermeidlich so und so leben, sich so und so kleiden, dies und das wollen, diese und jene Staatsform besitzen, solche und solche Bilder malen und Gedichte schreiben, dies und das essen würden; deshalb spare man viel Zeit, wenn man diese Ergebnisse der Berechnungen schon jetzt in die Praxis übernehme und so handle, als seien die eintausendzweihundert Jahre schon vorüber. Die Zukunftsichtige Sozialgummi-Partei kam an die Macht, und zwei Tage lief alles wie geschmiert, was sich sicherlich fortgesetzt hätte, wäre nicht plötzlich eine Durchfallepidemie ausgebrochen, deren unangenehme Folgen dem kurzen Zwischenspiel ein jähes Ende setzten: Der abscheuliche Gestank machte die Anführer schwindlig, und sie waren genötigt, ihre Plätze zu räumen, jedoch beharrten sie auf ihrem Standpunkt, die Berechnung sei durchaus richtig gewesen, nur habe man den Darmkatarrh einzuplanen vergessen, an dem nicht sie schuld seien, sondern das plötzlich eingetretene schlechte Wetter, das am Nachmittag überraschend zu einer Verdüsterung des Himmels geführt hätte – und von den Wissenschaftlern könne man wirklich nicht verlangen, daß sie voraussagten, was für Wetter eine Stunde später herrschen werde, wenn sie eintausendzweihundert Jahre voraus denken müßten.

Hierauf übernahm der Verein zur Rückgefrierung des Schnees vom Vergangenen Jahre die Herrschaft. Dieser hatte aus dem von den Sozialgummisten angerichteten Schaden gelernt und die Auffassung auf sein Banner geschrieben, da die Zukunft unbekannt bleibe, aber die Vergangenheit bekannt sei, beginne man am besten dort von vorne, wo man vor eintausendsechshundertvierzig Jahren aufgehört habe. Dementsprechend mußten sich alle an ihren Herkunftsort zurückbegeben; Schuldner brauchten nicht zu zahlen, wer jedoch inzwischen ein wenig Geld ergattert hatte, dem wurde es weggenommen und denjenigen gegeben, die es eintausendsechshundertvierzig Jahre vorher besaßen. Auf diese Weise kam unter den aufeinanderfolgenden Machtverhältnissen jeder zu etwas, und schlecht fuhr nur, wer so leben wollte, als sei der dritte Juni tatsächlich der dritte Juni und nicht der neunte September oder der achtzehnte März – wer so dachte, wurde von den Sozialgummisten und den Rückgefrierern gleichermaßen ins Kittchen gesteckt. Die Entwicklung der verschiedenen Kollektivbewegungen, der Gesellschaftswissenschaften, der Bullokistik und der Turmschutzidee ließ eine Vielzahl neuer Ideen entstehen, eine immer großartiger als die andere. Manche brachen mit der erdverbundenen Lehre der Monisten und verkündeten, der Bullok sei kein vernunftloses, blutrünstiges Tier, sondern ein Doppelwesen aus Seele und Körper, das sich neben der vom Kampf ums Dasein gesteuerten Auslese durch Erkenntnis und Einsicht lenken lasse; andere, die von den Interessen des Rassenschutzes und der Rassenveredelung ausgingen, wiesen nach, daß der Wert eines Bulloks aus moralischer und seidenraupenzüchterischer Sicht davon bestimmt werde, wer sein Vater und seine Mutter seien, wer er selbst und daß er überhaupt auf der Welt sei, sei völlig unwichtig – wie man ja auch beim Pferderennen den Pferden danach vertraut, welcher Familie sie entstammen. Die Denker und Schriftsteller wurden hinausgedrängt und durch eine besondere Art von Chemikern ersetzt, die nach bestimmten Gruppen im Denken und Handeln der Menschen die Wesenszüge erforschten, die im voraus auf Grund ihres Geburtsortes zu vermuten waren; dies wurde Weltanschauung genannt. Später verfeinerte sich diese Wissenschaft immer mehr; auf der Grundlage der unterschiedlichsten Eigenschaften verglich sie die Bulloks miteinander, wobei sich herausstellte, daß Wuchs, Farbe, Geruch und Aggregatzustand des Haares, der Ohren und der Nägel engstens mit der Natur und den Absichten der Bulloks zusammenhingen – so kam es erstmals zu Auseinandersetzungen zwischen denen mit vorstehenden Backenknochen und denen mit eingefallenen Augenhöhlen, zwischen Blonden und Braunhaarigen, zwischen Dicken und Dünnen. Später allerdings traten gerade infolge des überentwickelten Wissens der Apostel der Menschen- und Rassenkunde gewisse Störungen auf; im letzten großen Kampf, der zahllose Opfer forderte, viele heimatlos machte und ihnen ihre letzte Habe nahm, im Kampf zwischen den Nasengewarzten und den Ohrläppchenvorgezogenen nämlich, zeigte sich, daß es Bulloks gibt, die eine Warze auf der Nase tragen und deren Ohrläppchen vorgezogen ist, aber auch andere, auf die keines von beiden zutrifft, so daß sich die gesamte Bullokschaft nach solchen Gesichtspunkten doch nicht aufteilen läßt. Alles mußte von vorn begonnen werden: Man kehrte wieder zu dem naiven Volksglauben zurück, die Nebelflecken seien Oihas und das Gontschargo eine Strafe der Vorsehung. Zu der Zeit, da ich – der Leser wird gleich Näheres erfahren – Capillaria verlassen mußte, befand sich der große Kampf gerade in diesem Stadium, und so sah ich jenes Land zum letzten Male; was seither geschah, weiß ich nicht; meine letzte Erinnerung bezieht sich also auf den großen Aufschwung, der sich in der Politik des besiegten Halvargo vollzog. Eine Gontschargo-Regierung ergriff die Macht und begründete gegen die Ungläubigen den Ersten Gontschargo-Bund, es entstand ein Gontschargo-Konsumtions-Institut und ferner eine Biochemische Schuhfabrik, auch Politische Regierungspartei der Gontschargo-Gläubigen genannt, die mit aller Kraft bestrebt war, Ordnung im Turm herzustellen. Ich selbst, der ich an nicht wenigen Kämpfen teilgenommen hatte, war wegen meiner unbekannten Herkunft der Gontschargo-Partei anfangs verdächtig; später brachte ich mich jedoch mittels einer Vorlesung, die ich unter dem Titel »Die internationale Verbreitung der Gontschargo-Tendenz und -Nationalidee mit besonderer Berücksichtigung der halbmaschinell abgerissenen Ohren« darbot, an der Seite Xa-ras neuerlich zur Geltung, der zu dieser Zeit, bei Beibehaltung aller seiner Prinzipien, wieder eine Führungs- und Lenkungspersönlichkeit der Macht war.

Die Geschichte meines Freikommens aus Capillaria kann ich in wenigen Worten zusammenfassen.

Eines Tages suchte mich ein Regierungsbeauftragter auf und bat mich, als Experte für Oiha-Fragen die Leitung einer Abordnung zu übernehmen, die Halvargo in einen ziemlich entfernten Turm zu entsenden gedachte, wo die Astronomen ein Gontschargo vorausgesagt und bei uns Hilfstruppen für die Wiederherstellung der aufgelösten inneren Ordnung angefordert hatten. Ich nahm den ehrenvollen Auftrag an, und eines Morgens machten wir uns auf den Weg. Die Reise dauerte mehrere Tage, wir hatten viele Hindernisse zu überwinden, schließlich erreichten wir jedoch den betreffenden Turm. Dort jedoch wurden wir von den Aufständischen umzingelt, die meine Begleiter entwaffneten und mich, bevor ich den Turm betreten konnte, als Verräter festnahmen und ins Gefängnis warfen. Meine Untersuchungshaft war nur von sehr kurzer Dauer, denn alsbald brach das Gontschargo aus. Die meisten Bulloks kamen ums Leben, die übrigen flohen. In nächtlicher Finsternis verließ ich das Gefängnis, dessen Wächter gleichfalls verschwunden waren, völlig erschöpft und mit zum Bersten angespannten Nerven schlug ich eine ungewisse Wegrichtung ein, immer bedacht, mich versteckt zu halten, und in ständiger Furcht, neuerlich unter feindlich gesinnte Bulloks zu geraten, die aus Unkenntnis der Situation mein Weggehen als Flucht betrachten und mich einfach erschießen oder meiner an den Ohren haftenden Kiemen berauben könnten, so daß ich ersticken würde. Eine Patrouille wurde auf mich aufmerksam und verfolgte mich, doch ich konnte im Schutz eines Korallenwaldes entweichen.

Gegen Morgen begann der Boden anzusteigen, in der herabdringenden Helligkeit kam ich immer höher voran und erreichte schließlich den Gipfel des Berges, wo ich, bis zum äußersten erschöpft, zusammenbrach. Ich meinte, nun sei alles aus, nun gebe es kein Entkommen mehr, nun würde mich niemand mehr beschützen – die Oihas hatten mich verjagt, die Bulloks jagten mich: ich würde jämmerlich vor die Hunde gehen. Ich begann laut und kummervoll zu seufzen und verfluchte mein Schicksal und meine Torheit, nach so vielen bitteren Erfahrungen neuerlich dem Wunsch nach Reisen erlegen zu sein. Ich vermeinte meine letzten Minuten zu durchleben und mein geliebtes Vaterland nie mehr wiederzusehen, und ich war nahe daran, meine Kiemen herunterzureißen, um meine Leiden auf diese Weise zu verkürzen, als mich ein ungeheuerliches Dröhnen und Donnern und Beben zu Bewußtsein brachte. Gleichzeitig wurde der Boden unter mir erschüttert, und neben mir sprudelte heiße

Gischt in die Höhe. Eine gewaltige Kraft riß mich mit sich fort, wälzte mich und hob mich – ich hechelte nach Luft und verlor das Bewußtsein.

Was mit mir geschah, war etwas ganz Gewöhnliches und nur wegen der außerordentlichen Umstände ungewöhnlich. Ich verstand den Zusammenhang erst später, schicke ihn aber hier voraus, um mein sonderbares Abenteuer zu erklären. Der Berg, den ich bestiegen hatte, war ein Vulkan auf dem Meeresboden, und die Kraft, die mich emporschleuderte, ein Ausbruch eben dieses Vulkans. Die im Wasser sogleich zu weißer Gischt erstarrende Lava hob mich also an die Oberfläche des Meeres. Als ich zu mir kam, fand ich mich auf einem schmalen Riff wieder, das die empordrängende Gischt an dieser Stelle gebildet hatte und das von den Wellen gemächlich gen Norden getrieben wurde. Meine Kiemen hatte ich verloren. Ich hielt Umschau, rieb mir die Augen und blickte staunend in die Sonne und die blaue Himmelsglocke, die zu sehen mir so lange nicht vergönnt gewesen war.

Es ging auf den Abend zu, der Himmel war wolkenlos, ein Ufer nirgends zu sehen.

Nach vierundzwanzigstündiger Ungewißheit endeckte mich ein Kreuzer und rettete mich aus meiner bedrängten Lage. An den ersten Tagen verspürte ich noch keinerlei Anzeichen der Nervenkrankheit. Diese vorübergehende Geistesverwirrung, an die ich mich heute nur mit Beschämung erinnere, brach erst später aus, erst als wir an Land gingen und der Kapitän des Kreuzers sich nach meiner Identität und meinen Abenteuern erkundigte: da bemerkte ich, daß ich nicht mehr der war, der ich einst gewesen. Der Geruch der Männer war mir unerträglich, dem Kapitän antwortete ich auf seine Fragen in der Oiha-Sprache, deren merkwürdige Jauchzer und Schreie den guten Mann derart verblüfften, daß er den Schiffsarzt bat, mich zu untersuchen und in einer Klinik unterzubringen. Ich jedoch verdrückte mich, bevor es hierzu kam, und flüchtete in die Stadt. Dort erfuhr ich, daß ich mich in Frankreich befand, in der Nähe von Marseille.

Als ich meine Taschen untersuchte, entdeckte ich einige Goldmünzen, die während des langen Aufenthaltes im Wasser nicht so durchweicht waren wie meine Kleidung und meine Stiefel. Für dieses Geld erstand ich in einem Geschäft Frauenkleider, ich zog sie mir in einem Versteck an, bedeckte meinen Kopf mit einer Perücke, malte meinen Mund rot an und bestrich mir nach dem Vorbild der schönen Marseillerinnen das Gesicht dick mit Reispuder. Ich entsinne mich nur undeutlich an diese und ähnliche Albernheiten, die ich in den darauffolgenden Wochen vermutlich beging. Das wenige, woran ich mich erinnere, fiel mir erst Wochen später ein, als ich mich in der Irrenanstalt von Dover, wo man mich eingesperrt hatte, ein wenig ausruhte und meinem Arzt, dem gütigen und verständigen Mr. Fox, in den Stunden der Genesung von der Entstehung und den Folgen meiner Hirngespinste erzählte. Schuldbewußt beichtete ich ihm, meines von den Leiden unter den Bulloks mitgenommenen, gequälten Hirnes hätte sich nach meiner Errettung ein wirrer und irrer Entschluß oder besser gesagt eine fixe Idee bemächtigt: nie mehr Mann zu sein oder wenn doch, dann nur, um den Kampf aufzunehmen gegen den Unterdrücker und sklavenhalterischen Despoten der menschlichen Gattung, die Frau – als Frau verkleidet mich bei den Frauen einzuschleichen, ihnen ihre Geheimnisse abzulauschen und im Besitz dieser meine unglücklichen und unwissenden Mit-Bulloks zu befreien.

Über diese Dummheiten berichte ich voller Scham, und voller Scham habe ich sie auch damals dem gütigen Dr. Fox vorgetragen. – Um mich von den Anstrengungen meiner merkwürdigen Reise zu erholen, verbrachte ich noch einige Wochen in der Irrenanstalt, bis mich, da ich wieder sinnvoll redete, die Direktion auf Grund des Gutachtens der Ärzte für geheilt erklärte. Ich verließ die Anstalt am vierten März 1922 und traf einige Tage später, am zehnten März, in meiner Heimatstadt Redriff ein, wo ich meine Frau und meine Kinder bei bester Gesundheit vorfand.

Karinthys phantastische Romane

Frigyes Karinthy wurde 1887 in Budapest geboren. Die aufgeschlossenste Zeit seines Lebens, Kindheit und Jugend, entfiel auf die Jahre vor und nach der Jahrhundertwende. Die damalige Geschichte der ungarischen Hauptstadt war voller Turbulenz, Gärung und Veränderung.

Die Phantasie des jungen Karinthy beschäftigen vor allem Entdeckungen. Berichte über Forschungsreisen liest er lieber als alles andere. Doch sein womöglich größtes Erlebnis ist die Entwicklung des Fliegens. Er ist Zeuge der ersten Gleitflüge, der ersten Mißerfolge und Katastrophen. Der junge Bursche phantasiert und träumt. Er stellt sich vor, er hätte das Flugzeug erfunden, kreiste über dem Parlament und der Donau und flöge an der Turmspitze der Matthiaskirche vorbei, er sieht sich als Kapitän eines Segelschiffes mitten im Pester Häusermeer, als Anführer der roten Ameisen, als Wetterhahn auf dem Dach, als Marathonläufer oder als Revolutionär, der zur Hinrichtung geführt wird.

Er phantasierte und schrieb. Unter anderem einen phantastischen Roman, der auch veröffentlicht wurde – ein ungünstiges Vorzeichen für einen künftigen Revolutionär, Welterlöser, Erfinder, Polarforscher ... Es zeichnet sich ab, daß er einst auf diese Wünsche und Pläne verzichten wird, um als Schriftsteller oder Journalist zu arbeiten.

Ein letzter Versuch, Widerstand zu leisten: Er beginnt, an der Budapester Universität Mathematik und Physik zu studieren. Ob er wirklich immatrikuliert war, ist ungewiß, aber zahlreichen Berichten zufolge besuchte er dort regelmäßig die Vorlesungen. Und andere an der Technischen Hochschule. Gelegentlich arbeitete er als Journalist, und in seinen ersten Artikeln befaßte er sich vor allem mit dem Fliegen.

Märtyrer der Luftschiffahrt und *L'homme qui vole* zeugen nicht nur von fundiertem sachlichem Wissen, sondern auch von Karinthys Hang zur Romantik. Und von seinem Enthusiasmus: »Menschlicher Wille, menschlicher Mut – respektvoll grüßt euch die Kunst, der ihr neue Möglichkeiten zu neuen Fähigkeiten eröffnet habe.«

Im Fliegen sieht Karinthy mehr als eine einfache technische Bravourleistung. »Es wird etwas geschehen, es bahnt sich etwas an. Den Menschen kommen neue Gedanken, neuartige Wünsche, sie erwarten neue Impressionen von irgend etwas ... Sie gleiten hoch durch die Lüfte, ahnen merkwürdige Kindheitsträume, vergessene Gefühle. Unten der See, die Landschaft, der Urwald. Häuser, Städte: doch alles, seht nur, anders, als wir es kennenlernten: der Urwald ein einziger grüner Fleck, die Häuser und Städte in neuer Perspektive – neue Freuden, neue Schönheiten ... Das alles wird etwas mit sich bringen ...«

Was erwartete Karinthy vom Fliegen? Eine alles umwälzende Revolution. Er erwartete, daß das Flugzeug »mit seinen Flügeln die ganze Menschheit hochhebt«, die Menschen einander näher bringt, ferne Kontinente zueinander führt und eine neue Wertordnung schafft. Derart optimistisch, pathetisch und gefühlvoll dachte er. Und begann sogleich, die neue Wertordnung aufzustellen. Zuerst veränderte er den Begriff des Helden. Für ihn beginnt der Held – der Held im modernen Sinn – mit den Brüdern Montgolfier, die als erste im Hof des Klosters Cordeliers einen Ballon starteten, und zu ihnen gesellen sich Pilâtre de Rozièr, Gaston Tissandier, Lilienthal, Sévero, die Brüder Wright. Die Helden des Schlachtfeldes ersetzt er durch die der Wissenschaft, der Entdeckungen, der konstruktiven Tätigkeit. Karinthy ist vielleicht der erste Schriftsteller, der mit einem Flugzeug fliegt. Zu seinen besten Freunden gehört der Budapester Maschinenbauingenieur Viktor Witmann, ein Pionier des ungarischen Flugwesens.

Doch auch die Literatur fesselt ihn. Nach der Gründung der bürgerlich-progressiven Zeitschrift *Nyugat* gehört er bald zu deren Rezensenten. Das fortschrittliche Blatt ist wütenden Attacken der Konservativen ausgesetzt. Karinthy findet eine spezifische Form der Kritik und Rezension: die Parodie, mit deren Hilfe er das Konservative lächerlich macht. Er wird nun zum Vertreter moderner ungarischer Literatur. Er schreibt Humoresken, Novellen, Gedichte, Essays – sein naturwissenschaftliches Interesse scheint verpufft zu sein.

Doch der Ausbruch des ersten Weltkrieges wirkte wie ein Schock auf ihn, und er wandte sich wieder den begrabenen Wünschen seiner Kindheit zu. Verbittert mußte er erkennen, daß die Technik nicht den ewigen Frieden gebracht, sondern das Leid noch vergrößert hatte. Sein Freund Witmann wurde Direktor eines Werkes, das Militärflugzeuge baute, und bei einem Probeflug kam er ums Leben. Karinthy, resigniert und enttäuscht, ging in seinem Nekrolog neuerlich auf den Begriff des Helden ein: »Der Held fürchte den Tod nicht, sagen jene. Wenn Held zu sein allein darin besteht, dann warst du entweder mehr oder wniger als ein Held, denn du hast dein Leben nicht umsonst aufs Spiel gesetzt, sondern weil du *mehr* von ihm wolltest. Der offiziellen Beurteilung zufolge warst du ein Held. Es war Krieg, du liefertest der Armee Flugzeuge und flogst sie ein, der Soldatentod hat dich im Kriegsdienst überrascht. Doch bebend und undeutlich erinnere ich mich noch der längst vergangenen Tage, als man noch an Freude, an Leben, an Lebensfreude denken durfte . . . Wer wohl ist der größere Held: wer sein Leben aufs Spiel setzt, um konstruktiv zu sein, oder wer es riskiert, um zu zerstören?«

Das enttäuschende Erlebnis des ersten Weltkriegs führt Karinthy zur phantastischen Literatur zurück. Er schreibt einen satirischen phantastischen Roman, in welchem das Phantastische nur den Rahmen und den Vorwand liefert; die Betonung liegt auf dem Satirischen. *Die Reise nach Faremido* erscheint im dritten Kriegsjahr.

Die Swiftsche Roman- und Stilform hat sich in der Weltliteratur zu einem selbständigen Genre entwickelt. Ähnlich den Ritterromanen, deren Muster die spanischen Ritterromane des 16. und 17. Jahrhunderts waren, verfügt sie über einen vorgegebenen Stil und über obligatorische Motive. Und ähnlich wie Defoes Robinson, dessen Wirkung so stark war, daß sich eine ganze Romanliteratur mit ähnlicher Intonation und Thematik entfalten konnte, schuf Swifts Gulliver eine eigene Gattung. Doch während nach dem Vorbild der Ritterromane und der Robinsonade von den Originalen unabhängige, selbständige Romane entstanden, orientierten sich die Verfasser der Gulliver-Nachahmungen enger an der Swiftschen Vorlage. Alle diese utopischen Romane schildern Gullivers fünfte oder sechste Reise. Sie konnten aus einer reichen und ehrbaren Tradition schöpfen: die leuchtenden Vorbilder hießen Morus, Campanella, Cabet, Terrasson, Fénelon. Innerhalb des utopischen Romans bildete sich – vertreten durch Barry Pain, Holber, Desfontaine und andere – eine Swiftsche Variante heraus. Dieser Richtung folgte Karinthy mit seinem Roman. *Die Reise nach Faremido,* indem er sowohl den Swiftschen Stil als auch dessen Methoden zu neuem Leben erweckte.

Doch Karinthy brachte in seine Gulliver-Geschichte auch ein Novum ein. Er griff nicht nur auf den Swiftschen Stil zurück, sondern er parodierte ihn gleichzeitig. Seine Ideen trug er ernsthaft vor, aber mit der Form spielte er. Er wollte keine Utopie schreiben, auch keinen phantastischen Roman, sondern eine aktuelle Satire. Eine Streitschrift gegen den Krieg, im dritten Jahr des Weltkrieges.

An dem Roman beeindruckt, wie sorgfältig und genau Karinthy charakterisierte und eine wie glaubwürdige und phantastische Welt er erschuf, ein wahres Reich der Maschinenwesen. Die Konkretisierung des Unglaubwürdigen ist eine unabdingbare Eigenschaft der Gulliveriaden. Hierzu schreibt Gábor Halász: »Ihr stärkster Zauber liegt darin, daß sich die Swiftsche Methode mit den glaubwürdigsten Informationen umgibt. Der Kapitän zeichnet gewissenhaft alles auf, teilt das genaue Datum der Abreise mit . . . Auf die exakten geographischen und navigatorischen Angaben verzichtet, wie es in dessen glaubwürdigem Vorwort heißt, lediglich der Verlag, weil er den Leser nicht unnötig strapazieren will. Die Zahlen und Maße – Kleinode des englischen Pragmatismus – sind jedoch geblieben und können unsere Neugier durchaus befriedigen.« Gullivers Nahrung »entspricht eintausendsiebenhundertvierundzwanzig Lilliputportionen (was um so mehr Glauben verdient, als es von kaiserlichen Mathematikern errechnet wurde), zubereitet wird sie von dreihundert Köchen, an seiner Kleidung arbeiten dreihundert Schneider. Und wie er sich bei den Riesen in Zahlen austobt!«

Ein satirisches Werk, das phantastische Mittel verwendet, hat einen noch größeren Realitätsanspruch als ein bloß phantastisches. Bezeichnend für Karinthys schriftstellerische Bewußtheit ist es, daß er in einem Aufsatz gerade diese Eigenschaft der Swiftschen Werke hervorhob: »Man bedenke, so unglaublich es klingen mag, daß vor fünfzig Jahren noch allen Ernstes darüber debattiert wurde, daß Gulliver ebenso eine lebende Person sei wie Robinson Crusoe und die daumengroßen Menschlein ebenso existierten wie die Riesen, daß sogar Expeditionen ausgeschickt werden sollten, sie zu suchen. Es klingt unglaublich, aber wer Gulliver liest, der kann diesen Taumel verstehen. Es ist nahezu unmöglich, Gulliver als Produkt eines menschlichen Hirns abzutun: Er ist Wundarzt, dann und dann geboren, der dann und dann ein Schiff bestieg, da und da verweilte, an diesem und jenem Punkt der Breite und Länge Schiffbruch erlitt. Das ist eine unerklärliche kindliche und fast schon manische Methode des Naturalismus.«

Karinthy schuf in *Die Reise nach Faremido* und, das sei gleich hinzugefügt, in dem 1921 veröffentlichten Roman *Capillaria* die realistisch-phantastische Welt seiner eigenen Zeit. Phantastisches wie Reales stützten sich dabei auf die Lehrsätze der Naturwissenschaften, auf die Entdeckungen und technischen Erfindungen.

Karinthys phantastische Welt und die gegenständlichen Elemente seiner Romane widerspiegeln auf charakteristische Weise die Anschauung des rationalistischen Bürgers. Morbide Phantastereien oder mythische Motive haben da keinen

Platz. Da sich im 20. Jahrhundert die Naturwissenschaft und Karinthys Verstand und Phantasie nahezu gleichzeitig entfalteten, konnte er ihre Errungenschaften nicht nur verstehen, sondern auch angemessen beurteilen.

Kino, elektrische Beleuchtung, Telefon, Flugzeug – das alles erbte er nicht von den Vorfahren, sondern erlebte ihre Erfindung und Erstanwendung bewußt mit. Hieraus erwuchs der grenzenlose Optimismus, die Technik werde die Welt umformen und die Wissenschaft alle Rückständigkeit beseitigen können.

Das Phantastische hat vielerlei Formen. Im Volksmärchen drückt es in der Regel die Erfüllung der Wünsche des Armen aus: Beredte Beispiele aus seinem Wunschleben sind das Tischlein-deck-dich, das Wunderschwert, das sich von allein durch die Luft bewegt und den Gegner niedermacht, das fliegende Pferd, das Pfefferkuchenhaus, der Milchstrom. Eine andere Art des Phantastischen stammt aus Aberglaube oder Religion. Der ägyptische Gott Ea hat einen Antilopenkopf und einen Fischleib, das babylonische Ungeheuer einen Schlangenkopf, einen Schuppenkörper und Vogelbeine, so daß es an einen Hund erinnert, in den chinesischen und japanischen Märchen sind die Drachen Symbole der Fruchtbarkeit oder der Vernichtung. In der Vorstellungswelt des primitiven Menschen verkörpern die verschiedenen Tiere jeweils andere Eigenschaften, und daß sie zu Symbolen werden konnten, ist auch eine Folge der menschlichen Abstraktionsfähigkeit und des genauen Beobachtens. Die Symbole und Götter verdanken ihre phantastische Gestalt der Vermutung, sie verfügten nicht nur über eine, sondern gleich über mehrere gute und schlechte Eigenschaften, deren jede sich in einem anderen Tiersymbol ausdrückt. Deshalb entsprangen der Phantasie menschenähnliche Wesen etwa mit Löwenleib, Vogelkopf und Elefantenrüssel. Die Verknüpfung der verschiedenen Tierkörperteile und die Herausbildung der seltsamsten Ungeheuer war das Resultat rationaler Überlegungen. Die großen Religionen ließen diese phantastischen Gebilde dann weg, behielten aber die Götter und auch deren Eigenschaften. Diese drückten sie jedoch durch Symbole aus. Auch die griechischen Götter und Göttinnen haben ihre »Abzeichen«, die ihre Kompetenz bezeugen, sie selbst jedoch besaßen bereits menschliche Formen.

Alle diese phantastischen Vorstellungen wurden zu Motiven, die auch in die Malerei und die Literatur eingingen. Swift baut seine Phantasiewelten teilweise auf diese archaischen phantastischen Elemente auf und benutzt sie als satirische Mittel seiner Kritik an Politik und Gesellschaft.

Anders verhält es sich mit der Science-fiction. Ein Bahnbrecher auf diesem Gebiet war Jules Verne, der Edgar Poe zwar mochte, ihm aber vorwarf, er kümmere sich in seinen phantastischen Beschreibungen nicht um die naturwissenschaftliche Wahrheit und bemühe sich nicht, die Ergebnisse der Wissenschaft zu nutzen. Verne meinte, ein Schriftsteller müsse wenigstens wegen seines Glaubens an die Entwicklung der Wissenschaft nach deren Logik die Möglichkeiten beachten, die sich aus den wissenschaftlichen Ergebnissen ableiten lassen.

Auch die theoretischen Methoden der Science-fiction veränderten sich. Zweifellos sind auch bei Swift Vorformen der Science-fiction zu entdecken; sie stützten sich auf die frühen Erfahrungen der Entdeckungen und der Seefahrt. Von fernen Reisen heimkehrende Seeleute brachten Nachricht von absonderlichen Lebewesen, Pflanzen, Eingeborenen, wodurch die Phantasie in eine bestimmte Richtung gelenkt wurde. Die Seefahrt benötigte eine Vielzahl angewandter Wissenschaften, und das ist schon bei Swift zu merken. Bei Verne treten bereits die technischen Entdeckungen in den Vordergrund, Luftschiff, Eisenbahn, Dampfschiff, Unterseeboot. Natürlich sind Verwandtschaften zwischen den verschiedenen phantastischen Motiven zu erkennen. Pierre Bronchon schreibt: »Der Mantel, der den Menschen unsichtbar macht, ist keine Erfindung von Wells.« Das stimmt, nur ist das Phantastische an Wells' Mantel grundanders als die unsichtbar machende orientalische Kopfbedeckung und das einschlägige deutsche oder ungarische Märchenmotiv.

Was den unerhört vielfältigen Ursprung und Inhalt des Phantastischen im 20. Jahrhundert betrifft, so basieren die Phantasiewelten Huxleys und Čapeks auf der Biologie. Dürrenmatt schreibt: »Unsere Welt führte ebenso zum völlig Grotesken, wie sie zur Atombombe führte.« Kayser zufolge erschüttert die groteske Darstellungsweise unser Weltbild in seinen Grundfesten. Sie bedeute eine Verfremdung der Welt, eine Verzerrung der Formen, und ein schauerlicher Mechanismus werfe seinen Schatten auf Dinge und Menschen gleichermaßen. Diese Art des Grotesken dulde keine Schranken, sie sei nur irreal, und es fehle ihr der menschliche Sinn.

Dieser Typ der modernen phantastischen Literatur neigt nicht zum Möglichen, sondern zum Absurden. Einer ihrer suggestivsten Vertreter ist Franz Kafka. Zweifellos ist die Inkarnation des Gregor Samsa auch ein Symbol, doch Kafkas Phantastik reicht über das Allegorische hinaus. Auch bei ihm ist die Suggestivität, die Realität der Darstellung ausschlaggebend; seine künstlerische Stärke liegt gerade in der realistischen, entnervend visionären Schilderung des nicht existierenden Ungeheuerlichen. Die Vision, das Schreckensbild wird zum Wesentlichen der Erzählung, nicht der logische Sinn, nicht der bedrückende und beklemmende Ekel, wenn es als brauner Fleck an der Wand erscheint. Aber Kafkas Welt ist nur zum Teil absurd. Seine Werke spiegeln ein reales Lebensgefühl wider, eine reale Atmosphäre. Genau das fehlt den Kafka-Epigonen.

Karinthy läßt sich mit Kafka in Verwandtschaft bringen (*Begegnung*), und in manchen Arbeiten kann er auch als Vorläufer Ionescos angesehen werden (*Gesangsstunde*). Dennoch ist nicht dies bezeichnend für das Phantastische in seinem Schaffen. Viel eher ist er als Vertreter jener Linie anzusehen, die durch Verne, Wells, Huxley und Čapek verkörpert wird. Bei ihm gedeiht das Phantastische nicht in der sinnlichen Sphäre, sondern ist das Resultat von Gedanken und Urteilen.

Anders allerdings verhält es sich mit den beiden Romanen

Die Reise nach Faremido und *Capillaria.* Ersterer entstand, wie erwähnt, aus dem Erlebnis des Weltkrieges heraus; er ist eine Karikatur der Phraseologie der Weltkriegspolitiker und eine Parodie der Weltkriegspropaganda. Karinthys Gulliver ist eine karikaturistische Verkörperung der Kriegspsychologie.

Capillaria widerspiegelt den Einfluß anderer persönlicher und gesellschaftlicher Umstände. Verlorener Krieg, Revolution und Konterrevolution, der Tod der geliebten Frau, ein böses Zusammenspiel der Verhältnisse – das bestimmt hier seine Phantastik. Den Rahmen gibt wiederum die Gulliveriade. Doch das Lebensgefühl ist ein grundlegend anderes. Babits schrieb 1926 über Karinthys Werke: »Unsere sozialen, nationalen und konventionellen Kostüme interessieren Karinthys Auge nicht. Dieses Auge hängt am abstrakten Menschen, so streng, wie das des Mathematikers an der abstrakten Zahl, und dieses Auge lacht. Es lacht, weil diese Mathematik, auf das Leben angewandt, ungeheuer komisch ist – scheußliche Dissonanzen stellen sich heraus und alle Paradoxe des Lebens.« In *Capillaria* wendet er sich geradezu demonstrativ von der sinnlichen Realität seiner Zeit und den symptomatischen politischen Erscheinungen des Lebens ab. Ihn beschäftigen »zeitlose menschliche Fragen«, das Verhältnis zwischen Mann und Frau. Die Zeit, in der er *Capillaria* und seinen weiteren phantastischen Roman *Seiltanz* veröffentlicht, wird am treffendsten von dem sozialistischen, eng mit der Arbeiterbewegung verbundenen Schriftsteller Lajos Nagy charakterisiert: »Ich rede nicht von den raschen Nachkriegsveränderungen, denn sie konnten sich auf eine ausgereifte Psyche nicht modifizierend auswirken. Die Zeit nach dem Krieg bedeutete für die meisten Schriftsteller, und so auch für Karinthy, eine Arbeitspause. Dann begann jedoch eine Periode, die seit dem Sommer 1919 andauert. Diese Periode bedeutet im Niveau der wirklichen Schriftsteller notwendigerweise einen Verfall. Diese Periode ist: Terror gegen das menschliche Gefühl. Der ideologische Quecksilberdampf verursacht eine psychische und physische Depression, die Vergiftungssymptomen ähnelt; der freie Gedanke kann nicht nur nicht das Tageslicht erblicken, er kann nicht einmal entstehen, um im Schubkasten des Autors verborgen und in glücklicheren Zeiten zutage gefördert zu werden. Diese Periode ist eine Zeit der institutionellen Zensuren, der physischen und psychischen Kastrationen. Diese Periode ist eine Zeit des Untergangs moralischer Werte und der absoluten Herrschaft des Geldes. Der Schriftsteller ist nicht länger geistiger Aristokrat, vielmehr ist er als Vorkämpfer der gesellschaftlichen Auseinandersetzungen entweder Sündenbock oder Konjunkturritter oder gar Prostituierter der Feder, auf jeden Fall verliert er das Ansehen, das ihm einst in Ungarn gebührte; statt Respektes findet er Haß vor und erwartet ihn knüppelbewaffnete Straßenräuberei. In dieser Periode macht Frigyes Karinthy eine tiefe Seelenkrise durch.« Dies bezieht Nagy vor allem auf *Seiltanz,* aber auch *Capillaria* ist ein Produkt dieses Zeitraums und dieses Seelenzustandes. Karinthy selbst äußerte sich hierüber so: »Diese kleine Satire habe ich vor einigen Jahren in zerrüttetem Nervenzustand und unter bitteren Lebensumständen geschrieben ... Ich hätte damals lieber einen glücklichen Roman, ein heiteres Bühnenstück oder ein schönes Gedicht verfaßt, um mich und andere zu trösten.«

Zu der einige Jahre später erschienenen fremdsprachigen Ausgabe von *Capillaria* verfaßte er als Vorwort einen fiktiven Brief an H. G. Wells, in dem er versucht, die Entstehungsgründe des Werkes zu erklären, weil sein Werk mißverstanden und falsch gedeutet wurde. Dieses Unverstandensein wurde noch durch sein Einsamkeitsgefühl gesteigert. Der Tod seiner innig geliebten Frau hatte ihn zutiefst erschüttert; für ihn war sie die große Ausnahme unter den Frauen. Seine Auffassung vom Mann-Frau-Verhältnis ist aus vielfältigen Quellen hervorgegangen. Das Vorwort weist auf fast alle inspirierenden Elemente hin, auf gesellschaftliche Konventionen ebenso wie auf Anstandsregeln, aber auch auf Kindheitserinnerungen.

Ohne Zweifel reagierte Karinthy auf die modischen Theorien der Jahrhundertwende Ibsens, Strindbergs und Weiningers und deren frauenfeindliche Anschauungen. Die Zeit nach dem Scheitern der Revolution – aber auch schon während dieser – war für Karinthy subjektiv eine Krisenperiode. Deshalb wohl diskutierte er mit solcher Vehemenz die Idee von den unversöhnlichen Gegensätzen zwischen Mann und Frau. Diese Gegensätze wurzeln nach Karinthy einmal in den biologischen Unterschieden, aber andererseits auch in den falschen Erziehungsprinzipien des 19. Jahrhunderts.

»Der europäische Mann schmachtet in sexuellem Elend, in sexueller Unterdrückung: das ist die Grundlage des falschen Frauenkultes.« – Man weiß nicht genau, spricht hier Freud aus seinem Mund, oder ist es nur eines seiner Bonmots? Die Aphorismen in *Capillaria* und dem Vorwort sind brillant, sie sind geistreich, amüsant – und treffend.

Die beiden Romane unterscheiden sich auch in literarischer Hinsicht. Das Phantastische in *Faremido* »konstruiert« er; er geht von den technischen Entwicklungen aus und denkt sie weiter. Die Welt von *Capillaria* möchte er anhand vorliegender wissenschaftlicher Erkenntnisse konkret und bei allem Phantastischen doch akzeptabel gestalten, aber nicht mehr nach den Gesetzen der Wissenschaft. Die Symbole in *Faremido* sind eindeutig und in ihrem Inhalt progressiv, die in *Capillaria* sind mehrdeutig, mißverständlich und zum Widerspruch herausfordernd, aber dennoch inhaltsvoller und reicher.

Aber in *Capillaria* ist nicht nur die Realität komplexer und die Emotion satirischer, der ganze Roman ist geistreicher und spritziger als *Faremido.* Letzterer ist ein geniales Pamphlet gegen den Krieg, ersteres ist mehr: ein satirischer Roman, der kaum seinesgleichen findet.

In der zweiten Hälfte der zwanziger Jahre erholte sich Karinthy von der Krise, die er selbst und die auch Lajos Nagy und Babits erwähnen. In Artikeln und Skizzen verspottet er erbarmungslos Freudismus und Mystizismus, und wieder wendet er sich immer eingehender den modernen Naturwissenschaften zu. Besonderes Interesse zeigt er für die Erkenntnisse Einsteins. 1935 schreibt er erneut einen phantastischen Roman, *Himmlische Reportage.* Und 1937, ein Jahr vor seinem Tode, erscheint der Roman *Reise um meinen Schädel,* ein Ruhmeshymnus auf die Wissenschaft.

Damit schließt sich der Kreis. Der Schriftsteller, den der Zauber der Wissenschaften zum Schreiben gebracht hat, kehrt an seinem Lebensabend zu den Wissenschaften zurück.

Károly Szalay

Inhalt

ISBN 3-360-00256-3

1. Auflage dieser Ausgabe

Lizenz-Nr.: 409-160/248/89 · LSV 7264
Umschlagentwurf: Schulz/Labowski
Printed in the German Democratic Republic
Lichtsatz: Karl-Marx-Werk Pößneck V 15/30
Druck und buchbinderische Verarbeitung:
Grafischer Großbetrieb Völkerfreundschaft Dresden
622 893 2
00560